KB053001

나답게 살아갈 용기

나답게 살아갈 용기

초판 1쇄 발행 | 2020년 5월 20일

지은이 | 이현진
펴낸이 | 김지연
펴낸곳 | 마음세상

주 소 | 경기도 파주시 한빛로 70 515-501

출판등록 | 2011년 3월 7일 제406-2011-000024호

ISBN | 979-11-5636-396-5 (03810)

원고 투고 | maumsesang2@nate.com

ⓒ이현진, 2020

* 값 13,200원

* 마음세상은 삶의 감동을 이끌어내는 진솔한 책을 발간하고 있습니다. 참신한 원고가 준비되셨다면 망설이지 마시고 연락주세요.

이 도서의 국립중앙도서관 출판예정도서목록(CIP)은 서지정보유통지원시스템 홈페이지(http://seoji.nl.go.kr)와 국가자료종합목록 구축시스템(http://kolis-net.nl.go.kr)에서 이용하실 수 있습니다. (CIP제어번호 : CIP2020014105)

나답게 살아갈 용기

이현진 지음

마음세상

들어가는 글
우리에게 필요한 것은 나답게 살아갈 용기다

우리에게 필요한 것은 나답게 살아갈 용기다.

사람은 태어나 걷기 시작한다. 그러다 말문이 트인다. 학교에 다닐 때라는 증거다. 거기서 다른 환경에서 자란 학우들을 만난다. 사람과 학문을 배우면서 생각이란 걸 하게 되고 그것은 선택으로 이어진다. 선택의 시행착오를 통해 실패감을 맛보면서 더 나은 결정을 내릴 수 있는 성인으로 거듭난다. 자기가 내린 선택의 책임을 지며 제각각의 모습으로 살아간다. 누구는 죽어도 이해할 수 없고, 누구와는 절친한 사이가 된다. 그런 우리는 자기 자신에 대해 얼마큼 알고 있을까? 어디서, 무슨 모양으로, 어떤 일을 하든 그것은 우리의 기능일 뿐 우리 자신의 본모습이 아니다.

해외 유학시험을 보기 위해 갔던 네덜란드에서 나는 더치 친구 한 명을 사귀었다. 이름은 미켈Michiel. 2018년 8월, 한국으로 여행 온 그를 두 번 만났다. 그는 대학에서 배를 조종하는 기술을 공부했다. 행복하지 않았던 그는 공부를 그만두고 건축설계를 공부 중이다. 맥시코 계 스페니쉬인 여자친구와 5년간 교제하며 세계를 여행한다. 그의 꿈은 스위스에서 돈을 벌어 스페인에 직접 신전 같은 집을 짓는 것이다. 머나먼 한국에 여행 오면서까지 건축 책을 가지고 올만큼 자신이 하고 싶은 것에 열정적인 그는 대화 도중 수없이 이렇게 말했다.

"난 내 삶이 너무 즐겁고 행복해."

그에게 책을 쓰고 있다고 말했을 때 그는 별로 놀라지 않았다. 다만 언제쯤 출간되는지, 어떤 내용인지 물었다. 며칠 뒤 다시 만났을 때 출판사와 계약하게 된 과정을 물었다. 200군데에 직접 원고를 투고했다고 말했다. 눈이 동그래지며 왜 진작 말하지 않았냐는 그에게 어깨를 들썩여 보였다. 그는 200군데 중 연락 온 곳이 몇 곳이냐고 물었다. "한 곳." 연신 쇼크를 외쳐대는 그에게 그렇게 반응할만한 큰일이 아니라고 강조했다. 그는 반발했다. 사람들은 보통 계속되는 거절에 포기하기 마련이라며, 대체 어떻게 그 많은 곳에 메일을 보낼 수 있었는지 모르겠다고 했다. 그러면서 반드시 책에 그 이야기를 쓰라고 했다. 출판되면 터뜨리라고 스페인에서 사 온 샴페인을 내게 선물로 주었다.

나는 어떻게 200군데에 메일을 보낼 수 있었을까? 199군데의 거절을 당했지만, 상관없었다. 또 100개의 리스트를 모아 이메일을 보내면 그만이었다. 그런 나지만 내 이야기와 시행착오, 숨기고 싶었던 경험에 대해 언급하는 건 쉽지 않았다. 그러나 아이러니하게도 글을 쓰면서 나는 '나다울 용기'를 얻었다. 미켈은 이런 용기를 제일 먼저 알아봐 준 고마운 친구다.

나는 한때 성공했고, 한때는 자살을 고민했다. 그 시간을 견뎌 지금은 평범하지만 남과는 다른 일상으로 인생을 채우고 있다. 누구나 한때 크고 작은 성공을 했다. 누구나 어두운 터널 속에 있었다. 그러나 우리는 지금 그 시간을 딛고 일어서 지금, 여기, 이렇게 살고 있다. 누구나 일을 하고, 여행하고, 경험한다. 누구의 일이 맞고, 어떤 여행이 옳으며, 무슨 경험이 가치 있는 것인가?

나는 기댈 곳 없었고, 누가 기댈만한 그릇과 위치도 안 된다고 느꼈다. 어쩌다 이렇게 됐는지 괄목할 만한 부분은 없었다. 사소하다고 느낀 선택의 종착지가 나의 현주소였다.

그때의 나는 지금과 같이 다른 사람이 하지 못한 일도 해봤고, 남보다 잘하는 것도 분명 있었다. 그렇다면 어둡고, 힘겹고, 희망이 없다고 느낀 그 상황들은 모두 신기루였을까? 지금과 전이 다른 게 무엇이었을까?

남이 인정하는 좋은 모습만 보이기 위해서는 자기 자신을 속여야 한다. 나답게 살기 위해서는 천사를 포기해야 한다. 흠 잡히기 싫어서, 오해받기 싫어서, 미움받기 싫어서 타인의 눈높이와 조직에 맞춰 하루하루를 살아가지 말자.

세네카는 "평생 우리는 사는 방법을 배워야만 한다." 라고 말했다. 사람의 오늘과 내일은 다르다. 누구나 실수를 한다. 거기서 배우고 발전하는 게 사람이다. 당신은 누구의 인생을 살고 있는가? 나에게 집중하지 못하는 삶은 곧 타인의 말대로 사는 삶이다.

존경하는 아리스토텔레스는 이렇게 말했다. "자기를 행복하다고 생각하는 사람이 가장 행복한 사람이다." 스스로 행복을 선택하는 사람은 자신의 이야기에 귀 기울일 줄 아는 사람이다. 사람은 다 불완전하다. 자신의 단점과 약점까지 파악하고 끌어안을 줄 아는 사람이 행복하다. 개선하고자 매일 자신의 방식으로 노력하는 사람이 아름답고 행복하다. 내 인생의 선택을 '나다운' 선택으로 채우고, 그것에 책임을 지는 삶, 그게 행복한 삶이다.

잘못 사는 것은 없다. 각자의 생과 사명, 타이밍과 기회, 선택과 용기만이 있을 뿐이다. 그래서 다른 것뿐이지 누가 맞고, 누가 틀린 것은 이 세상에 없다.

나는 한때 꿈을 이뤘고, 잃었다. 매 순간 선택을 하며 누구나 그렇듯 평범한 하루들을 살았다. 그게 모이더니 어느새 서른을 넘기더라. 그런 지금 내게 남은 것은 시간을 쌓아 해왔던 경험과 시행착오, 어느 정도의 성과였다. 이 책은 젊은 날 나의 자서전이자, 나 자신을 찾은 증거물이다. 이젠 세상에 나가 한 줄만으로라도 누군가에게 용기와 희망을 줄 종이 뭉텅이다.

우리는 왜 꿈을 어려워할까? 종이 위에 원하는 걸 적기만 하면 이뤄진다는데 왜 못 적을까? 예전에 일기를 추천했더니 어떤 사람이 이런 말을 했다. 누가 볼까 봐 일기를 못 쓴다고……. 아무도 안 본다. 꿈을 어려워하고 꿈을 가지지 못하는 가장 큰 이유는 자신을 믿지 못하기 때문이다. '될까?' 하니까 못 정하고 '이래서 이루어지면 세상 사람 전부 꿈 이루게?' 라고 생각하니까 못 적는다. 그 생각의 기저엔 타인이 심어놓은 말과 표정과 인식이 있다. 회사에 다니다가 디자인이 공부하고 싶어서 회사 그만둘까 고민 중인 사람이 직장동료에게 고민을 털어놓으면 무슨 말을 듣게 될까? 진심 없는 응원 아니면 뼈 아픈 현실주입일 것이다. 그래서 미룬다. 한 달, 두 달, 1년, 2년…….

우리는 학교를 마치고 공부를 더 하거나 사회로 나와 일하기 시작한다. 그러다 어디선가 인연을 만나 결혼을 하고 가정을 꾸린다. 부모가 되고 이모가 되고 삼촌이 된다. 내 아이, 내 조카가 부쩍 크는 걸 보면 세월이 실감

난다. '이룬 건 없는데.' 아니, 이루고 싶은 게 있긴 했던가? 그러다 40대가 다가오고 인생 2막을 이대로 막연하게 시작할 수 없다는 절박감이 꿈틀댄다. 물론 일반적인 사회주기 과정은 사람에게 필수적이며 또 행복을 안겨준다. 그러나 현실에 떠밀려, 다수에 떠밀려, 타인의 말에 떠밀려 거기에서 더 큰 것을 꿈꿔보지 않는 것은 유죄다.

동시대를 살아가는 시점에 나와 비슷한 고민으로 답답하거나, 잘못한 건 없는데 이상하게 상황이 자꾸 힘들게 되거나, 현실이 만족스럽지 않은데 어디서부터 바꿔가야 할지 모르겠거나, 나는 그런 사람이 아닌데 다들 진짜 나를 몰라주는 것 같을 때. 그때가 나다울 용기를 가질 때다. 그 과정에 이 책이 힘이 된다면 더할 나위 없이 좋겠다. 천사가 되려 하지 않아도 된다. 자신에게 정직한 말썽꾸러기로 살아도 좋다. 인생에 중요한 것을 찾고, 더 큰 그릇이 되기 위해 중요한 것이 무엇인지 공부하자. 펼쳐진 문제 앞에 남 탓할 것 없다. 선택을 점검하고 미래에 더 나은 선택을 하면 된다. 목표는 절대로 잃어서는 안 된다. 목표 없이 살 수 있는 것은 기한이 있다.

이 책은 내가 목표를 가지고 이뤘던 일, 목표를 잃고 시도했던 일, 현실 도피했던 일, 남과 조금 다르게 살며 얻은 경험들, 크고 작은 성과와 실패에 관한 책이다. 그 모든 과정을 지나 지금은 더욱 굳건히 현재를 살아내고 있다는 보고서이기도 하다.

내 젊은 날의 여정 속에서 그간 내린 선택을 보면 나란 사람이 여실히 드러난다. 내가 사랑하는 사람을 붙잡기 위해 다 놓을 수 있었던 사람이란 것이 사랑스러웠고, 남의 시선보다 내 감정을 믿을 수 있는 사람이란 것도 좋았다. 이 책의 단 한 줄이라도 구체적인 빛이 되어 당신에게 다다르면 좋겠다. 이 책을 읽고 함께 이야기를 나눌 기회가 많아지면 좋겠다. 그런 날을 소망하며 버겁지만 열심히, 포기하지 않고 썼다.

이 책이 나올 수 있도록 곳곳에서 도움의 손길을 주신 분들이 많다. 자이언트 스쿨 이은대 작가님, 힘들 때 포기하지 않으면 귀인을 만날 수 있다는 말을 몸소 실천해 믿을 수 있게 해주신 습관코칭센터 박현근 대표님, 큰 관심으로 책 쓰기를 응원해주시고 애드센스 글쓰기를 여태 가르쳐주시는 트렌드헌터 채진웅 강사님, "너의 인생이 반드시 행복해야 한다." 라며 언제나 옆에 든든한 자기가 있다고 말해주는 친구 미켈, 소중한 책들을 세상에 내보내 주시는 모든 출판 관계자분들과 작가님들, 200군데 이메일을 보낸 내게 첫 손을 내밀어 준 마음세상 출판사 편집팀, 나 자신에게 솔직할 수 있도록 도와준 남자친구, 무슨 선택을 하든 잘할 거라고 믿어주시는 내 부모님과 피를 나눈 두 명의 남매에게 진심으로 감사의 말을 전하고 싶다.

마지막으로 출생의 예고 없던 나를 당신의 섭리 가운데 세상 빛을 보게 해주시고, 이 모든 귀인을 만나게 해주시고, 사계절 풍부한 대한민국에서 사랑 가득한 가정을 고르고 골라 그 집안의 둘째 딸로 태어나게 해주신 나의 하나님께 모든 감사를 올려드린다.

제1장
내 역사는 여기서부터 시작됐다

사교육은 왜 필요한가

나는 사교육을 받지 않았다. '사교육'이란 대학입시를 위해 학교 외 교육으로 논술학원이나 수학학원, 영어학원, 종합학원 등을 말한다.

초등학교 때 다른 또래들과 마찬가지로 피아노 학원에 다녔다. 선생님이 피아노실을 나가면 건반 위에 엎드려 잠을 잤다. 그러다 한번은 꿈을 꿨다. 건반 위에 일자로 누워 잠을 자다 선생님이 들어오셔서 바닥으로 굴러떨어지는 꿈이었다. 피아노에 흥미가 없었다. 결국 하농도 다 떼지 못하고 피아노 학원을 그만뒀다.

고학년이 되자 부모님은 같은 교회에 친분이 있던 집사님께 과외를 받게 하셨다. 나를 포함해 또래 친구들 몇몇이 함께 친구 집에서 과외를 받았다. 그분은 우리에게 곱셈, 나눗셈 등 수학을 알려주셨다.

나는 과외 받는 게 싫었다. 이유 중 하나는 선생님이 가끔 내 손을 쓰다듬으셨기 때문이다. 어렸지만 좋고 싫은 건 알 만한 나이였다. 부모님께 말씀드렸지만 귀여워서 그러는 것이라고 웃어넘기셨다. 과외가 있는 날, 일부러 학교에서 늦게까지 놀았다. 폐휴지를 수거하러 온 트럭 안에 숨어있기도 했다. 결국, 그렇게 수학 과외도 얼마 못하고 그만두었다.

중학생이 되고 나서는 학교를 마치고 친구들과 놀거나 집에서 텔레비전을 봤다. 컴퓨터 게임을 하거나 숙제를 하기도 했다. 시험 기간이 되면 시험 범위를 노트에 적어 집으로 가져왔다. 계획을 세우고 막 공부를 시작하려고 하면 그때마다 잠이 왔다. 참 신기한 일이었다.

친구들은 집 근처에 있는 학원에 다녔다. 친구와 같은 학원에 등록했다. 50분 수학 시간, 10분 쉬고 다시 50분간 국어 시간, 또 쉬고 영어 시간······. 대략 3시간 이상 공부를 했다. 학원에 처음 갔을 때 강의실 안에 스무 명이 넘는 학생들이 백색등 아래 긴 책상 앞에 앉아있었다. 선생님은 프린트물을 나눠주고 10분 안에 풀라고 하셨다. 머릿속이 하얘졌다. 그냥 5개 중에 아무거나 찍었다. 알 만한 문제는 풀고 제출했다. 선생님은 점수를 표로 뽑아 강의실에 붙였다. 틀린 문제는 오답 노트에 적어가야 했다. 10분의 휴식 시간이 있었지만 숙제가 많아 쉴 수 없었다. 아이들을 따라가지 못하면 같은 강의실에서 수업을 들을 수 없었다. 실력 차이가 나서 안 된다는 게 이유였다. 학교 수업 시간에 친구들은 선생님 몰래 학원 숙제를 했다. 결국 나는 그 학원을 몇 주 다니고 그만뒀다. 너무 무서웠고, 해야 할 이유를 찾을 수 없었다.

중학교 2학년 때, 학교 수업을 열심히 듣기만 했는데 성적이 깡충 뛰었던 적이 있다. 매번 반에서 25등 이하를 지키던 나는 그때 처음으로 16등을 했다. 앞자리가 1이라니 믿을 수 없어서 부모님께 자랑했다. 부모님은 "그래, 수업만 열심히 들어도 성적이 이렇게 오른다. 잘했다." 라고 하셨다.

그 뒤로는 또 공부를 안 했다. 공부 안 하는 친구들과 어울려 놀았다. 학교 끝나면 교복을 줄이러 주변 주택가를 찾아다녔다. 가정집에서 학생들

교복을 줄여주는 아주머니들이 여럿 계셨다. 때로는 한적한 놀이터에서 지금은 기억에도 없는 대화를 하면서 깔깔거리기도 했고, 학생을 받아주는 노래방에 가서 놀기도 했다.

내가 기억하는 중학교 시절 기억은 별로 없다. 굳이 꼽으라면 반 청소를 할 때 남학생 사타구니를 대걸레 자루로 쳤던 기억 정도랄까? 아파하던 그 친구 표정과 얼굴색까지 아직도 기억난다. 매주 수요일마다 전교생이 학교 앞에 있는 산으로 등산 갔던 기억도 있다. 친구들과 다른 길로 가보기도 하고, 그러다 길을 잃기도 했었다. '그냥 체육복 입은 채로 도망갈까.' 생각도 했었다. 어른들은 공부 안 하는 학생들을 보면서 늘 한소리를 한다. "커서 뭐가 되려고." 라는 말을 여러 번 들었던 것 같다.

커서 어른이 되었다. 친구들과는 다른 내 삶을 살고 있다. 부모와도 다르고, 형제와도 다른 나만의 삶을 살고 있다. 여행을 가고, 연애하고, 취미활동도 하면서 어른으로서 살고 있다. 어른으로 살아가는 데 있어서 학창시절 성적 따위는 별로 중요하지 않다. 사회에 나왔더니 그 누구 하나 나에게 "중학교 2학년 때 수학 성적이 어땠습니까?" 하고 묻지 않았다.

공부를 잘했던 친구들도 비슷한 삶을 살고 있다. 그들도 돈을 모아 여행을 가고, 가수 공연도 가고, 드라마를 보고 취미 활동을 하면서 직장을 다닌다. 성적을 필요로 하는 곳은 대학교다. 수학 점수가 90점이든 100점이든 중요한 것은 그게 아니다. 90점이라고 못했고 100점이라고 잘했다면 그 기준은 누가 만드는 것인가? 90점도 잘했고 100점도 잘한 것이다. 나는 한 번도 수학을 90점 맞은 적이 없다. 우러러볼 실력이다.

그럼 왜 성적이 중요한가. 왜 우리는 학교에서 학원 숙제를 하는가? 학교에서 9시간 이상 공부했으면 됐지, 왜 또 학원을 가는가? 무엇이 되길 바라는가?

고등학생 때 처음으로 꿈이라는 게 생겼다. 드러머가 되고 싶다는 꿈이었다. 교회에서 누가 드럼 치는 걸 보면 멋있어 보였다. 찬양팀엔 율동팀과 밴드팀이 따로 있었다. 나는 율동 팀이었다. 예배 찬양을 할 때도 드럼 소리에 신이 나곤 했다. 교회에서 드럼 치던 오빠에게 간간히 드럼을 배우다 결국 실용음악학원에 등록하기로 마음먹었다. 교회에서 드럼을 치고 싶었다.

취미반 드럼 레슨은 월, 수, 금요일이었다. 나머지 요일은 연습하러 갔다. 학교 마치고 학원에 가면 오후 6시 반에서 7시 정도에 도착했다. 한 시간 이상 연습하고 집으로 돌아왔다. 레슨 숙제를 안 해 간 적은 한 번도 없다. 잘 안되면 될 때까지 연습했다. 수없이 반복했고, 어느 정도 되고 나서야 집에 갔다.

선생님은 더 많은 것을 알려주셨다. 학원을 다닌 지 1개월쯤 됐을 때, 처음 악보를 건네주셨다. Green Day의 'Basket case'란 곡이었다. 매우 빠른 비트의 곡이었지만 천천히 정확하게 연습했다. 틀리지 않고 한 곡 전체를 연주할 때까지 계속 드럼을 쳤다.

취미반 레슨이 없는 날엔 드럼 입시 수업이 있었다. 하루는 학원에서 연습하는데 입시 반 선생님이 드럼으로 입시 준비 할 생각이 없는지 물으셨다. 내가 드럼을 잘 친다고 하셨다. 드럼으로 대학을 가야겠다는 생각은 해본 적도 없었다. 당황스러운 제안이었지만 드럼을 치는 게 재미있었기 때문에 생각해 보고 말씀드린다고 했다. 집에 돌아와 부모님께 그 이야기를 했다. 부모님은 찬성하셨다. 드럼보다 기타를 치면 좋겠다고 하시긴 했지만.

고등학교 3년간 집, 학교, 학원을 번갈아 다녔다. 매일 밤 10시에 학원에서 귀가했다. 누가 시키지 않았다. 내가 좋아서 꿈으로 삼았다. 그리고 최선을 다했다.

18

사교육이 필요한 이유는 무엇인가. 내 인생을 살아가기 위함인가, 세상이 바라는 인생을 살기 위함인가. 사람은 이유가 있어야 움직인다. 이유가 없는 공부는 독이다. 백색 등 아래서 우리의 청춘이 고갈되고 있다. 채워지는 것은 성적일지 몰라도 그 성적을 담보로 들어간 곳 어디에서도 우리의 미래를 책임져주지 않는다.

성인이 되어 직장인이 된 우리도 사교육을 받느라 분주하다. 배움의 목적이 경쟁이 되는 순간, 그 배움은 덧없다. 당신은 왜 배우는가? 이 질문에 대한 답이 자신의 삶을 위한 답인가?

사교육은 레드오션이다. 끝없는 공부를 위한 공부, 이론을 위한 공부, 이력 한 줄을 위한 공부……. 무너지지 않을 것 같던 임용고시를 보자. 교사로 취직하기 위해 대기하는 임용고시 합격생들을 보자. 임용고시로 몰린 사람의 수만큼 늘어난 합격생들은 이제 또 다른 경쟁을 해야 한다.

배움은 좋은 것이다. 인생의 목적과 부합한다면 누가 뭐래도 맞는 것이다. 자신의 인생을 위한 선택인지, 무언의 압박이나 조급함에 이끌린 선택인지 묻고 싶다. 요즘 영어점수 없는 사람 없으니까 영어학원에 다니고, 엑셀 정도는 기본이니까 컴퓨터 학원에 다니고……. 영어와 컴퓨터는 연관이 없다.

나는 이유도 모른 채 하라고 해서 하는 공부는 절대 하지 않았다. 그런 공부는 머리에 남지도 않는다. 학생으로서의 본분은 다해야 했지만 내게 그 본분은 학교에 가는 것 그 이상도 이하도 아니었다. 왜 그래야 하는지 그조차도 답이 서지 않았으니까.

틀린 건 없다. 불안해하지 않길 바란다. 뒤처지는 것도 없다. 누굴 보며 달리고 있기에, 뒤처진다고 생각하는 것인가? 불안할 수 있다. 조급한 것도 당연하다. 그래서 이 책을 썼다.

드럼을 연주하다

"나 드럼 배울래."

나는 성실한 아빠와 독실한 신앙인인 엄마 밑에서 자란 모태신앙이다.

엄마는 성적 때문에 혼낸 적이 없었다. 대신 주일에는 반드시 교회에 가야 했다. 일요일 전날 언니랑 떠들다 밤늦게 자면 무척 화를 내셨다. 주일날 늦잠이라도 잘라치면 때려서 깨우셨고, 겨울이면 이불을 걷어내셨다. 매일 밤 불 꺼진 거실에 방석을 깔고 앉아 무릎을 꿇고 기도를 드리셨다. 우리가 하나님 앞에 바로 서기만을 원하셨다.

중학생 때도 나는 혼자서 지하철을 잘 탈 수 없었다. 중등부 찬양팀에서 율동을 했던 나는 토요연습에 참석할 때마다 늘 언니와 함께 교회에 갔다.

찬양팀엔 율동 팀 말고 밴드팀도 있었다. 연습할 때 드럼 소리가 들리면 그게 그렇게 좋았다. 비트에 유독 흥이 났다. 교회 오빠에게 드럼을 가르쳐 달라고 했다. 그 이후 교회에서 가끔 배우긴 했지만 체계적이지 않았다. 드럼연주를 하고 싶었다. 실용음악학원에 보내 달라고 엄마에게 졸랐다. 교회에서 드럼으로 찬양을 하고 싶다는 내 말에 엄마는 흔쾌히 허락하셨다.

드럼 취미반에 등록하고 주 3회 레슨을 받았다. 레슨이 없는 날엔 배웠던 것을 연습했다. 처음엔 드럼 스틱을 잡는 법을 배웠다. 손목을 이용해서 스틱을 패드에 치는 것부터 연습했다. 선생님이 주신 프린트엔 음표가 그려져 있고 그 밑에 R과 L이 적혀 있었다. 무슨 뜻인지 물었더니 R은 오른손, L은 왼손이라고 하셨다. 싱글 스트로크(Single Stroke), 더블 스트로크(Double Stroke), 파라디들(Paradiddle) 등 오른손과 왼손을 이용한 기법이 많았다. 드럼은 수학과 비슷했다. R 자리에 L을 넣을 수 있었다. 그런 형식의 연습이 재미있었다.

매일 학원에 가서 1시간 이상 드럼을 연습했다. 드럼실 문을 열면 양쪽에 나무 선반이 길게 늘어져 있고, 그 위에 동그란 드럼 패드가 몇 개씩 놓여 있었다. 의자에 앉아 스틱으로 패드를 치며 드럼연습을 하다가 부스가 비면 들어가서 연습하곤 했다. 선생님이 첫 연주 악보를 주셨을 때는 드럼 부스 안에 들어가 나오지 않았다. 내가 다닌 학원엔 드럼 부스가 2개 있었는데 다른 학생들이 내가 들어가면 나올 줄을 몰라 싫어했다는 사실을 나중에야 알게 되었다. 가끔 선생님이 문을 열고 다른 학생 연습해도 되겠냐고 묻곤 하셨다. 시간 가는 줄도 모르고 그렇게 드럼을 쳤다. 그 당시 나는 학원에서 연습벌레로 불렸다.

제법 드럼을 칠 줄 알게 되었을 때 생각하지 못한 제의를 받게 되었다. 당시 취미반 레슨이 없는 날엔 입시반 수업이 있었다. 입시 선생님은 여자분이었다. 눈과 키가 크고, 피부는 까무잡잡한 데다 늘씬한 선생님이었다.

그날도 의자에 앉아 패드를 치고 있었는데 입시 선생님이 부르셨다. "재능이 있는 것 같은데 입시로 전환해보는 건 어떻겠니?" 선생님이 말씀하셨다. 드럼으로 대학을 갈 수 있다는 생각을 해본 적은 없었다. 드럼으로 대학을 갈 수 있다는 사실에 집에 돌아와 부모님께 그 이야기를 했다. 이번에도 엄마는 허락하셨다. 아빠는 배울 거면 차라리 기타를 배우는 게 좋지 않겠냐고 하셨지만 하여튼 허락하셨다.

여자라면 피아노를 치거나 바이올린을 켜야 한다고 생각하는 분들이 아니었다. 이것을 나의 최대 복으로 여긴다. 드럼으로 대학을 갈 수 있다는 것을 부모님 역시 생소하게 여겼지만 "한 번 해 보라." 라고 하셨다. 내가 무언가 좋아하는 것을 찾았다고 생각하신 모양이었다. 대학을 갈 수 있느냐 없느냐를 떠나 좋아하는 것을 할 수 있는 환경은 매우 중요하다. 난 이 기회를 통해 '드러머'라는 꿈을 꾸게 되었다.

그즈음 나는 중학교를 졸업하고 고등학교 입학을 앞두고 있었다. 입시생이 되면 연습에 많은 시간을 할애해야 했다. 인문계 고등학교가 아닌 실업계를 택했다. 부모님은 반대하셨다. 공부를 안 해서 낮은 인문계를 갈지라도 실업계는 안된다고 하셨다. 부모님께 인문계에 가면 쓸데없는 야간자율학습 때문에 밤늦게까지 공부만 해야 한다고, 연습할 수 있는 시간이 없다고 설득했다. 절대 싫다고 우겨 실업계 고등학교에 입학했다. 실업계는 야간자율학습이 없었다. 학교 끝나자마자 매일 학원으로 향했다.

입시를 준비하며 실용음악과가 있는 대학교를 여럿 알게 되었다. 그 중 '서울예술대학'이 모두가 가고 싶어 할 정도로 명문이라는 것도. 그때부터 '서울예술대학 실용음악과 07학번'을 목표로 두고 연습했다.

학원에서 만난 사람들은 나와 같은 꿈을 꾸고 있었다. 그들도 그 대학이 목표였고 입시를 위해 매일 학교를 마치고 학원에 왔다. 기타를 배우는 학생 중에도 입시생이 있었고, 노래를 배우는 언니, 베이스를 치는 동갑내기 친구도 있었다. 합주 수업이 있는 날이면 그 수업을 신청한 사람들과 연주를 했다. 과제로 내준 곡을 유튜브로 찾아보며 오래도록 보기도 했다.

숙제는 기하급수적으로 늘어났다. 드럼교재가 다섯 권이 넘었다. 리듬 연습, 스트로크 연습, 음악 듣고 드럼 소리 악보에 적기 등 일주일 안에 해가야만 하는 것들이 넘쳤다. 이때부터 연습 노트를 만들어 기록하기 시작했다. 메트로놈이란 박자기에 맞춰서 드럼 리듬을 120템포로 치는 게 숙제라면 일단 천천히 60템포에서 연습을 했다. 익숙해지면 5템포씩 올렸다. 하루 동안 연습한 시간과 연습 내용을 기록했다. 다음 날엔 노트를 보고 그 이후부터 연습해나갔다.

메트로놈을 켜고 연습을 할 때 핵심은 메트로놈 소리가 들리지 않게 하는 것이다. 바로 그것이 박자를 정확히 맞췄다는 방증이었다. 눈을 감고 연습에 집중했다. 선생님이 내준 과제를 안 해갔던 적은 없었다. 어떻게 하면 많은 숙제를 일주일 안에 해낼 수 있을지 탐구하기 시작했다.

학교를 마치고 학원에 도착하면 저녁 7시였는데 학원은 10시가 되면 문을 닫았다. 하루에 주어진 시간은 단 3시간이었다. 토요일과 일요일은 교회에 가야 했기에 평일에만 연습할 수 있었다. 숙제를 5일로 나누어 하루 동안 끝내야 할 숙제를 기록했다. 집에 와서 연습 노트를 보며 어떤 연습에 시간을 가장 많이 할애했는지 파악했다. 그다음 날엔 다른 연습에 더 많은 시간을 할애하며 숙제를 해나갔다.

다른 학생들은 대개 숙제를 다 해오지 못했다. 숙제가 너무 많다는 게 첫 번째 이유였고, 시간이 없다는 게 두 번째 이유였다. 뭐가 숙제였는지 모르는 학생도 있었다. 나는 절대 그런 적이 없었기에 선생님들이 좋아했다. 레슨을 빠진 적도 없었고, 알려주면 전부 해갔으니 나 같아도 예뻤겠다.

고1 때부터 3년간 서울예술대학 입학이라는 목표를 두고 매일매일 최선을 다했다. 내가 정한 선택이었다. 할 수 있을까, 없을까를 두고 걱정하지 않았다. '반드시 가야 한다'라는 생각만 했다. 당시 나를 가르쳐주셨던 선생님께 입시를 앞두고 떨리는 마음에 이런 질문을 드렸다.

"저 정말 합격할 수 있을까요?"

선생님은 이렇게 대답하셨다.

"그럼. 물론이지! 너 갈 수 있어."

그 대답을 들었을 때 기분을 아직 기억한다. 그뿐 아니라 그 말씀을 하던 선생님의 말투와 억양까지 기억한다. 혹시 선생님이 확신 없는 대답을 하시면 어쩌나 걱정했었다. 나는 선생님의 그 말을 완전히 믿었다.

3년 동안 잠자리에 들기 전 매일 하나님께 같은 기도를 드렸다. "하나님, 저 서울예술대학 합격하게 해주세요. 그럼 제 손과 발을 하나님을 찬양하는 데 사용하겠습니다." 정말 매일 밤 이렇게 기도를 드렸다. 혹시나 교회 봉사 열심히 안 하면 기도 안 들어주실까봐 교회도 열심히 나갔다. 싸이월드 홈페이지 메인에는 3년간 같은 글귀를 걸어두었다.

'서울예술대학 실용음악과 드럼전공 이현진.'

성인이 된 이후에도 어떤 선택을 할 때 환경보다도 내 감정을 우선한다. 하고 싶으면 해봤다. 거기서 얻어진 경험과 깨달음은 어떤 사람은 모르는 것들이다. 나를 위한 선택을 할 수 있다는 것이 얼마나 경이롭고 감사한 일인지 해보지 못한 사람은 모른다.

어릴 때 우리는 부모님의 그늘 밑에서 그분들의 바람대로 살아왔다. 나는 내 인생과 관련된 일에서는 굽히지 않았다. 이유 없는 공부는 하지 않았다. 실제로도 공부는 못했지만, 누가 내게 '공부를 못해서 실업계에 갔다'라고 생각한들 아무 상관이 없었다. 나를 위한 선택을 했고, 그 선택에 최대한 몰입했다.

　살면서 얼마나 자신을 위한 선택을 했는가? 그러지 못했다면 이유가 무엇인가? 이유는 많다. 돈이 부족했거나, 목표가 없었거나, 부모님 반대가 심했다거나, 많은 사람이 안된다고 했다거나 말이다. 자신이 뭘 원하는지 모르면 자신을 위한 선택은 당연히 못 한다. 어린아이들은 원하는 게 있으면 당당히 요구한다. 커버린 지금, 우린 무엇 때문에 당당히 말하지 못하는가? 내 삶이다. 거기에 따른 책임을 자신이 질 수 있다면 우리가 원하는 걸 말릴 수 있는 사람은 누구도 없다. 과거는 어찌할 수 없다. 우리에게 주어진 건 지금이다. 지금 어떤 선택을 해야 한다면 부디 자신을 위한 선택을 하길 바란다. 선택에 따른 책임을 지고 주체적으로 살아간다면, 10년이 지나도 그때의 기억이 영원히 당신을 응원해줄 것이다.

내 꿈이 나를 위해 일하는 법 : 미국 연수

나는 엄마 뱃속에서부터 지금까지 같은 교회를 다닌다. 우리 교회를 세우신 원로목사님은 국내뿐 아니라 해외에도 여러 교회를 설립하셨다.

고3이던 2006년, 원로목사님은 청소년들이 더 큰 비전을 품을 수 있도록 해외연수 기회를 마련해주셨다. 일명 Global Vision Trip (이하 GVT). 연수를 위해 가게 될 곳은 미국 뉴욕과 올랜도, 2개 지역이었다.

부모님은 동생을 GVT에 참여시키셨다. 중3이던 남동생은 부모님의 지원을 받아 미국행 비행기에 몸을 실을 예정이었다. 나는 별로 생각이 없었다. 갈 수 있을 거라는 생각을 해보지 않았다. 그런데 뜻하지도 않은 기회가 주어졌다. 그곳에서 찬양을 연주할 드럼연주자가 없다는 것. 결국 동생과 함께 미국에 가게 되었다. '이런 말도 안 되는 이유로 내가 뉴욕에 간다고?' 나는 하나님께 감사기도를 드렸다.

비전트립에 참여하는 본교회 청소년들은 뉴욕과 올랜도 지교회에서 묵거나 지교회 사람들 집에서 홈스테이하며 보낼 예정이었다. 당연히 예배가 있는 날엔 함께 예배 준비를 하고 말씀을 들어야 했다. 현지 가이드와 함께 관광하기도 하지만 그 일정이 우선이었다.

태어나 처음으로 여권을 만들기 위해 사진을 찍으러 갔다. 믿기지 않았다. 미국여행이라니. 방학도 아니었다. 친구들은 부러워했고, 나도 생애 미국을 이렇게나 일찍 가볼 수 있게 됐다는 생각에 들뜨기만 했다. 학교를 안 가는 것도 매우 기뻤다. 구청에 사진과 관련 서류를 제출했다. 2주 정도 후에 찾으러 오라고 했다. 그렇게 만든 여권 속 사진은 무척 마음에 안 들었지만 그걸 들고 미국행 비행기에 올랐다.

좌석에 앉아 창문을 통해 비행기가 이륙하는 것을 구경했다. 하늘로 떠오를 때 머리가 멍해지는 느낌이 들었다. 귀가 아팠다. 쨍-하는 소리가 귓가에 울렸다. 갑자기 소리도 멀어졌다. 침을 꼴깍 삼키자 원래대로 돌아왔다. 비행기 창문으로 바라본 구름은 나와 가까이 있었다. 엄청 희고, 진짜 많았다. 구름 아래로는 광활한 땅이 펼쳐져 있었다. 그런데 하늘이 좀 이상했다. 내가 있는 곳은 밝은데 저 먼 하늘은 어두웠다. 끝없이 이어진 선 하나를 기준으로. 낮과 밤의 구분 선이었다. 이게 가능한 일인가? 때마침 스튜어디스의 안내를 듣고서야 저게 뭔지 알 수 있었다. 태평양 하늘을 날던 비행기에서 봤던 것은 '날짜 변경 선'이라 부르는 '데이트 라인 Date Line'이었던 것이다. '저게 말이 되는 거면 우주는 정말 광활하고 신비한 미지의 세계겠구나.' 생각했다.

뉴욕에 도착했다. 단체 버스를 타고 인디언 행색을 한 가이드의 안내를 받으며 시내 곳곳을 관광했다. 뉴욕의 거리엔 쓰레기가 많았다. 백인과 흑인, 히피 등 많은 인종이 우리 옆을 걸어 지나갔다. 거기서 자유의 여신상도 봤다.

가이드 아저씨와 함께 보스턴에 있는 하버드대와 MIT대, 예일대를 방문했다. 하버드대학 건물 주변에 잔디가 깔려 있었다. 햇빛이 잔디를 비췄지만 바람이 선선하게 불어서 덥지 않았다. 학생들은 잔디에 앉아있거나 누워서 책을 보고 있었다. 돗자리도 안 깔고 그냥 잔디에 말이다. '친구와 저렇게 책을 보며 시간을 보낼 수가 있네.' 생각했다. 교내로 들어가니 벽에는 수많은 벽보가 붙어있었다. 그러나 그 이상의 하버드를 경험할 수는 없었다. 뉴욕에 머무는 동안 우린 현지에 있는 지교회 친구들 집에서 홈스테이를 했다. 식사를 대접받았고, 잘 곳 걱정 없이 편히 지냈다.

우리는 몇 조로 나뉘어 원어민 선생님의 어학 지도를 받았다. 'Nicole'이란 이름을 가진 여자 선생님은 눈매가 짙어 햇빛 때문에 찡그릴 때면 눈동자가 보이지 않을 정도였다. 대화할 때는 몸짓을 많이 사용했다. 매번 긴 머리를 높게 묶고 수업을 했는데, 가끔 머리를 풀고 있을 땐 예뻐서 수업에 집중을 못 할 정도였다.

잔디에 둥그렇게 앉아 선생님과 수업을 하던 우리는 이게 수업인지 그저 대화인지 분간할 수 없었다. 한국에서 받던 수업과는 방식이 아주 달랐다. 선생님은 어떤 주제를 하나 던지고 우리가 이해할 수 있게끔 설명하셨다. Nicole 입에서 나오는 영어를 들으며 '발음 짱이다'라고 생각할 즈음 선생님은 불현듯 우리에게 질문을 던지곤 했다. 옆에 있는 친구들을 쳐다보며 눈을 크게 떠 보였다. 뭘 물었는지 모르겠단 뜻. 누군들 알았으리오. 선생님은 그런 우리를 한 번 둘러보시고 한 사람을 지목해 질문을 던지셨다. 그러던 중 정면에 앉았던 친구가 나랑 장난을 치다가 중지 손가락을 치켜세웠다. 한국의 청소년들은 주로 장난칠 때 그러고 놀았다. 어떤 의미를 담고 하는 행동은 아니었고, 진지하거나 심한 욕으로 생각하지도 않았다. Nicole 은 그 친구를 향해 천천히 한마디 하셨다. "Don't do that." 그리고 이어서 "그 표현은 매우 심한 욕이다. 어떻게 여학생에게 그런 욕을 할 수 있냐"며 화를 내셨다. 혼나는 친구를 보며 몰래 낄낄거렸다.

수업을 마치고 운동장에서 본교회와 지교회 남학생들 간 축구경기가 열렸다. 여자애들은 가장자리 바닥에 앉아 삼삼오오 경기를 구경하고 있었다. 경기 도중 공이 가장자리로 굴러왔고, 우리 일행이었던 남자애가 공을 향해 뛰어왔다. 그런데 갑자기 교포 남학생이 공을 보고 달리는 남자애를 잡아 세웠다. 다른 교포 친구들은 멀찍이서 움직이지 않고 그 두 명을 쳐다보고 있었다. 무슨 일인가 어리둥절해 있던 우리는 곧 교포 친구를 향해 환호성을 질렀다. 그 친구는 한국 남자애에게 이렇게 말했다. "저기 여학생들이 앉아 있는데 다치면 어쩌려고 공만 보고 뛰어가냐." 여학생들에게 잘 보이려고 한 행동이 아니라 진심으로 이해가 안 된다는 표정이었다. 여학생들은 "역시 미국에서 자란 친구들은 생각하는 문화 수준이 다르다"라며 절레절레 고개를 저었다.

2주간 머물렀던 뉴욕, 그리고 거기서 만났던 친구들과 친절로 대해준 분들에게 작별인사를 하고 플로리다주에 있는 올랜도로 떠났다. 올랜도가 열대지방이었는지도 몰랐을뿐더러 미국에 올랜도라는 곳이 있다는 것도 갈때 알았던 나는 정작 올랜도의 푸른 하늘에 반해버렸다. 클래식한 차를 타고 지교회로 이동하는 동안 뻥 뚫렸던 도로의 끝에 닿은 구름은 유독 새하얗고, 웅대한 구름은 마치 카펫인 양 도로에 펼쳐 놓은 듯했다.

도착해서 그곳의 목사님과 성도님들을 만났다. 영어로 서툰 인사를 나누고 기도를 드렸다. 예배가 있는 날엔 찬양시간에 드럼을 연주했다. 거기서 알게 된 Danny는 나보다 나이가 5살쯤 많은 교포였다. 중학교 때 부모님이 갑자기 이주하게 되어 함께 이곳으로 오게 되었다고 했다. 그 후부터는 계속 올랜도에 살았다고 한다. 부럽다고 말하는 나에게, 당시 적응할 때 학교에서 따돌림도 많이 당했다고 했다. "지금은 괜찮지만 어릴 때는 놀리는 친구들과 싸움도 여러 번 했다." 면서 주먹을 날리는 몸짓을 취하기도 했다.

한국으로 돌아가던 날 밤, 교포 친구들과 우리는 한 방에 앉아 이메일을 주고받았다. 한국 돌아가서 교회 생활 열심히 하라는 충고를 듣기도 했고, 다음에 또 놀러 오라는 말을 하며 포옹으로 이별을 준비하는 아이들도 있었다.

올랜도를 떠날 때의 그 숙연함은 잊을 수가 없다. 이별의 아픔은 함께한 기간과 비례한다고 생각했었다. 친절의 무게를 잴 수도 없는 노릇인데 왜 우리는 공항으로 향하는 버스 안에서도 한마디 말없이 각자 눈물을 훔쳤던 것일까.

한국에 돌아와 등교를 시작했다. 일상은 똑같았다. 학교를 마치면 어김없이 학원에 가서 연습했다. 입시시험이 얼마 남지 않은 시점이었다.

미국여행 이후로 세계 최고의 여자 드러머가 되겠다고 다짐했다. 그 꿈에 비하면 서울예대 입학의 꿈은 아무것도 아니었지만, 꼭 거쳐야 할 관문이었다.

미국에서 만났던 친구들과 오빠, 언니들, 그곳에서 공부하던 하버드생들의 일상, Nicole, 경기 도중 벌어졌던 일들이 머릿속에서 새롭게 정의되기 시작했다. 지구 반대편에서도 누군가 꿈을 가지고 살고 있으며, 내가 생각하던 것과는 다른 사고방식을 가지고 있었다. 여자라고 해서 세계 최고의 드러머가 되지 못하리란 법은 어디에도 없었다.

대체 그동안 왜 그런 꿈은 생각해보지도 못했던 걸까? 내 생각을 제한하고 있던 것은 과연 무엇이었을까? 나는 미국에 갈 기회를 얻을 만한 여건이 아무것도 없었다. 나를 그곳에 향하게 했던 건 무엇이었을까?

내 동생은 미국 연수 이후 수준 높은 인문계 고등학교에 입학했다. 대학에서 경영학을 공부하던 중 군대에 입대, 제대 후 호주로 워킹홀리데이를 떠났다. 1년 동안 외국인이라는 타이틀을 가지고 홀로 Job을 구하고 잠잘 곳을 얻었으며, 외국인과의 교류를 통해 영어를 발전해나갔다. 1년 뒤, 남동생은 까매진 피부와 벌어진 어깨, 1년간 혼자 살아냈다는 자부심을 가득 채워 돌아왔다. 그것은 부모님의 도움 없이 스스로 무언가를 할 수 있다는 확신이었다.

나도 그 이후에 홀로 해외여행을 여러 번 하게 된다. 동생과 나는 관광이 아닌 현지인과의 교류가 있는 여행을 좋아한다. 어릴 때 미국에서 만났던 사람들과의 경험이 우리 둘에게 긍정적인 작용을 한 것이라고 확신한다.

사람이 꿈을 꾸면 꿈은 그 사람을 위해 일하기 시작한다. 장애물들이 존재하지만 꿈꾸는 사람은 거기에 집중하지 않는다. 꿈을 정하면 뜻하지 않은 기회가 온다. 새로운 경험을 할 수 있도록 이끌어주며, 거기서 영감을 얻도록 사람들을 배치한다. 이건 논리적으로는 설명할 수 없는 불가사의다. 그러나 진실이다. 실제로 내가 입학을 꿈꾼 서울예술대학은 1962년에 설립된 대학으로, 남산에 캠퍼스를 두고 있었다. 2001년, 서울예술대학은 남산 캠퍼스를 안산으로 이전했다. 그곳은 우리 집에서부터 10분 정도 걸으면 도착할 만큼 가까운 거리였다. 내가 서울예대를 목표로 정한 것은

2004년이었다.

　3년 동안 매일 목표를 놓치지 않았다. '목표를 이루는 법'에 대해 따로 알지는 못했지만 꿈이 생기면 그런 것들은 저절로 터득하게 된다. 자기 전 매일 하나님께 꿈을 놓고 기도를 드렸다. 간절히 원하면 그 소원이 내가 꿈을 이루도록 모든 것을 조작하기 시작한다. 꿈은 한국에서만 일하지 않는다. 우리가 세계를 통제할 수는 없지만 꿈은 가능하다. 우리가 다른 사람을 통제할 수는 없다. 그러나 꿈은 가능하다. 그래서 그렇게 꿈이 중요하고, 그래서 목표가 있어야 한다는 것이다.

원하는 대학에 입학하기까지

2005년, 나는 여고생 2학년이었다. 그 당시 같은 반이었던 친구 세 명이 나를 괴롭히기 시작했다. 그중 한 명은 나와 집이 가까워 하교 후 집도 같이 걸어가고 친하게 지냈던 친구였다. 그런데 어느 날부터 멀어지더니 같은 반 친구 두 명과 함께 나를 괴롭히기 시작했다. 내 자리에 앉아 있으면 괜히 등을 툭 치고 지나갔다. 쉬는 시간에 학원 숙제를 하거나 책상에 누워 있으면 책상을 치고 지나갔다. 이유를 알 수가 없었다.

그러던 어느 날, 체육 시간에 친구들과 앉아서 놀고 있는데 그중 한 명이 내 등위에 앉았다. 화를 내며 벌떡 일어나자 덩치가 컸던 그 애가 내 등을 때렸다. 그때 직감적으로 앞으로는 날 때릴 거라는 생각이 들었다. 한번이 어렵지, 두 번은 쉬운 게 사람이었다. 그 생각은 실현됐다.

교실에서 만나면 일부러 힘을 실어 내 어깨를 치고 지나갔다. 덩치 큰 애는 눈이 컸고 입꼬리는 늘 한쪽으로 올라가 있었다. 다른 한 명은 긴 생머리에 역시 눈이 컸고, 웃음소리가 괴이했다. 먼저 내 어깨를 치고서 나에게 욕을 퍼부었다. 같이 욕을 하면 세 명이 나를 쳐다봤다. 한 명이 나서면 두 명은 그 뒤에서 비웃는 표정으로 쳐다봤다. 그 시선이 싫었다.

그 애들을 좋아하는 친구들은 단 한 명도 없었다. 그래서 늘 그들은 셋이 뭉쳐 다녔다. 날 괴롭힐 때면 다른 반에 있던 친구들이 우리 반에 들어와 그 애들을 불러내 싸우곤 했다. 또 서로 간 욕이 오갔다. 내 친구들은 대체 왜 게네들이 나를 괴롭히는지 모르겠다고 했다. 여러 번 왜 그러는 건지 물었다. 그때마다 대답 없이 서로를 번갈아 보며 웃고 나를 쳐다보며 입꼬리를 올렸다. 나는 눈을 감았다 뜨면서 한숨을 내쉬었다.

드럼 입시를 하던 고교 시절, 그 당시에는 음악을 주로 CD로 들었다. 아빠는 내게 소니의 CD 플레이어를 사주셨다. 은색 도금이 된 동그란 CD 플레이어가 무척 마음에 들었다. 컴퓨터로 친구들 CD를 내 공 CD에 복사해서 듣고 다녔다.

고2 시절 어느 날 밤 8시경, 나는 노래방에 있었다. 그 애들과 함께. 종례를 마치고 나가려는 나에게 다가와 갑자기 노래방을 가자고 했다. 학원에 가야 한다며 학교를 나와 버스를 탔다. 학원 앞 정류장에서 내리는데 그들이 함께 내렸다. 그리고 양어깨에 어깨동무를 하고 노래방으로 데려갔다. 길거리에서 소리치며 하지 말라고 말해봤자 왠지 나만 이상한 사람이 될 것 같은 느낌이 들었다. 그렇게 향한 노래방에서 이유 없이 맞았다. 심하게 맞았다. 게네가 노래를 부를 때 나는 초점 없이 눈을 뜨고 그 이상한 분위기 속에 사로잡혀 있었다. 노래 한 곡 하라는 같잖은 말에 가겠다고 일어서니 갑자기 발로 내 배를 찼다. 노래방 스크린에 등이 닿았다. 나는 가방을 메고 있었다. 배가 아팠지만, 가방 속에 있는 CD 플레이어가 혹 상하지는 않았을까 생각하니 갑자기 슬퍼졌다. 얘네들이 나한테 왜 이러는지 이유도 모른 채 맞으면서도 이상하게 두려웠던 그 감정이 그게 최선이라고 말해 주는 듯했다. 눈물은 흐르지 않았다.

노래방에서 함께 나와 아까와 같이 내 어깨에 어깨동무했다. 얼굴도 맞고 배도 맞아서 얼굴이 빨갰다. 점점 부어올랐다. 지나가는 사람들이 혹여 수상하게 볼까 봐 내 귀에 대고 "고개 들어." "웃어." 했던 것 같다.

그들과 헤어졌던 곳은 내가 다니는 학원 앞 사거리였다. 그 애들은 "경찰에 신고하면 맞을 줄 알아라"라고 얘기하고 떠났다. 시계를 보니 밤 10시가 다 되어가고 있었다. 학원 건물을 올려다보면서 '저기에 있어야 하는데 그러지 못하는' 사실에 그제야 감정이 북받쳤다. 학원 건물의 화장실로 들어갔다. 거울을 보니 얼굴이 엉망진창이었다. 학원을 가자니 이 얼굴로는 갈 수 없겠다 싶었다. 집으로 가자니 울음이 나올 것 같았다. 얼굴을 정돈하고 아까 메고 있던 가방 안을 살폈다. CD플레이어가 휘어졌다. CD가 재생되지 않았다. 사랑하는 사람 준 선물이 타인에 의해 못쓰게 되었을 때의 기분이란……. 억울해서 소리 내 울었다. 아빠가 알면 매우 속상해하실 터였다. 교복 셔츠를 올려 배를 확인했다. 아랫배에 푸르고 붉은 멍이 들어 있었다. 맞을 때는 몰랐는데 시간이 지나자 아파져 왔다. 눈물을 훔치며 집으로 갔다. 학원을 안 간 적은 고등학교 들어 처음이었다.

집에서 엄마를 보자마자 눈물이 나왔다. 거실에서 통화 중이던 엄마는 다급하게 전화를 끊고 왜 우는지 물으셨다. 이유를 말하지 못한 채 그저 전학을 하겠다고 했다. 경찰에 신고하면 가만 안 둔다는 그 형식적인 말을 내가 들으니 모든 게 쉽지 않았다. 그냥 전학 보내 달라고 했다. 엄마는 이유를 알아야 전학을 보내주지 않겠냐면서 나를 달랬다. 아빠가 집에 오시자,

엄마는 내게 있었던 일을 아빠에게 전했다. 경찰에 신고하자고 하셨다.

결과적으로 나는 전학을 가지 않았고 그 애들은 정학을 받지 않았다. 그러나 그 이후로 다시 시비를 걸지는 않았다. 대신 내 친구들에게 싸움을 걸었다. 친구들은 노래방에서 있었던 일을 몰랐다. 이 책이 나오기 전까지는.

여고생들의 잦은 싸움과 괴롭힘을 담임선생님이 모를 리 없었다. 선생님은 별다른 조치를 하거나 훈계를 하지 않았다. 이유를 물은 적도 없었다. 우리는 담임선생님을 욕했다. 그녀의 미온한 태도는 가해자가 더 길길이 날뛰는 환경을 조성해주었다.

모든 시간이 지나고 대학 수시를 보게 되었다. 서울예대에만 지원했던 나는 수시모집에서 불합격했다. 몇 개월이 흘러 지원한 정시시험에서는 동덕여자대학교와 서울예술대학, 두 곳에만 지원했다. 더 많은 학교에 지원해야 올해 대학을 갈 수 있지 않냐는 주변의 권고에도 불구하고 서울예술대학이 아니면 차라리 재수든 삼수든 감수하겠다는 확고한 생각이 있었다.

서울예술대학과 동덕여자대학교에 동시 합격했다. 내 꿈이었던 서울예대를 가서 남학생들과도 연주하는 경험을 쌓을 것인지 여자대학에서 최고를 꿈꿀 것인지를 놓고 몇 날 며칠 고민했다. 여학생들만 모인 곳에서 음악을 배우고 싶지 않았다. 서울예술대학 입학을 결정했다. 그 당시 드럼 경쟁률은 159:1이었다. 그 경쟁률을 뚫고 합격한 지라 우리 학원에는 플래카드가 걸렸다. 부모님은 그때부터 "우리 작은 딸은 한다면 하는 아이"라며 전보다 더 나의 선택을 지지해주셨다.

고등학교 시절은 아쉬웠다. 친구들과 보낼 수 있는 시간이 별로 없었다. 그 애들에게 괴롭힘을 당하던 시절에는 선생님이란 존재에 대해 많이 생각했다. 학교시스템에 문제를 느꼈다. 그 당시 담임선생님의 이름을 아직도 기억한다. 네모난 얼굴과 안경, 무릎 밑까지 내려오는 촌스러운 치마, 단발에 뽀글뽀글한 파마머리. 선생님이라는 존재에 대해 다시 생각하게 되고 혐오하게 되고 교육자에 관한 생각이 트였던 때다. 무기력한 선생, 보살피고 올바른 방향으로 이끌어야 할 의무를 다하지 못한 자. 목표가 없었다면 담임선생님을 원망하고 막연했던 대학진학을 포기했을 것이다.

왜 맞고 있었냐고, 괴롭힘을 당하고만 있었냐고 묻는다면 뭐라고 말해야 할까. 분노를 표출하는 것보다 그저 가만히 있는 게 더 나을 거라는 생각이 들었다고 해야 할까. 이유를 물어도 답이 없고, 화를 내도 비웃으며 여전한 행동을 하는 사람의 얼굴을 바라본 적 없는 사람은 공감할 수 없다. 맞을 짓이었다면 감당했거나 용서를 구했을 텐데, 지금까지도 나는 그 이유를 알지 못한다. 그리고 장담컨대 그들에게 이유는 애초에 없었다.

인생에서 시련은 꼭 일어난다. 인생은 문제라고 정의하기도 한다. 여러 가지 문제들이 모습만 바꾸어 때마다 우리 앞에 나타난다. 이렇듯 인생은 문제로 이루어져 있다. 그 문제를 어떻게 바라보든지 우린 그 속에서 살아가야 한다. 문제를 극복할 수 있게 해주는 것은 확고한 목표뿐이다. 목표를 정했다면, 앞으로 숱한 시련을 맞을 각오를 해야 한다. 그 시련을 견디고, 참고, 끝까지 집중하면 당신이 정한 목표는 기쁘게 우리 품으로 달려온다. 시련에 맞아 멈춰있는 사람에게 해줄 수 있는 말은 "힘내", "일어나.", "괜찮아, 다 잘될 거야." 따위의 위로가 전부다. 자기 인생을 꾸리고 싶은 사람은 그 삶 앞에 놓인 문제를 먼저 풀 줄 알아야 한다. 사람의 위로를 자주 듣지 말자. 대신 위로를 줄 수 있는 사람이 되자. 우리 앞에 놓인 문제가 우리의 잘못으로 일어난 일이 아닐 때도 많다. 억울하고 괴롭겠지만 이미 내 삶

앞에 놓인 문제라면 풀어보자.

　대학에 입학하기까지의 3년은 지난했다. 목표에 맞춘 초점을 한순간도 흐리게 한 적이 없었다. 학교에서 무슨 일이 있었건, 내게 주어진 숙제가 뭐였건 매일 주어진 시간 동안 목표만 바라봤다. 우리를 무너지게 하는 게 누구든 그들은 우리 미래에 없다. "걔 때문에 내가 그걸 못한 거야."라고 말하는 게 변명이란 사실도 우린 이미 안다. 당신에게만 시련이 닥친 게 아니다. 어렵지 않은 사람 없다. 각자 자기 앞에 놓인 문제를 풀며 나아가고 있다. 지금 힘든 거 전부 지나간다. 두 팔 걷고 문제를 보는 태도를 달리하자. 세상에서 나를 책임질 수 있는 것은 오직 나뿐이니까.

대학에서 마주한 한계

2007년 3월, 서울예술대학(이하 '서울예대) 실용음악과 신입생 오리엔테이션이 서울예대 안산캠퍼스 나동에서 진행되었다. 과대표 선배가 공식인사멘트를 알려주었다. 교수님과 선배를 보면 이렇게 인사해야 한다면서 "안녕하십니까? 실음과 07학번 드럼전공 OOO입니다." 하며 외쳤다. 인사가 꽤 길었지만, 그 인사를 얼마나 해보고 싶었는지 모른다. 몇 번 연습하고 나서 오리엔테이션이 끝났다. 한 반에 모인 동기들과 어색한 인사를 나눴다. 서울에 유명한 음악학원에 다닌 동기도 있고, 아예 실용음악과가 있는 고등학교를 졸업한 동기도 있었다.

내가 수학이나 과학 따위를 공부하던 시간에 누구는 음악을 공부했다고 생각하니 작게 느껴졌다. 동네 실용음악학원에서 공부해서 입학한 나와는 많이 다른 환경이었을 것이다.

실용음악과는 서울예대에서 맨 처음 생겼다. 그래서인지 예대 출신은 실력이 좋았다. 음대를 지원하는 학생들 대부분이 예대 전공자 출신에게 음악을 배웠다. 입학과 동시에 날 가르쳐주신 선생님은 선배가 되었다.

서울예대 실음과 1학년은 '장독대'라는 공연을 한다. 1학년들의 대표 연주공연이다. 고등학교 때 '장독대' 일정이 나오면 학교도 조퇴하고 서울예대로 달려갔다. 재학생들은 연주가 매우 화려하면서도 기본기가 탄탄했다. 그때 드럼을 연주하는 서울예대생을 보고 개인적으로 메일까지 보냈었다. 너무 잘하신다고, 존경한다고, 나도 꼭 서울예대 들어갈 거라고 말이다. 입학하고 나서 그분은 나의 선배가 되었다. 해맑게 웃으면서 테크니컬한 연주를 하는 그 드러머를 보면서 작지 않은 충격을 받았었다. '서울예대생 드러머들은 다 저만큼 치는 것인가?', '내가 과연 저런 사람들과 어깨를 견줄 수 있을까?'하고 말이다. 그런 충격을 동력 삼아 연습에 모든 시간을 걸었기에 올 수 있었던 학교였다.

대학 생활이 시작되었다. 우리는 팀을 짜고 자작곡이나 지정곡을 연습했다. 각자 전공 악기로 개인 연습을 하고 합주를 시작하면 처음엔 잘 맞지 않는다. 그럼 틀린 부분부터 다시 연습하고 어디가 이상했는지 이야기를 나눈다.

학교에 다닐 때 우리 학교는 2년제였다. 2년이란 시간은 모두에게 짧은 시간이었다. 그런데도 불구하고 많은 음대생이 서울예대로 몰리는 것은 학교의 명성과 학연 때문이었다고 생각한다.

나는 20살 현역으로 입학했지만 그렇지 않은 동기들이 더 많았다. 많게는 10살 차이나는 동기도 있었다. 특히 같은 동기 드러머 중에 동갑내기는 단 한 명 있었다. 하루는 드럼 치는 동기 오빠랑 이야기를 하는데 나에게 이렇게 말했다. "현진아, 여자가 아무리 잘해도 나가면 결국 남자들끼리 연주한다. 너는 모 아니면 도야." 여자연주자가 아무리 잘해도 남자들끼리 뭉쳐서 음악을 한다는 말이었다. 상처를 주려는 의도는 아니었다. 그게 현실이라는 것을 어린 나에게 말해주고 싶었던 것뿐이었다. 천천히 고개를 끄덕였으나 속으로는 '그게 아닐 수도 있다는 것을 보여줘야겠다'라고 생각했다. 그러나 내 생각과는 뇌는 달리 움직였다. 그 이후로 어우러져 연주하는 동기들을 보며 남자와 여자를 구분하기 시작했다. 여자의 연주와 남자의 연주, 나는 어떤 이의 연주에 열광하는지, 어떤 연주자의 연주가 더욱 매력적인지 그 확률 따위를 계산하기 시작했다.

대개 '여자' 라는 이름과 어울리지 않는 악기를 연주할 때면 사람들은 기대에 찬 눈빛으로 연주를 기대한다. 그들의 기대보다 잘하면 그제야 놀라며 "잘한다!"라고 말한다.

리듬계열 연주자들이 즉흥으로 연주하는 JAM이라는 게 있다. 베이스 기타와 드럼, 혹은 일렉기타 등을 즉흥으로 연주하는 것인데, 기본 코드 구성을 가지고 할 수 있는 거라 연주자들이 즐겨 한다. 그러나 즉흥으로 하는 연주다 보니 틀에서 벗어나거나 기술과 감각 따위가 더욱 중요했다. 그게 있어야 재밌게 칠 수 있는데 나는 대부분 악보에 맞춰진 구성으로 연습을 해와서 JAM을 할 때마다 속으로 한계를 느꼈다.

부족한 것을 알았다고 해서 바로 고쳐지지 않는 것이 연주실력이다. 다른 드러머가 JAM 하는 걸 보면 정말 잘하는 것 같은데 '왜 나는 저런 센스가 없을까' 하며 많이 생각했다. 부족함을 알았으면 그다음엔 보완하기 위해 연습을 했어야 맞지만, 그 당시엔 '내가 여자라서 그런 걸까' 하는 괴상한 생각에 사로잡혀 있었다. 여자라서 테크닉이 안되는 거고 여자라서 센스가 없는 걸까 싶었다. 동기 오빠가 했던 말에 그럴듯한 근거를 찾고 있었다.

1년간의 휴학을 마치고 복학을 했다. 휴학했던 선배들도 복학해서 함께 학교에 다녔다. 졸업을 앞둔 마지막 학기에는 졸업작품(이하 졸작) 준비로 분주했다. 졸작 공연을 하기 위해서는 자작곡을 제출해야 했다. 기타전공이었던 친구 한 명이 자작하는 것을 거의 도맡아 해주었다. 연주곡이었는데 기타와 베이스 솔로 그리고 드럼 솔로 파트가 있었다. 작품공연은 성공적이었다. 그 뒤 나는 졸업을 했다.

실용음악학원에서 드럼 강사로 일을 했다. 한 달에 200만 원 이상을 벌었다. 당시 20대 초반이던 나에겐 과한 돈이었다. 아르바이트한 적도 없이 원하는 대학에 들어와 내가 잘하는 것으로 번 돈이었다.

학생들은 대개 내 맘 같지 않았다. 안된다고 하소연만 할 뿐 내가 했던 노력에 비하면 터무니없는 노력만 할 뿐이었다. 어떻게 하면 더 잘 가르칠 수 있을지 고민했지만, 학생들 스스로는 대부분 열심히 하지 않았다. 지루한 연습을 인내하며 견뎌내는 학생들이 정말 없었다.

음악을 배우고 졸업을 한 뒤 일을 하며 가장 많이 했던 생각은 '음악으로 뭘 해 먹고 살 수 있을까'였다. 이상과 현실은 달랐다. 실제로 졸업한 뒤 밴드 제의는 여자밴드에서 많이 들어왔다. 남자연주자들은 여자와 밴드를 해봤는데 자주 약속을 지키지 않았다고 했다. 남자친구랑 싸우기라도 한 날이면 합주시간에 울거나 그날 나오지 않기도 한단다. 그게 남자들의 시선이었다.

세상 많은 사람이 자기만의 스타일을 가지고 산다. 꼼꼼한 거나, 즉흥적이거나, 예민하거나, 털털하거나. 나는 꼼꼼한 사람이다. 그게 내 연주 스타

일이다. 당시 나를 잘 알았다면 일반화적인 말들을 받아칠 수 있었을 것이다. 여자들은 대개 감성적이고 세심하다. 남자들은 에너지가 넘치며 즉흥적이다. 그것이 연주로 표출되는 것이다. 드러머가 여자냐 남자냐는 전혀 중요하지 않았다. 모두가 같은 에너지와 스타일을 가질 수는 없는 법이다.

나와 다른 성향의 연주자들을 보며 내 실력이 부족하다고 생각했다. 내가 가지고 있는 것을 보지 못하고 없는 것을 바라보며 '여자니까 나도 저렇게 칠 수 없는 것일까?' 생각해버렸다. 나를 제한하는 것은 오로지 내 생각뿐이다. 타인의 생각을 곧이곧대로 받아들임으로써 내가 가야 할 길에 선을 그어버렸다.

사람들은 누구나 선택을 한다. 우리의 선택은 생각에서부터 시작된다. 어떤 생각을 받아들일 것인지도 개인에게 달렸다. 자기만의 생각과 기준이 없으면 타인의 말과 생각을 주워 담게 된다.

대학에 들어가 어떤 것을 배우고, 어떤 부분을 향상시킬지 목표를 세우지 않았다. 목표가 없는 사람은 바다에서 무엇을 건져야 하는지도 모른 채 바다 위에 떠 있는 것과 같다. 과거의 성공은 과거의 당신이 쌓은 거다. 지금 그보다 더한 성공을 쌓지 않았다면 과거보다 퇴보한 거다. 그러니까 지난날의 과업에 미련 갖지 말고 일단 받아들이자. 지금 무언가를 얻었다면 힘들게 얻은 그것을 잃고 싶지 않을 것이다. 그렇다면 그 안에서 목표를 다시 설정하자. 안 그러면 표류한다. 몇 개월이 될지, 몇 년이 될지는 알 수 없지만, 그동안 매일 부정적인 생각에 사로잡히게 된다. 못할 것 같은가? 제대로 바라보고 생각해보자. 그게 진짜 한계인지, 진짜 불가능한 일인지, 남의 시선과 생각을 그대로 받아들인 건 아닌지 말이다.

엄마, 엄마와 나는 다른 사람이야

6남매 중 맏딸로 태어난 우리 엄마는 베이비붐 세대다. 6.25 전쟁이 끝난 직후 사람들은 아이를 많이 낳기 시작했고, 그 아이들 속에 우리 엄마와 아빠가 계셨다. 엄마는 장녀로서 부모님을 도와 집안일을 해야 했다. 제사가 있을 때면 외할머니를 도와 제사음식을 만들고 상을 차렸다. 조상님에 대한 예로 절을 올렸다. 동생들 밥을 차리고 학교에 보냈다. 조금 커서는 동생들을 데리고 서울로 올라오셨다.

엄마는 어릴 적부터 '왜 죽은 사람을 위해 음식을 만들고 그들에게 절을 해야 할까.' 의문을 품었다. 사람이 살고 죽는 것에 대한 의미를 찾아가던 엄마는 청년이 되었다. 알고 지내던 언니를 통해 교회에 가게 된 엄마는 그곳에서 의문에 대한 해답을 찾았다. '하나님께서 사람을 창조하셨고, 창조 목적은 하나님 나라, 곧 천국의 완성이다.' 사람이 이 땅에 어떻게 태어났는지, 사람을 만든 '사람'은 누구이며, 죽은 뒤엔 어디로 가는지에 대해 깨닫게 되신 것이다.

　그때부터 엄마는 교회에 다니셨다. 성경 말씀을 듣고 배우며, 무엇을 기준으로 하여 살아야 하는지 알게 되셨다. 보살피던 동생들까지 교회에 데리고 가셨다. 지금까지도 이모와 삼촌들은 매우 열심히 교회에 다닌다. 엄마와 10살 이상 터울을 가진 막내 이모부터 바로 밑에 있는 동생까지.

　언니에 이어 나, 동생까지 낳으신 엄마는 태 속에 우리가 있을 때부터 우리를 이끌고 함께 교회에 가셨다. 언니 손을 잡고, 나를 안고, 뱃속엔 동생을 가진 채 늘 한결같이 일요일이 되면 어김없이 말이다.

　엄마가 우리에게 바라는 소원은 단 한 가지였다. 신앙생활 열심히 하고 성경대로 사는 것. 그 외엔 정말 아무것도 바라지 않으셨다. 정말이다. 그러나 성경대로 사는 것은 모든 것을 바라는 것을 의미했다. 늦잠을 잘 때면 게을러선 안 되는 이유에 대해 성경을 들어 설명하셨고, 우리가 싸울 때면 형제가 우애하지 않으면 안 되는 이유를 들어 혼내셨다. 부모 공경을 하지 않으면 단명한다는 말씀도 있었다. 엄마 지갑에 손을 댔을 땐 도적질 하면 안 된다는 말씀을 대주셨다. 거짓말을 했을 때는 정직해야 하는 이유에 대해서 어김없이 성경으로 말씀하셨다. 모든 것이 성경이었다. 슬픈 일이나 나쁜 일을 겪을 때는 그마저도 우리를 더 강한 사람으로 만들기 위한 것임을, 그래서 더 크게 쓰시려는 하나님의 계획이심을 알려주셨다.

　매일 아침이면 식사를 준비하시며 찬송가를 부르셨다. 탁자에서 가계부를 쓰실 때 말고는 성경을 읽으셨고, 무언가를 하실 때면 애플리케이션을 틀고 읽어주는 말씀을 들으셨다. 설교 말씀을 녹음해 공부하는 학생처럼 다시 듣기도 하셨다. 차를 타고 교회에 갈 때면 조수석에서 늘 성경을 읽으셨다. 차에서 읽으면 눈 나빠진다고 뭐라고 해도 입 삐죽 내미실 뿐, 어김이 없었다.

하루를 마치고 집안의 불이 다 꺼지면 거실에 방석을 깔고 무릎을 꿇은 채 기도를 드리셨다. 기도를 방해하지 않으려고 방에 있다가 '지금쯤 끝내고 들어가셨겠지.' 싶어 거실로 나오면 고개를 숙이고 두 손을 무릎 위에 올린 채 기도하시는 엄마를 볼 수 있었다. 나는 이런 엄마 밑에서 자랐다.

그런 엄마가 나를 가장 좋아했을 때는 단연 고등학생 때다. 내 꿈이 드러며였던 그때, 교회에서 드럼으로 찬양하길 원했던 것을 매우 기뻐하셨다. 그게 세상에서 어떤 위치인지, 현실이 어떠한지는 아무런 상관도 안 하셨다. 하나님께 크게 쓰임 받는 사람이 되게 해달라는 기도를 매일 하셨을 터. 엄마에겐 그것이 중요했다.

사춘기를 지나오면서 크고 작은 말썽을 부려 실망하게 하기도 했지만, 엄마는 포기하지 않으셨다. '자식 걱정에 한숨 쉬지 말고 자식을 위해서 기도하라'라는 말씀과 '믿지 못하니까 걱정하는 것'이라는 말씀에 따라 다만 기도할 뿐이었다. 그런 내가 20살이 되어 원하는 대학에 입학하자 "현진이는 한다면 하는 아이." 라며 기뻐하셨다. 그게 뭐라고 동네방네 자랑도 하셨다.

몇 년 뒤, 나는 벌건 대낮에 방 침대에 눈을 감고 누워있었다. 머릿속엔 온통 '앞으로 뭘 해야 할까.' 라는 생각뿐이었다. 답이 나와야 하는데 한숨만 나왔다. 방문을 열고 엄마가 들어왔다. "일어나!" 라고 외치는 엄마를 피해 이불을 뒤집어쓰고 신경질을 부렸다.

밤이 되면 이 하루가 아까워 누구든 만나러 나갔다. "이 시간에 어딜 또 나가냐?"고 말하는 엄마 말엔 별다른 대꾸를 하지 않은 채 나가 놀다가 늦게 들어왔다. 직장에 다니는 친구들 사이에서 나는 앞으로 뭘 해야 할지 막막했다. 음악 하는 지인을 만나면 다들 그 이야기를 했다. 그래도 나는 연습실로 돈을 벌고 있으니 걱정할 게 없다는 말을 자주 들었다. 돈이 아니라 음악에 있어 새로운 꿈을 정할 수가 없었다. 불안했다.

힘들게 눈을 떠 주일날 아침 교회에 갔다. 설교 말씀을 들을 때면 다 내 얘기 같았고, 위로되었다. 그러나 평일이 되면 내 일상은 같았다. 엄마는 앞날을 위해 다만 "기도해봐." 혹은 "기도해줄게." 라고 말씀하셨다.

몇 년이 더 흘러 나는 꿈과는 상관없으나 관심 있던 부동산 분야 회사로 취직했다. 언니는 결혼해 출가했고, 동생은 수원에 있는 대학교 근처에서 자취했다. 아빠는 그 직전에 인도에 있는 법인장으로 발령을 받아 한국에 안 계셨다. 즉 엄마와 나, 둘만 살고 있었다.

강남에 있는 회사에 다니던 나는 아침 일찍 끼니도 거른 채 출근했다. 업무 시작 전 아침을 먹었고, 점심시간에 동료들과 밥을 먹었다. 업무 후엔 친한 동료들과 저녁을 먹었다. 퇴근 시간엔 늘 사람이 많아 차라리 늦게 가는 게 속이 편했다. 그렇게 집에 도착하면 대부분 밤 9시에서 10시였다.

가끔 집에 가는 도중에 엄마에게 전화가 왔다. "어디쯤이야?"라고 물을 때 집에 가는 중이라고 말하면 "얼른 와. 오늘은 좀 일찍 오네." 하셨다. 그도 그럴 것이 저녁 이후 2차를 가거나 남자친구를 만날 때면 자정 다 돼서 들어간 적도 많았기 때문이다. 그럴 때 전화가 오면 안 받거나, 늦게 간다고 말했다. 엄마는 "좀 일찍 오지 계집애가 이 시간까지 어디서 뭘 하길래 퇴근하고 바로 집을 안 오냐"고 하셨다. 내 자유시간은 퇴근 후밖에 없는데 맨날 그런 말을 하는 엄마가 야속했다. 기다리고 있다는 엄마에게 "왜 기다려. 먼저 자." 라고 말했다. 그렇게 엄마와 함께 있는 시간이 줄어갔고 "정신 차려라. 하는 말에 반항이라도 하는 듯 더욱 정신 안 차리고 지냈다.

교회에 다니고 신앙생활을 했지만, 엄마가 믿는 만큼 성경을 기준 삼아 살지 않았다. 철저하게 성경 중심도 아니었고, 엄마가 젊어서 품었던 의미 있는 질문 따위도 던져본 적 없었다. 천국을 바라보며 소망 속에서 살지도 못했으며, 주일을 위해 토요일을 경건한 마음으로 보낸 적 또한 드물었다.

세상에 대한 호기심도 많았다. 말씀을 알았으나 전적으로 따르지 않았다. 그럴 때면 엄마는 늘 이렇게 말씀하셨다. "어찌 그러냐. 엄마는 어렸을 때 안 그랬는데." 그런 엄마에게 언제나 이렇게 말했다. "그건 엄마라고. 나는 아니라고. 다 엄마 같을 수 없는 거라고."

아침에 나가 밤늦게 들어오는 작은 딸 때문에 거의 매일 세 끼를 혼자 드셔야 했다. 몰랐던 것은 아니지만 해줄 수 있는 게 없었다. 내가 하고 싶은 게 우선이었다. 엄마는 성경밖에 모르기 때문에 내 상황과 감정을 이야기 한들 이해해주지 못할 것으로 생각했다. 한번 어긋난 적 없이 올곧게 살아왔던 엄마에게 나는 참 이해 못 할 딸이었다. 지금도 엄마는 내가 내리는 선택을 이해하지 못하실 때가 많다. 그러면 엄마에게 늘 말했듯 엄마와 나는 다른 사람이라고 이야기한다. 엄마가 더 옳고, 엄마가 더 맞을 수도 있다. 그러나 내가 내릴 수 있는 선택은 결국 내 생각대로다.

엄마의 바람이 내 바람과 다르고, 엄마의 기대가 내가 내게 거는 기대와 다르다. 많은 부분에서 그럴 수 있다. 그건 당연하다. 그런 엄마에게 자식으로서 내가 할 수 있는 것은 '내 인생에 최선을 다하고 있는 모습' 그뿐이다. 내가 내 멋대로라서 엄마를 외롭게 했던 것과, 속을 상하게 한 것은 분명한 내 잘못이다. 자식으로서 부모에게 해야 할 효를 저버리란 말이 아니다.

가끔 학생들이나 동생들과 대화하다 보면 부모님 때문에 무언가를 포기한 적이 있다는 이야기를 듣게 된다. 여태 키워주신 부모님의 기대가 자신의 방향과 맞지 않아 힘들다는 것이다. 그게 효도인 것 같아 대학에 가고, 그게 효도인 것 같아 직장을 그만두지 못한다고 했다. 키워주신 것은 부모님의 역할이었을 뿐이다. 자식의 역할은 거기에 보답하는 것이다. 부모님의 생각과 한 방향으로 가는 게 보답이 아니다. 범법하지 않고 스스로 자기 인생을 책임지는 게 보답하는 것이다. 자기 목표를 향해 나아가지 못하는 사람은 대개 그 목표에 대해 자신감이 없는 경우가 많다. 그래서 부모님이 원하시는 대로 간다. 그럼 잘못돼도 탓할 사람이 있으니까. 그럼 도와주실 거니까.

  가정이 어려웠던 친구들이 자기의 꿈을 향해 나아가지 못하는 걸 보면서 나는 간절히 생각했다. '내 꿈에 가족이 걸림돌 되는 일은 없었으면 좋겠다.' 라고. 참 이기적인 소리 같지만 오랜 기간 그렇게 생각해왔었다. 가족을 등진 채 자기만의 길을 가란 소리가 아니다. 다만 인생의 주인은 자기 자신뿐이니까 그걸 염두에 둔 선택을 하라는 것이다. 안 그러면 나중에 본인이 못 이룬 것에 대해 부모 탓하게 된다.

제2장
어떻게 살아야 되는거지?

친구들은 직장인, 나는 드러머

실업계 고등학교를 졸업했다. 드럼으로 입시를 정했던 나는 인문계에 가면 연습할 시간이 없을 거라고 판단했다. 쓸데없는 공부를 하는 데 시간을 낭비하고 싶지 않았다. 내가 다닌 학교는 여고였다. 안산 여자상업고등학교는 이후 이름이 한번 바뀌어 여자정보고등학교가 되었고, 우리는 줄여서 '여정'이라고 했다.

고등학교에 진학할 즈음, 아빠는 실업계 진학을 반대하셨다. 보통 집안 사정이 안 좋거나 질이 나쁜 친구들이 많이 가는 곳이 실업계 고등학교라고 하셨다. 어차피 학교 끝나고 학원으로 갈 거니까 괜찮다고, 그다지 좋은 인문계고등학교도 못 가는 성적이라며 아빠를 설득했다.

실제로 학교에 가보니 부모님이 이혼하거나 사별한 친구들이 많았다. 나는 없는 것 빼고 다 있는 평범하고 행복한 가정에서 자랐다는 걸 깨달았다. 절대로 먼저 친구들의 부모님에 관해 묻지 않았다. 그냥 이야기하다가 알게 되는 경우가 많았고, 놀라거나 궁금하단 이유로 더 묻지 않았다. 그게 예의라고 생각했다. 그런 경험이 있는 친구들에게 어떤 말을 해줘야 할지 몰랐다. 위로나 공감을 해주고 싶었지만 그럴 수 있는 영역이 아니었다.

자주 돌아가신 아빠를 그리워하는 친구가 있었다. 힘든 일이 있을 때마다 "아빠가 없어 너무 힘들다." 고 말하는 친구에게 불현듯 화가 났다. 나는 말했다. "너만 아빠 안 계신 거 아니잖아. 근데 왜 너만 맨날 그런 소리를 하는데." 친구는 내 말에 상처받아 교실로 들어가 울기 시작했다. 그런 거로 그만 힘들어했으면 좋겠어서 한 말이었는데 막상 친구가 울자 심하게 말한 내 자신에게 화가 났다. 나는 복도에서 울었다. 나를 달래주러 온 다른 친구에게 울며 말했다. "내가 심한 말을 했어. 아빠가 없는 게 어떤 것인지 알지도 못하면서." 집에 돌아와 내가 그동안 당연시 여겼던 부모님의 사랑과 보살핌에 대해 생각했다. 나는 다른 사람이 너무 가지고 싶은 것을 가지고 있었다. 다시는 친구에게 그런 상처 주는 말은 하지 않겠다고 다짐했다.

우리는 고등학교 3학년이 되어 대학진학 여부를 결정해야 했다. 대학진학을 하지 않는 친구들은 졸업 후 곧장 취직준비를 했다. 친구들은 대부분 바로 취직을 했다.

고3 때 나는 연습에 몰입하느라 방과 후 친구들을 자주 만나지 못했다. 간혹 친구들이 학원 앞에서 나를 부르면 잠시 나가 노는 정도였다. 그렇다고 친구들 간의 관계가 나쁜 것은 아니었다.

졸업하고 나는 대학에 갔고, 친구들은 이곳저곳으로 취업을 했다. 대학을 졸업하고 취직하는 다른 사람들보다 몇 배는 빠른 시작이었다. 우린 주말에 만나거나 분기별에 한 번씩 만났다.

20대 초반, 친구들이 회사에서 경력을 쌓으며 사회생활을 할 때 나는 실용음악학원 강사로 일을 하며 연주 활동을 했다. 경력이 별로 없던 친구들에 비해 많이 벌 때도 있었다. 22살부터 운영하기 시작했던 음악 연습실 관리를 하며 학원에서 일하고, 남는 시간엔 책을 보거나 사람들을 만났다. 당시 내가 연습실을 만들 때만 해도 학교 주변엔 연습실이라곤 한 곳도 없었다. 만들고 나자 학교사거리에 서서히 음악 연습실들이 생겨났다.

친구들은 나를 부러워했다. 좋아하는 게 있어서 그걸로 대학도 가고, 지금도 좋아하는 일을 하고 있다고. 자기들은 하고 싶은 게 없다고 말이다. 뭘 해야 할지도 모르겠고, 어떤 걸 좋아하는지도 잘 모르겠다고 했다. 이미 사회생활을 시작한 친구들은 꿈을 찾기 위해 무언가를 시도하는 것 자체가 무리인 듯 보였다. "인제 와서 어떻게 그래", "너무 늦었어.", "해보고는 싶은데, 음 모르겠어."라는 말을 많이 들었다. 나는 친구들이 부러웠다. 회사에서 힘들었던 일을 가지고 나와 술안주로 삼을 수도 있고, 번 돈으로 미래를 위해 저축할 수도 있고, 어느 정도 예측이 가능한 미래를 그려볼 수도 있으니까.

회사생활을 잘하다가 디자인 공부가 하고 싶어서 회사를 그만두고 학원에 다니는 친구가 한 명 있다. 뒤늦게나마 공부하고 싶은 분야가 뭔지 알게 된 것이다. 친구는 디자인 관련 일을 했었다. 회사에서 그 일을 하지 않았다면 자기가 좋아하는 게 뭔지 알아낼 수 있었을까? 디자인 공부를 해보라고 누가 권했다 한들 그 친구가 타인의 말을 듣고 회사를 그만둘 용기를 낼 수 있었을까?

누구에게나 주어진 환경이 있다. 좋든 나쁘든 그 환경 속에서 선택을 하며 살아가는 우리다. 친구들에게 나의 생을 살라고 할 수 없듯이 나 역시 타인의 생에 뛰어들 수 없다. 우린 그렇게 다 각자의 트랙을 뛸 뿐이다. 친구들이 직장에 오래 다니는 게 존경스럽다. 수많은 문제와 인간관계가 벌어지는 그 속에서 매일 생을 위한 싸움을 하는 친구들을 나는 절대 따라갈 수 없다.

그러나 나는 내가 직장인인 게 싫다. 음악 기획사에 출근하는 것도 싫었다. 성인이 되면 회사에 가서 돈을 벌어야 하고, 돈을 벌면 모아서 결혼해야 하는 인생. 그러다 아이를 낳고 엄마가 되었다가 할머니가 되는 인생. 평범하지만 그렇게 행복을 추구하며 사는 많은 사람의 인생. 나는 싫었다. 원하는 인생이 뚜렷하진 않았어도 그건 아니었다.

그러나 그게 싫다고 타인에게 강요할 수는 없는 거다. 반대로, 회사에 오래 다녔다고 자기 경험이 나보다 더 많다고 생각하는 오만도 절대 안 될 행동이다. 회사가 싫었던 이유 중 하나가 바로 그 교만한 태도와 사고방식을 가진 직장인의 모습 때문이었으니까. 회사에 다니는 사람은 내가 한 경험은 절대 못 한다. 누구의 경험이 나은 것인가? 이걸 비교할 수 있을까? 가르치지 말고, 가르침 당하지 말자. 옳고 틀린 게 애초에 없으니 당신이 회사에 안 다닌다고, 경험이 없다고, 자기 인생이 별 볼 거 없는 것 같다고 주눅들 필요도 없다.

남의 인생이 더 좋아 보인다. 직장에 다니는 게 아무리 고달파도 매달 꽂히는 월급과 인정, 그럴듯한 명함은 역시 매력적이다. 그러나 직장인은 자유롭게 일하는 사람을 부러워한다. 지금 우리 각자가 있는 자리는 우리가 스스로 부러워하는 그 자리가 아니다. 우리는 우리가 택한 자리에 있다. 직업으로 인생을 논하지 말자. 지금을 가지고 전체를 평가하지 말자. 당신보다 많이 번다고 당신의 인생을 컨설팅하는 사람 앞에서 고분고분하지 말자. 그 사람은 벌어서 소비를 담당해야 하는 사람인 것이다. 같은 시각 무덤에 들어갈 수 없듯이, 끝은 모른다.

세상의 편견

20대 초반에 여러 가지 일을 많이 했다. 졸업하고 나서부터 미래가 막막했다. 학원에서 일하며 돈을 벌고 있었지만 하루하루 그렇게 살려고 음악을 배운 건 아니었다. 무료할 때마다 자주 카페를 갔다. 커피 향이 좋았고, 적당히 시끄러운 공간도 마음에 들었다.

강사 일에 재미를 잃을 즈음, 새로운 일을 배우고 싶었다. 아르바이트는 해본 적도 없고, 학원에선 선생님 소리를 들으며 일을 하고 있던 나에게 새로운 일에 도전하기는 쉽지 않았다. 그러다 카페 생각이 났다. 추태 부리는 손님도 없고 커피를 만드는 게 재밌을 것 같아 구직을 신청했다.

오전 7시 30분에 문을 열고 오픈 준비를 했다. 주로 혼자 일했고 바쁜 점심시간에만 사장님과 같이 일을 했다. 손님이 없을 때는 공부를 하거나 책을 읽었다. 손님이 많을 때는 분주했지만, 오히려 바쁜 게 더 즐거웠다. 뜨거운 음료를 쏟아 손이 덴 적도 여러 번이었지만 힘들지는 않았다. 1년 반

동안 오전에는 바리스타 일을 하면서 저녁엔 드럼 레슨을 했다.

네덜란드 유학을 준비하던 시기에는 드럼연습과 음악학원 출강하는 걸 빼면 딱히 일이 없었다. 또 구직사이트를 기웃거렸다. 시간을 허투루 쓰기 싫어서 20대 때는 일 중독이란 말을 여럿 들을 만큼 일을 열심히 했었다. 어디에서 일할까 찾아보던 중 주얼리 샵이 눈에 띄었다. 단 한 번도 일해본 적 없고 어떤 식으로 업무가 돌아가는지조차 몰랐던 곳이었다. 금은 어디서 떼어오는지, 가격은 어떻게 매겨지는지 궁금했다. 구직신청을 했더니 사장님께 연락이 왔다. 면접을 보러 오라고 해서 시간 맞춰 매장으로 갔다.

사장님은 남자분이었다. 나에게 이쪽에서 일해본 적 있냐고 물어보셨다. 상대를 배려하는 말투였다. 그래서 기분은 나쁘지 않았다. 경험 없다고 솔직히 말씀드렸더니 경험이 있는 사람을 채용할 것 같다면서 결정한 후 연락을 주신다고 했다. 결국 주얼리 샵에서 일은 못 했다. 그 이후 나는 다른 커피숍에서 일을 많이 했다. 커피 전문점 말고는 일하고 싶은 곳이 없었다. 1년 6개월의 경력이 있었기에 속속 구직이 되었다. 바리스타 자격증은 없었지만 카페는 직접 일해 본 사람을 선호했다. 개인이 운영하는 카페에서도 일해보고, 프랜차이즈에서도 해봤다. 스타벅스를 비롯한 큰 프랜차이즈 커피숍은 구직도 까다로울뿐더러 지켜야 할 사항이 너무 많고 형식적이었다. 그래서 프랜차이즈는 선호하지 않는다.

지금 생각해보면 주얼리 샵 사장님이 이해가 간다. 경력 있는 사람을 뽑는 게 경력 있는 사람을 뽑는 게 경험 없는 사람을 돈 주고 키우는 것보다 편하니까. 좋은 사회 만들자고 개인이 그런 불편과 위험을 껴안을 필요가 없으니까. 그러나 20대 초반이 주얼리 경력이 있으면 얼마나 있다고 그 이유를 들어 구직을 마다했는지는 여전히 의아하다.

서른이 넘어 강남에서의 자취생활을 접고 본가가 있는 지역으로 이사를 왔다. 여전히 회사라는 곳이 싫었다. 경력도 없었을 뿐더러 이젠 정말 일자리 구하기도 힘들다는 것을 신문을 통해 접한 터였다.

언론에선 우리 세대를 두고 3포세대라고 한다. 더러는 '7포'들도 있지만, 보통은 3개 정도만 포기하는 것 같다. '구직 단념자', '취업 포기자'라는 말들도 속속 생겨났다. 단어만 다르지 다 같은 말이다. 결국 직장 포기하겠다는 거다. 그 반증으로 서점은 '나'라는 삶에 집중하고자 하는 사람들의 책으로 메워졌다. 안산에 돌아와 적은 시간이라도 밖에서 일하고 싶었다. 많이는 필요 없고 한 30만 원 정도만 아르바이트로 벌 수 있으면 그걸로 충분했다. 몇몇 카페로 면접을 보러 갔다. 거기서 이전에는 경험해보지 못한 것들을 하게 되었다. 사장님들이 똑같이 던진 질문에 적잖이 당황했다. "결혼은 했어요?" "아니요." "남자친구는 있어요?" "네." "언제쯤 할 예정인가요?" "아직 결혼 생각은 없어요." 저 말은 사실이었다. 결론은 좋지 않았다.

모두 내게 연락을 주지 않았다. 20대 때는 어딜 가든 면접 보면 바로 일을 구했었다. 남자친구는 내게 일 하나는 정말 잘 구한다고 했었다. 여자 나이 서른이 넘으니 받아주는 곳이 반 토막이 나더라. 나는 구직 단념자가 되었다.

세상은 우리에게 경험을 많이 해보라고 한다. 그런 세상에서 경험을 해보려고 했더니 경험이 없어서 안 된단다. 한국 문화와 한국 사람들은 참 일률적이라는 생각을 많이 했다. 여러 경험을 받아들이기보다 한 분야의 전문성을 더 중요시하는 사회가 대한민국이었다.

한 분야의 전문성도 처음 발을 디디는 순간이 있어야 가능하다. 경험이 없다고 경험할 기회를 주지 않는 사회에서 그 분야 일을 하려면 관련 전공이라도 공부해야 하는 걸까? 주얼리 샵에서 일하기 위해 알아야 할 것들이 그렇게 많은 것이었을까?

지금은 사회가 변했다. 주 52시간 근무 제한으로 인해 오히려 전문성 있는 사람들은 회사에 남아있기 어려워졌다고 한다. 임금을 더 줘야 하는데 일 시킬 수 있는 시간은 줄어드니 상황이 어려워진 기업에서 전문인력을 감당할 수 없기 때문이다. 모순된 사회다. 스펙을 강조하는 기업에서도 갖가지 경험이 없는 사람은 싫어한다. 요즘은 스펙이 너무 좋으면 인간관계나 자기계발을 위한 시간을 보내지 않은 것으로 간주하는 경향마저 있다. 경험을 많은 건 좋은데 나이가 좀 있는 사람은 싫어하는 게 특유다. 젊고 경험도 많은 사람은 어딜 가나 인기가 많지만, 거기엔 다 한계가 있는 법이다.

결국, 사람들의 편견이 우리 모두를 괴롭게 하고 있다. 취준생을 바라보는 편견, 우리 30대를 바라보는 편견, 일할 곳은 아직 많은데 엄살 심하다는 편견 등, 사람들의 머리가 굳고 있다. 우리는 마음속에 2마리의 개를 키우고 있다. 한 마리는 편견이고 나머지 하나는 선입견이다. 그 두 마리의 개를 이길 수 있는 개는 '백문이 불여일견'이다. 안 해봤다고 못하는 건 아니다. 20대는 청춘이요, 30대는 결혼할 나이라는 편견도 위험하다. 변하는 세상에서 가장 위험한 생각은 과거에 얽매인 편견이다.

나는 잘못 살아가고 있는 걸까?

자신에 대한 확신이 있는가? 나는 없었다. 내로라하는 대학에 입학해 남부럽지 않은 꿈을 가지고 있던 20대 초반, 그 꿈을 선명하게 그릴 줄 모른 채 타인의 생각으로 뿌옇게 만들다 못해 져버린 실수, '고등학교 때 괴롭힘을 일삼던 친구(?)들은 왜 나를 그렇게 대했을까' 하는 생각까지. 온통 내가 생각했던 미래의 모습이 아니었다. 내가 어디쯤 있는지도 알 수 없었다.

자주 만나는 사람들에게조차 속에 있는 생각을 꺼내지 않았다. 다른 사람이 나에 대해 많이 알수록 불리하다는 생각이 들었다. 그래서 입을 닫았다. 먼저 묻기 전엔 나에 대해 더욱 이야기하지 않았다. 지인들은 내가 무슨 생각을 하는지 알 길이 없었고, 사람 간의 벽은 그때부터 높아졌다. 진정 나를 이해해주는 사람이 없다고 생각했다. 이쯤 되면 나는 누군가의 꿈이어야 했으나 실제 나의 20대는 표류하는 나룻배 같았다. 사람과의 관계에 대해 깊이 생각해본 적이 없었다. 그저 피하려고만 했다.

사람들이 "요즘 뭐해?" 라고 물어보면 난감했다. 일반적인 순서를 밟자면 연주 활동도 활발히 하고 레슨을 통해 입시생들을 대학에 보내는 그런 생활을 하고 있어야 했다.

내가 가르치는 학생들은 좋은 대학에 가지 못했다. 입시 시절의 나만큼 연습에 몰방하는 입시생을 만난 적이 없었다. 어떻게 숙제를 안 해올 수 있는지 이해가 되지 않았고, 그럼에도 불구하고 열심히 했다는 말이 나를 더욱 회의하게 했다. 실력을 입증하기 위해서는 열심히 한 것보다 잘하는 것을 보여줘야 한다. 그 과정은 태도에서 나온다. 친구와 약속이 있는 날이면 레슨을 미루는 아이들은 내 능력을 시험하게 했다.

'아이들이 왜 열심히 하지 않을까?' 생각하며 내가 제대로 이끌지 못하고 있다는 결론에 닿은 게 여러 번이었다. 사람에 대한 좋은 경험보단 나쁜 경험이 더 많았다. 다른 사람이 나를 비판하면 날을 세우고 방어했다. 모두가 나를 비난하는 것 같았다. 비난받을 이유는 없었는데 내가 정한 길을 끝까지 가지 않는 모습을 보며 이것저것 다 해본다고 속삭이는 듯했다. 서울예대라는 이름에 먹칠을 하는 것 같아 괴로웠고, 존경하는 교수님과 선배들의 후배라는 게 창피했다.

내 꿈은 서울예대 입학이었다. 입학 후 세계 최고 여자드러머가 되길 꿈꿨지만, 구체적인 방법을 마련하거나 계획하지 않았고, 현실에 관해 이야기하는 사람의 말을 받아들여 꿈을 물거품으로 만들었다.

해답을 찾아야만 했다. 더욱 열심히 살았다. 돈은 있었으나 시간이 많았던 시절, 배우고 싶은 영어를 배우기 위해 오전 7시 반 회화학원에 등록했다. 스스로 일어났고 학원에 갔다. 집으로 가는 길엔 배운 것을 복습했다. 쓰기보단 무조건 말하기를 했다.

2주에 한 번 도서관에 갔다. 책을 파고들었다. 관심 있는 분야나 제목이 있으면 무조건 빌려왔다. 독서목록노트를 만들어 읽어야 할 책을 적어두었다. 인상 깊은 내용이 있으면 독서 노트에 기록했다. 힘을 주는 문구도 적었다. 저자가 했던 방법도 썼다. 읽은 독서목록도 쓰고, 일기를 썼으며, 해야 할 일들도 매일 적었다. 레슨일지를 적었고, 모닝페이지를 쓰기도 했다. 그러나 앞으로 무엇을 해야 할지, 무엇이 되고 싶은지는 적지 않았다.

하루는 예능 프로그램을 보는데 한 가수가 새로 나온 앨범을 홍보했다. 그 가수가 공연이나 콘서트를 하면 세션으로 활동하는 연주자들이 대개 우리 학교 학생들이었다. 그런 가수들이 나와서 홍보하며 애써 웃는 모습을 보면서 '저렇게까지 하면서 홍보하고 싶지 않을 텐데 애쓴다.' 라고 생각했다. 맞다. 부정적이었다. 이렇게 쓰고 보니 더욱 그랬던 것 같다.

누가 상처를 주면 받았고, 내 탓을 했다. 이제 내 인생을 누구도 책임져줄 수 없다는 사실을 알았지만 어디로 가야 할지 아무것도 결정할 수 없었다. 다른 공부를 하고 싶지는 않았다. 어떤 지식을 쌓는다면 그것은 어떤 성과로 나타나야 한다는 사실이 지겨웠다. 당장 바꿀 수 있는 것도 없었다.

과거를 회상하며 그 블랙홀과도 같았던 시절을 어떻게 지나왔는지 생각해본다. 그리고 '선택'이 우리 삶을 이끈다고 결론지었다. 선택은 당시엔 아무 힘도 가지지 않지만, 시간이 흐를수록 눈덩이처럼 부풀어 올라 삶을 좌지우지 한다. 그중 생각의 선택은 그 무엇보다도 조심스럽게 해야 한다. 의식적으로 생각하지 않는다면 상황은 더욱 나빠질 것이다.

사람들이 나를 비난할 것이라는 이유 없는 '선택', 타인의 말을 받아들였던 '선택', 나를 이해해줄 사람이 없다고 생각한 '선택'. 그 모든 생각의 선택들이 사람들에게 벽을 쌓게 했고, 꿈을 향해 나서지 못하게 했으며, 나를 돌보지 못하게 했다.

단점과 약점, 그리고 부족한 것들을 드러낼 줄 아는 사람이 진정 강한 사람이다. 이전엔 완벽한 사람으로 보이고자 했다. 부족한 모습을 인정할 수가 없었고, 다른 사람들이 알아서는 안 된다고만 생각했다.

지금은 드러낼 줄 아는 용기가 어느 정도 생겼다. 글을 쓰기 시작하며 내가 겪은 사건들이 제삼자의 이야기처럼 흘러가는 것을 경험했다. 글을 쓰다 울기도 했고, 이렇게나 불안했다는 것을 알게 되었다. 무언가 몸에서 힘이 빠지고 속이 건강해진 느낌이 차올랐다.

타인과의 관계도 좋아졌다. 예전엔 다른 사람에게 어떤 질문을 던져야 할지 잘 몰랐다. 관심도 없었고, 오히려 먼저 묻는 걸 실례라 여겼다. 지금은 먼저 많이 물어보려고 노력한다. 그렇게 하니 사람들도 되려 좋아해 주었다.

미래로 나아가기 위해서는 건강한 자신이 필요하다. 내면의 아픈 상처는 사람을 부정적으로 만들고, 내일로 나아가려는 우리의 발목을 붙잡는다. 함께 가야 한다. 안에 있는 상처가 모든 상황을 부정적으로 보게 만드니까 그것부터 치유하도록 하자. 나 자신은 이 세상 누구보다 소중히 대해줘야 하는 단 한 사람이다.

그 방법으로 나는 '글쓰기'를 권한다. 하루에 어떤 일이 있었는지 생각나는 사건 하나를 구체적으로 나열해보자. 거기서 떠올린 감정을 써보면 내 생각대로 사건을 해석했다는 사실을 알게 될 것이다. 나를 알아가는 연습이 잘 된다면 자신이 생긴다.

잘못 사는 것은 없다. 그냥 사는 거다. 나를 알아가는 연습의 과정이 삶이라고 생각한다. 자신에게 당당해지는 연습을 할 수 있도록 매일 하루하루가 주어진다. 매일 잘 살려고 노력하지 말자. 오늘 하루 단 한 순간이라도 나에게 떳떳하다면, 내가 너무 좋다면 잘 산 거다. 이건 당신의 인생이다. 당신은 유일하니까 당신의 삶도 유일하다.

유학이나 가자 : 암스테르담

졸업을 한 지 2년, 25살의 나는 집에서 무력하게 살아가고 있었다. 무언가는 해야만 했다. 그래서 영어를 공부했다. 책상엔 도서관에서 빌려온 책들로 늘 빈틈이 없었다. 닥치는 대로 책을 빌려 읽었다.

무엇을 해야 할지 몰랐다. 친구들은 직장을 다닌 지 5년이 다 되어갔다. 만나면 연습을 한다는 둥, 연습실을 계속 운영하고 있다는 둥 얘기했지만 전부 둘러대기에 합당한 이유였을 뿐이었다.

누구는 나를 사장이라 부르고 젊은 나이에 수완이 좋다며 칭찬했다. 명함도 있었다. 다 허울에 불과했고 마음이 차오르지 않았다.

늦은 밤, 드럼 연습실에서 홀로 연습을 했다. 순간 동작을 멈추면 순간의 소리는 어디로 갔는지 사방이 온통 고요했다. 그 고요함이 싫었다. '언제까지여야 할까', '끝은 있을까?', '이걸로 뭘 하고 싶니?' 등 갖가지 생각이 꼬리를 물었고 다시 연습하고 싶단 생각이 들지 않아 연습실을 나오곤 했다.

지난했던 고요함 속에서 내가 무엇을 생각하든 내 자유였다. 생각의 중요성에 대해 회상할 때마다 이때를 떠올리곤 한다. 긍정적으로 생각해야 할 때는 바로 내가 어디로 가야 할지 모르겠을 때다.

아침에 눈을 뜨면 제일 먼저 든 생각이 '오늘 뭐 하지'였다. 아침이 오는 게 싫었다. 일어나봤자 할 것도 없었다. 무엇을 해야 할지 아무리 생각해봐도 없었다. 이불 속에서 그런 생각을 하다가 다시 잠자리에 들곤 했다. 오후가 넘어가자 엄마가 재촉했다. 겨우 일어나 밥을 먹었다. 핸드폰으로 SNS를 하다 뭉그적거리며 도서관이나 서점으로 갔다.

책을 읽을 때는 내 상황이 절망스럽지 않았다. 저자들의 삶과 내 삶은 많이 달라 보였다. 성공했으니까 그런 말을 하는 거로 생각했다. 그렇게 흡수하듯 책을 읽으며 많은 시간을 독서 노트를 쓰는 데 할애했다.

날이 어두워지면 집 앞에 있는 벤치에 앉았다가 들어갔다. 가족이 다 있는 집안은 왠지 답답했다.

우리 집은 방이 3개였다. 언니와 한방을 썼다. 텔레비전은 늘 켜져 있었다. 집에 혼자 있는 시간이 많은 엄마가 외로워 틀어두기 시작했던 게 습관이 되어서다. 방에 있다가 무료해지면 거실로 나와 TV를 봤다.

가끔 "앞으로 뭘 할 거냐"는 부모님의 질문에 무작정 유학 갈 거라고 했다. 돈은 없었다. 부모님은 "어떻게 갈 거냐"고 하셨다. 방법을 찾아야 했다. 그렇게 늦은 새벽 잠이 들어 다음날 같은 생각을 하며 일어났다. 이것이 나의 일상이었다.

주일에 교회에 가서 매일 울었다. 무엇을 해야 할지 모르겠다고 울었다. 담대해지라고, 당당해지라고, 포기하지 말라고 하는 말씀을 들을 때면 나도 담대해지고 싶다고, 그런데 그럴 수 있는 일이 없다고 무작정 울기만 했다. 왜 이런 지경에 이르렀는지 모르겠다고, 그렇게 울었다. 울고 나면 기분이 나아졌다. 신앙의 중요성에 대해서도 절감했다. 사람에게 기대면 허무함이 남지만 보이지 않는 신은 언제나 내 편이었다.

소리 내면서 기도하는 시간이 그 시절 내게는 늘 짧았다. 기도가 시작될 때 나오는 반주 속에서 기다렸다는 듯이 눈물샘에서 눈물을 뽑아냈다. 듣고만 있어도 눈물이 나왔다. 그게 너무 좋았다. 누구에게도 보이지 못했던 약한 모습, 진짜 내 생각과 바램을 그때만큼은 울면서 다 털어놓을 수 있었다. 하나님은 다 아시기에, 이런 나에게도 계획과 섭리가 있으실 것이기에 편하게 내 상황을 말하곤 했다.

해가 중천에 뜰 동안 침대에서 나오지 않을 때면 엄마는 짜증스러운 말투로 나를 부르셨다. 불을 켜고 이불을 개키면 베개에 얼굴을 묻으며 나가라고 소리쳤다. 내 마음과 감정을 솔직하게 터놓고 이야기하지 못했다. 그런 생활이 반복될수록 사람들이 왜 자살을 하는지 이해하게 되었다. 동맥을 긋는 모습을 흉내 내본 적도 있었다. '동맥을 그으면 피가 나오고 나는 정신이 혼미해지겠지', '여길 어떻게 그었을까?' 하는 생각을 했다. 같은 세상에 살지만, 우리 각자는 전부 다른 세계에 살고 있었다.

정말 유학을 하러 가고 싶었던 것은 아니었다. 가기 싫었던 것도 아니었다. 내가 했던 것으로 무엇이라도 다시 해야 한다는 생각이 들었다. 이 상황에서, 더욱더 나아지기 위해 택할 수 있던 방법의 하나가 유학이었다. 그렇게 뭐라도 해야 사람들이 요즘 뭐하냐고 물어보면 할 말이 있었다. 그러나 열정은 없었다. 음악에 재능은 없었는지 몰라도 연습에 재능은 있었던 모양이다. 재즈를 배우고 유학을 하러 가기 위해 암스테르담으로 향했다.

비행깃값은 22살 때부터 들어뒀던 개인연금을 통한 약대 대출로 충당했다. 당시엔 항공권을 어떻게 구매해야 하는지도 몰라 여행사를 통해 수수료를 주고 비싸게 샀다. 유학을 하러 가겠다고 부모님께 비행깃값을 대달라고 할 수는 없었다.

지금 생각해보면 간도 컸다. 그곳 대학에 시험 일정을 잡아두고 떠난 네덜란드에서 나는 시험보다 소소한 그곳 사람들의 일상에 매료되었다.

재즈를 배우겠다고 유학을 한다 한들 또다시 시작이었다. 몇 년간의 배움, 연주 생활, 그 끝은 여전히 안정적이지 못한 삶이 기다리고 있겠거니 생각했다. 재즈를 배우기 위해 암스테르담에 갔지만, 그것으로 이루고자 하는 것은 없었다. 유학을 위해 그곳에 간 나는 결국 시험 당일 시험을 치르지 않았다.

무거운 갑옷을 벗어 던진 느낌이 이런 걸까, 나를 짓누르던 나 자신에게서 벗어났다. 마음이 답답한 것은 이건 틀린 선택이라고 말해주는 증거다. 그 소리에 귀 기울였고 그 속삭임을 따랐다. 그리고 평온해졌다.

도착하고부터 암스테르담 대학에 다니는 외국 학생들을 많이 봤다. 한국 유학생들도 만났다. 재즈를 가르쳐주신 교수님이 네덜란드에 가면 연락해 보라고 소개해주신 친구였다. 그렇게 인연이 닿아 그 친구 기숙사에서 함께 묵었다. 저녁엔 한국 유학생들과 함께 모여 이야기를 나눴다. 물보다도 저렴했던 맥주를 짝으로 사와 물 대신 마시며 늦게까지 대화를 했다. 마신 병을 다시 마트에 가져다주면 돈으로 바꿔주었다. 그 돈을 받아 다시 맥주를 샀다. 친구들은 저녁이 되면 밖으로 나가지 말라고 당부했다. 이민자들이 같은 지역에 살고 있어서 간혹 위험한 일이 생길 수 있다는 것이었는데, 나는 종종 혼자 밖으로 나갔다. 기숙사 뒤에 있던 공터에 맥주를 한 병 들고나와 자리를 깔고 앉았다. 조용했던 하늘과 고요한 이곳 마을들, 낯선 곳에 와있었지만, 전혀 낯설지 않았다. 위험하다 했지만, 전혀 위협을 느끼지 못했다.

언제나 혼자 있는 시간을 중요시했다. 사람들과 반나절 이상 함께 있어야 하는 상황에서는 늘 혼자 있을 시간이 필요했다. 나 자신은 그 사실을 너무 잘 알았다. 딱히 무슨 생각을 하기 위해서는 아니었다. 혼자 있으면 아무 생각들이 떠올랐고 나는 그 시간이 좋았다. 낮이 되면 트램을 타고 시내 구경을 하거나 근처에 있는 커피숍에 들어가 에스프레소를 마셨다. 암스테르담 땅 위에 떠 있는 해는 지상과 매우 가까웠다. 그토록 가까이 있는 해를 본 적이 없었다.

어느 날 한국에 계신 아빠에게 연락이 왔다. 네덜란드와 가까운 독일 어느 시골 마을에 큰고모가 살고 계셨다. 박정희 정부 시절, 한국 정부를 위해 독일로 파견되었던 간호사 중에 큰고모가 계셨다. 아주 어릴 적 큰 누나와 떨어져 살아야 했던 아빠는 거기 간 김에 독일 고모도 뵙고 오라고 하셨다. 사진으로 봤던 큰고모를 뵈러 독일로 이동하는 게 내키지 않아 싫다고 했다. 독일로 가는 기차표를 보내주면서 가라 하셔서 할 수 없이 기차를 탔다. 밤 9시, 기차역 전광판엔 분명히 밤 21:00라고 되어있었다. 그런데 낮처럼 하늘이 환했다.

몇 시간의 기차를 타고 종착지에 내리자 태극기를 흔들며 나를 기다리고 있는 고모를 만났다. 기차역 밖으로 나오니 독일인인 고모부가 운전석에서 우릴 기다리고 계셨다. 그렇게 2박 3일간 고모부는 나를 위해 독일 여행 가이드를 해주셨다. 암스테르담으로 돌아가기 전 이른 아침, 맥주를 좋아하는 나를 위해 주변 마트를 돌아다니며 독일산 맥주를 캐리어에 한 아름 사서 내게 주셨다. 그 맥주를 마시며 암스테르담 중앙역에서 트램을 타고 친구들이 있는 학교로 갔다. 맥주를 마시며 왔냐는 친구의 말에 그렇다니까 네덜란드에선 거리에서 음주가 불법이라고 했다. 아무도 뭐라고 안 했다고 하니, 전혀 위협적이지 않은 키 작은 동양인이라 그런 것 같다며 깔깔 웃었다.

내가 그곳에서 얻은 것은 무엇일까 생각해본다. 현실도피로 떠났던 네덜란드에서 얻었던 것은 자신에게 솔직하게, 나다운 모습으로 사는 게 참 좋다는 생각의 깨달음이었다. 결정적인 순간에 시험을 치르지 않겠다는 선택을 했고, 그 선택 이후 마음이 안정을 찾았다. 전공했다면 당연히 연주 생활을 해야 하고, 음악가로서 활동해야 한다는 고정관념이 수 시간 동안 나를 괴롭혔다. 드럼을 좋아했고 음악도 좋아했다. 그러나 그런 불안정한 생활을 지속할 수 있는 사람은 아니었다.

그때 그곳에서 만났던 현지인 친구와는 지금도 가끔 연락하고 지낸다. 자신의 인생이 너무나 행복하다고 말하는 그 친구는 현재 28살이다. 나보다 세 살이나 어린!

외면의 고통이 아닌 이상 그 모든 괴로움은 나 자신이 만들어낸 것에 불과하다. 부정적인 생각들로 생활을 가득 메웠던 어린 25살, 지금은 그것이 현실이 아니라 내 생각이 만들어낸 공상이란 것을 안다. 타인의 생각과 관념에 맞는 사람이 되는 것을 거부하기로 했다. 거기에 맞추기 위해 너무 많은 시간을 눈물로 보냈다. 남들이 어떻게 볼지 두려웠고, 내가 어쩌다 이렇게 됐는지 알 수가 없었다.

내가 누구든 결국은 나다운 선택과 나다운 생을 살겠다고 다짐했다. 그 모든 선택에 타인의 이해와 동의를 바랄 수는 없는 일이다. 정말 중요한 것은 나 자신의 속삭임이다. 내가 나를 잘 알수록 자신뿐 아니라 타인과의 관계도 가까워질 수 있다.

여군 장교에 지원하다

한국으로 돌아와서의 일상은 그다지 변함이 없었다. 여전히 교회에 갔고 평일엔 도서관을 갔다.

내가 다니는 교회는 기도시간에 늘 나라를 위한 기도를 드린다. 나라의 중차대한 일이 예고될 때면 특별집회를 열어 구국 기도를 드렸고, 매주 목요일엔 구국 예배를 드렸다. 원로목사님은 하나님을 믿는 성도들이 나라를 위해 기도하지 않는 것은 말도 안 되는 일이라고 말씀하셨다.

자라면서 점점 정치라는 것에 관심이 생겼다. 투표 시즌이 되면 선거구에 출마하는 위원들이 교회를 방문했다. 대한민국 역사에도 관심이 생겼다. 분단국가라는 현실과 과거 공산주의를 표방했던 국가들의 말로, 그들이 겪어야 했던 사건들까지 책을 읽으며 배우기 시작했다.

당시 나는 앞으로의 진로를 놓고 무시로 기도했다. 잘하는 것이 무엇이고, 존재하는 이유가 뭔지 모르겠다고 했다. 그러다 문득 대한민국을 위해 일하고 싶다는 생각이 들었다. 이때만큼은 현실도피가 아니었다. 정말로 군인이 되어 국가의 안보를 지키는 사람이 되고 싶었다. 엄마는 너무 좋아하셨고, 아빠도 지지해주셨다. 이미 군대를 다녀온 적이 있는 지인과 선배들은 만류했다. "진짜 군대에선 애국심은 상관이 없다." 라고 했다. 실제 일은 온통 사무적인 것뿐이라고 했으며, 여군을 무시하는 남군들과 거기서 비롯된 수많은 사건에 대해서도 이야기해줬다.

문득 내가 서울예대를 가겠다고 말할 때 사람들의 반응이 떠올랐다. 그때도 수많은 사람이 그건 불가능하다고 했었다. "거기 경쟁률이 얼마나 센지 아느냐?", "잘하는 사람들이 얼마나 많이 지원하는지 아느냐?" 등 온통 안된다는 말뿐이었다. 입시 곡이 정해지고 막바지 연습을 할 때도 "입시 곡이 너무 기본적이다." "화려한 것이 전혀 없다." "너무 단순하다"라며 수정하라고 했다. 그러나 수정하지 않았고 그 입시 곡으로 정시에서 합격했다. 그때 알았다. 원래 사람들은 누가 뭘 하려고 하면 말리기부터 한다는 것을.

다음 날, 시험응시자격을 살펴보고 필요한 것들을 점검했다. 학사 장교는 기본적으로 학사가 필요했지만 나는 전문학사만 가지고 있었다. 독학사로 공부하며 학점인정 자격증을 모조리 취득했다. 독학사는 난이도가 높은 시험이었지만 한 번에 합격하지 못하면 다음 기회는 없었다. 학사 장교 지원 가능한 나이가 만27세였는데, 나는 그 당시 만 26세였다. 다행히 필기시험이 내년 10월 중순에 있었다. 내 생일은 10월 초였다. 그러기 위해서는 올해 독학사를 반드시 취득해야만 했다.

하루 7~8시간 이상 동영상을 보며 공부를 했다. 독학사교재는 5번 이상 봤다. 그때 익힌 공부법은 지금도 유익하게 써먹고 있다. 모르는 문제는 교수에게 연락해 답을 얻곤 했다. 식탁에 교재를 놓고 밥 먹는 시간 외엔 공부만 했다. 그렇게 독학사시험에서 3과목 전부 합격을 받았다.

학사를 취득하고 본격적인 필기시험 준비를 위해 영등포에 있는 군대학원에 등록했다. 수학과 국어, 구어들과 한국 문법을 배웠다. 한국사를 다시 공부하고 수업이 끝나면 매일 남아서 공부했다. 하루도 빼먹지 않고 수업을 들었다. 일요일도 예배를 드리고 학원으로 갔다. 나보다 어린 친구들이 다수였다. 대부분은 공무원이 되고 싶어서 군대 지원을 선택했다.

1차 필기시험을 3개월 앞두고 헬스장에 등록해 트레이너에게 PT를 받았다. 근력이라곤 없던 나는 3개월간 근력 위주 운동을 했다. 체력시험에 미달하지 않으려면 3개월은 부족하다는 말을 들었다. 하루 3-4시간 동안 근력운동만 했다. 트레이너는 좀 쉬어가며 하라고 했다. 헬스장에서 운동하고 집에서도 운동했다.

저녁엔 집 앞 하천으로 나가 달리기를 했다. 달리기할 때면 이상하게 무서웠다. 숨이 차오르는 느낌도 싫었다. 더 뛰면 죽을 것 같았다. 목구멍에서는 쇠 맛이 났다. 제법 뛰고 있다고 생각했는데 다른 사람이 사뿐사뿐 조깅하는 듯 뛰고 있다고 말해주었다. 다리에 근육이 없으니 앞으로 나갈 힘을 주지 못했다. 숨이 차오르기 전에도 다리가 풀려 뛸 수 없었다. 단시간에 어찌할 수 없는 부분이라 결국 체력의 한계에 부딪히고 말았다.

필기시험은 합격이었다. 사람들은 필기를 붙었으면 합격한 것과 다름없다고 했다. 내 속사정을 모르고 하는 소리였다. 웬만한 평균 여자들의 체력과 체구가 나에겐 모든 것이 뛰어넘어야 할 장애물이었다. 체력검정 제한 신장이 153cm였는데 내가 바로 153cm이었다. 조금이라도 작게 나오면 낙오였다.

매일 운동장도 뛰어보고 하천도 뛰어봤다. 뛰기 전부터 숨이 차오를 게 두려웠다. 뛰는 것은 재미도 없었고 괴롭기만 했다. 포도당 캔디를 먹으며 뛰어보기도 했고, 종착지가 보이지 않는 곳을 선택해 달리기도 했다. 다행히 제한시간 안에 도착했다. 낙오는 하지 않을 것 같았다. 체력검정 때 달리기도 제한 시간 내 도착했고, 근력 검정도 통과했으나 신장 측정에서 문제가 발생했다. 기계가 머리를 꽤 무겁게 내려찍은 뒤 올라갔는데, 0.3cm가 작게 측정됐다. 재검사 요청을 하고 다시 재어봤으나 그보다 더 낮게 나왔다. 7번 정도는 시도했던 것 같다.

허무 혹은 억울 정도의 감정이 그 시간을 휩쓸고 지나갔다. 최종합격 발표일까지 희망을 놓지 않았지만 결국은 탈락이었다. 부모님은 우리 이쁜 작은 딸이 군대 가면 어쩌나 했는데 참 다행이라고 하셨다. 그간 너무 열심히 했다고, 그거면 됐다고.

학사학위를 받기 위해 했던 공부 기간과 필기시험 공부, 체력의 한계를 경험했던 체력 검정 준비까지 누구보다 최선을 다했고, 애국의 마음으로 임했다고 자부한다. 달리기 무서워서 울어가며 달렸고, 폐는 괜찮은데 다리에 힘이 풀려 속상한 마음을 달랠 수가 없었다.

누가 뭐래도 내가 알면 된 것이다. 나에게 떳떳하면 그걸로 된 것이다. 그 시간 충실했다면 결과가 어떻든 그 노력은 어디 안 가고 자기 안에 있다. 언제 그 노력에 빛이 발할지는 모르니까 낙담하지 말자. 자신을 응원해주고 다독여주자. 많이 노력하느라 힘들었을 자신에게 이야기해주자. "현진아. 그대로도 괜찮아. 이전에도 그리고 앞으로도 언제나 내 편이 돼줘서 고마워." 이 글을 쓰는데 왜 코가 훌쩍이는지 모르겠다.

조금 놀겠습니다

그때부터였다. 미친 듯 놀기 시작했던 게.

같은 지역에 사는 사람들 모임에 가입하고 모임이 열리면 놀러 나갔다. 서로 모르던 사람들이 모임에 가입하고 서로를 알아가고 친목을 쌓는 모임이었다. 평일에도 번개랍시고 만나러 나갔다. 그리 재미있지는 않았다. 즐거우면 웃고 그렇게 지냈다. 영업하러 오는 사람들도 더러 있었고 이성을 만나기 위해 오는 사람도 있었다.

열심히 시간을 흘려보냈다. 보상 같은 거였을까, 그렇게 노력했으니 조금만 아무 생각 없이 놀아도 되지 않을까 싶었다. 노는 게 그다지 재미있진 않았지만 잠시 아무것도 하기 싫었기 때문에 놀았다.

엄마와의 관계가 악화하기 시작했다. 자정이 넘어 들어왔고 다음 날 늦게 일어났다. 오후내 집에 있다가 저녁이 되면 어슬렁어슬렁 다시 밖으로 나갔다. 저녁에 집에 있을 때면 오늘은 웬일로 안 나가냐고 물으실 정도였다.

혼자 나가 서점을 배회한 적도 있고 카페에 가기도 했다. 많은 젊은 사람들이 활보하고 다니는 거리를 멍하니 쳐다봤다. 그렇게 3개월간 거리를 나다니면서 사람을 관찰했다. 열심히 놀았고 여러 사람과 관계를 쌓았지만 의미 없는 관계라는 것을 알았다.

내가 만났던 모임 사람들은 많이 모여봤자 10명 안팎이었다. 모임을 운영하는 방장도 있고, 부방장도 있었다. 사람 간에 분쟁이나 혹여 모를 사고 같은 게 나지 않도록 모임엔 방장 혹은 부방장이 주로 한 명 이상은 꼭 참석했다.

지금 생각하면 너무도 웃긴 일이 아닐 수 없다. 더 웃긴 건 진짜 무슨 문제들이 생긴다는 거다. 그 안에서 서로들 만나기도 하고 누가 모임을 나가기도 했다. 문제는 꼭 술이 조금 들어갔을 때 생겼다. 나는 소주를 싫어해서 못 마실 거라고 생각했는데 몸에 아주 잘 받았다. 덕분에 늘 맨정신으로 마지막까지 살아남아 귀가할 수 있었다. 술에 취해 감정선이 짙어진 일행을 뒤로 하고 집으로 왔다. 허무했다.

한 번은 한 살 어린 동생이 신나서 술을 보채길래 빼지 않고 건배해줬다. 소주가 잘 받아도 그 맛없는 걸 왜 먹는지 몰랐다. 한 모금 마시고 잽싸게 바닥에 술을 버렸다. 굴러다니는 빈 잔을 골라와 새 잔을 받기도 했다. 그때는 겨울이었는데 멋 부린다고 매일 구두를 신고 나갔다. 발이 얼어버릴 것 같았는데 집으로 들어올 때는 그렇게 시원하지 않을 수 없었다. 속에 찬 술기운 때문이었던 것 같다.

곧 29살이 될 예정이었다. 겨울은 무르익고 있었다. 한 달 뒤면 크리스마스 시즌이었다. '한국에 있으면 친구들 만나서 술이나 마시겠지?' 하는 생각이 들었다. 아니, 친구들도 애인이 있으니 다 만나기는 힘들 거였다. 일본을 가기로 했다. 돈은 없었다. 원래 해외여행 가면 호텔에서 자는 스타일이 아니라서 많은 돈이 필요한 것은 아니었지만 그래도 너무 없었다.

일단 12월 19일 출국 비행기 표를 끊었다. 뒤에서도 도쿄여행에 관해 이야기하겠지만 나는 평범할 예정이던 여행을 특별하게 바꾸는 데 성공했다. 이때의 선택을 잘한 선택 중 하나로 꼽는다.

일본에서 귀국하자마자 엄마와 함께 인도에 가기로 되어 있었다. 40일 일정이었다. 아빠가 이미 인도에 정착하고 계셨기 때문에 엄마는 아빠 내조하러, 나는 인도 여행하러 서로 다른 계획을 짜기 시작했다.

그렇게 한국을 떠나 인도에 도착하니 아빠가 공항으로 배웅을 나와계셨다. 짐을 싣고 아빠가 거주하는 아파트로 향했다. 울타리가 쳐져 있었고, 아파트들 사이로 꽃과 나무, 정원, 운동장이 들어서 있었다. 울타리 출입구를 통제하는 관리인이 3명 정도 있었다. 여기 사는 사람들은 인도에서도 중산층 이상 되는 사람들이라고 했다.

따뜻하고 습하지 않은 날씨, 낯설지만 푸르른 풍경은 마음 놓고 생각하기 딱 좋았다. 거기서 지난날을 생각해봤다. 무얼 했고, 어떤 생각을 했는지, 지금 나는 어디쯤 있으며, 미래엔 어디 있을지 말이다.

인도에선 시간이 잘 흐르지 않았다. 그 시간 속에서 나는 내 인생에 무책임했다는 것을 깨닫게 되었다. 미국 연수, 원하는 대학 입학 및 졸업과 아르바이트, 유학 준비를 거쳐 여군 준비까지……. 때마다 얻고 싶은 것들이 있었지만 무엇을 원하는지 스스로 묻지 않았다.

무엇을 얻기 위해서는 반드시 이 질문을 먼저 해야 한다. 무엇을 원하는가? 아마 선뜻 대답하기 힘들 것이다. 두루뭉술할 수도 있고, 있어 봄 직하게 대답할 수도 있다. 상관없다. 그 대답을 들려줘야 하는 건 타인이 아닌 자기 자신이니까.

진행하던 일이 잘 풀리지 않을 때 우린 미래에 대한 불안감을 느낀다. 조급해지고, 이젠 대체 뭘 준비해야 하는지 막막해진다. 나도 그랬다. 절망감과 두려움을 외면하기 위해 사람을 만났고, 술을 마셨다. 그래도 해소되지 않던 막연함은 인생을 돌아보는 과정에서 나아졌다. 그 시간 또한 지나갔고, 외줄타는 광대처럼 아슬아슬했지만 풍성한 경험을 가진 30대가 되었다.

가끔 어린아이들이 원하는 것을 얻기 위해 자지러지게 우는 걸 보면 경이로울 정도다. 어쩜 원하는 것을 손에 쥐기 위해 그 작은 몸을 수없이 흔들어댈 수 있는지 생각해본 적 있는가? 아이들은 자기 자신이 무엇을 원하는지 누구보다 잘 안다.

크면서 그 질문을 잊고 살았던 모양이다. 지금은 매일 원하는 소원을 자기 전 3가지씩 적고 잔다. 솔직하게 원하는 것을 적어보자. 아이처럼 순수하게. 당신도 분명 원하는 게 있다. 거기에 내가 어디 있는지, 앞으로 어디로 가야 하는지 보일 것이다.

제3장
사람이 중심인 여행

내일로를 떠나다

'내일로'는 만 25세 성년들에게 제공되는 특혜다. 약 5만 원 조금 넘는 돈으로 네다섯 군데 지역을 기차로 여행할 수 있었다. 그래서 성수기가 되면 배낭을 멘 청년들로 기차역은 붐비기 일쑤였다.

2010년, 첫 내일로 여행을 입시생 시절 같은 학원에 다녔던 언니와 함께 갔다. 여행을 다른 사람과 함께 가본 적이 없었다. 미성년일 때 단체로 간 미국여행 외에는. 다행히 여행 코드가 잘 맞았다. 언니와 나는 명소 찾아가는 여행을 좋아하지 않았다. 그곳의 유래와 역사도 모른 채 사진 찍으러 가는 여행은 의미가 없다. 우리는 아무도 안 갈 것 같은, 포털에 검색해도 여행 후기가 잘 올라와 있지 않은 지역을 택해서 갔다. 전부 그런 곳만 택한 건 아니었다. 하여튼 우린 부산과 순천, 여주, 함열 그리고 태백으로 떠났다.

태백역에 내려 버스를 타고 시내로 들어가는 도로 위, 양옆으로 솟아오른 산들은 푸르고 거대했다. 산들 가운데 도로가 있어 사람이 지나다닐 수 있다는 게 믿어지지 않았다. 한여름이었다. 태백동굴 앞에 내려 조심스럽게 아래로 내려갔다. 어둡고 습했다. 여기저기 신기한 돌이 많아 사진을 찍긴 했는데 사진으로 보니 영, 감이 안 났다.

여행 중 가장 기억에 남는 지역은 '함열'이다. '함열'은 그 전까지 단 한 번도 들어본 적 없는 이름이었다. 여행을 계획할 때 노선을 확인하고 어디로 갈지 상의했다. 그때 알게 된 함열이 어딜까 궁금해진 우리는 그곳에 꼭 가자고 했다. 네이버에 검색했더니 한 성당과 시골밭길 사진만 나왔다. 내일로 여행자들도 들리지 않는 곳 같았다.

보통 내일로를 떠나는 학생들은 그동안 국내 여행을 하고 싶었지만, 거리가 멀어 가지 못했던 곳을 간다. 실제로 우리가 함열역에 내릴 때 우리 칸에 있던 사람은 아무도 내리지 않았다. 기차에서 내려 밖으로 나오자 안내문 하나 없었다. 언니와 나는 함열에 대해 유일하게 알고 있던 성당을 향해 찾아갔다. 가는 길에 사람은 보이지 않았다. 길 양옆에는 시골에서 볼 수 있는 간판과 석탄을 판다는 슬로건 정도만 볼 수 있었다. 그런 간판들은 옛날 사람들이 살던 시절을 짐작하게 했다. 지나가는 차들은 물론이고 사람은커녕 동물도 볼 수 없었다.

성당은 어렵지 않게 찾을 수 있었다. 해가 쨍쨍할 때 도착해서 날씨는 좋았다. 언니와 나는 햇빛이 비치는 천주교상 앞에서 기념사진을 찍었다. 그러던 중 한 수녀님이 어린아이와 함께 성당 주변을 산책하는 걸 봤다. 아이는 날씨가 좋아서인지 환하게 웃고 있었다. 우리는 인사를 건넸다. 그리고 수녀님을 따라 성당 안으로 잠시 들어갔다. 사람은 없었고 일정도 없는 듯

했다. 왠지 엄숙했던 분위기 때문에 사진만 찍고 금방 나왔다. 여행을 왔다고 하니까 수녀님들은 당황하는 눈치였다. 이곳으로 여행 온 사람이 그동안 없었던 듯 했다. 그분들은 우리를 위해 간단한 음식을 내어주셨다. 감사히 먹고 밖으로 나왔다. 거리를 하염없이 걸으며 시간을 보냈다.

성당 바로 근처에 한 초등학교가 있었다. 거기 수돗가가 있었다. 너무 더웠던 우리는 수돗가 물을 틀고 발을 씻었다. 갑자기 맑았던 하늘에 구름이 끼기 시작했다. 웅대한 검은 구름이었는데 신기하게 비는 내리지 않았다. 그 구름이 너무 멋있어 언니 뒷모습을 배경으로 사진을 찍었다.

함열은 당일치기 여행이었다. 우리는 기차를 놓치지 않기 위해 서둘러 기차역으로 향했다. 출발을 기다리는 정류장에서 오길 잘했다는 대화를 주고받았다. 사람이 없는 자연이 얼마나 자연다운지도 알게 해 주었고, 진정한 여유가 무엇인지 깨달을 수 있게 되었다. 쨍쨍했던 하늘이 회빛구름으로 덮이는 광경과 마리아상에 쏟아지던 햇빛들까지, 연탄을 판다는 그 현수막은 절대 잊을 수 없다. 지금도 그곳에 가면 그때 느낀 기분을 느낄 수 있을까?

요즘엔 SNS가 많이 발달한 덕에 한국 곳곳의 정보를 다 알아볼 수 있다. 아쉬운 점도 있다. 유명한 도시나 관광지는 늘 사람으로 붐비는 데 반해 시골 지역으로 여행 가는 것은 왠지 꺼린다. 함열은 그야말로 시골이었다.

도시에서 나고 자란 나는 시골의 공기와 자연의 정겨움, 가만히 있어도 아무도 날 채근하지 않는 그 평온함을 참 좋아한다. 물론 도시보다 불편함도 있고, 청결하지 못한 부분도 있지만, 시골은 그래서 더욱 매력적이었다. 내가 생각하는 '남는 여행'은 질문하게 하고, 계속 머물고 싶게 하는 곳을 발견하는 것이다.내가 지양하는 여행은 관광지에 가서 인증사진 찍고 훌쩍 떠나는 여행이다. 맛집에 가서 음식 먹고 사진 찍는 일이다. 현지인과 대화하지 않고 그 지역 명소만 둘러보고 돌아오는 여행이다. 지난날을 추억하기에 사진만 한 것도 없지만, 속을 채우기 위한 여행은 아니라고 생각한다. 한국을 여행해도 그 지역에 사는 현지인과 대화해보자. 더욱 기억에 남고, 추억할 곳 하나가 더 늘어나는 경험을 할 수 있다.

　해외를 가도 마찬가지다. 꼭 친구를 사귀고, 그 나라 문화에 관해 대화하는 시간을 갖는다면 같은 곳의 여행이라도 얻는 것의 차이는 크다. 겉만 시끄럽고 바쁜 여행보다는 조용하지만 울림 있는 여행이 나는 더 좋다.

카우치서핑 인 도쿄

"최종 불합격하셨습니다."

당신이 이런 통보를 받는다면 어떤 생각이 들까? 먼저 왜 떨어졌는지 이유를 찾으려고 애쓸 것이다. 그리고 '앞으로 뭘 해야 하나' 라는 생각이 들 것이다. 나도 그랬다. 머릿속에 아무것도 떠오르지 않았다.

2015년 28살, 군대 시험 탈락 후 일본 여행을 떠나기로 했다. 일본에 가고 싶었던 건 아니었다. 아무도 없는 곳으로 가고 싶었다. 같은 얼굴을 가진 사람들은 보기 싫었고 더 멀리 가기엔 돈이 없었다. 12월 19일 출발해서 크리스마스를 보내고 한국으로 돌아오는 일정이었다. 그렇게 한국에 돌아오고 나면 곧 스물아홉 살이 될 것이었다. 나만의 추억을 만들기 위해 어떻게 하면 더 특별한 여행을 할 수 있을까 고민했다.

유럽에 여행을 갔을 때 카우치 서핑이란 걸 접했다. 여행 공유 플랫폼이라고 해야 할까? 유럽사람들은 카우치 서핑을 통해 유럽으로 여행 오는 사람들을 자기 집에 재워 주기도 하고, 또 다른 지역으로 여행 가서 재워줄 사람을 찾기도 했다. 재워주지는 못해도 함께 여행하며 시간을 보낼 수도 있었고, 서로의 문화를 공유할 수도 있었다. 카우치 서핑은 주로 유럽이나 미국 쪽에서 활발했다.

먼저 핸드폰으로 앱을 다운받았다. 여행 가기 한 달 전부터 도쿄에 사는 사람들에게 메시지를 보냈다. 여행 일정과 몇 명이 여행을 가는데 며칠을 묵고 싶은지에 대해 대략적인 정보를 적고 회신을 부탁했다. 내가 메시지를 보낸 일본인들은 모두 여자였다. 그러나 재워줄 수 있다는 사람이 아무도 없었다. 거의 대다수가 답변을 안 했고 몇 명은 일정이 맞지 않아 재워줄 수 없다는 메시지를 보내 왔다. 크리스마스 긴 여행이었기에 그랬다고 생각한다.

여행 자금이 많이 없었다. 외국에 나가 호텔에서 자는 것은 선호하지 않았다. 할 수 없이 카우치 서핑 회원으로 등록한 일본인 남자들에게 메시지를 보냈다. 일본에 살았던 동생에게 일본에서 카우치 서핑을 하려고 하는데 어떻게 생각하냐고 물어봤다. 동생은 절대 하지 말라고 했다. 일본 사람들은 개인주의가 강하기 때문에 자신의 공간을 공유하고 싶어 하지 않는다는 것이었다. 또 현지인 남자 집에서 외국인 여자 혼자 지낸다면 무슨 일이 생길지 모른다는 것도 만류하는 이유 중 하나였다. 그러나 왠지 지금이 아니면 아주 오랫동안 카우치를 하지 못할 것만 같았다. 만약의 사태에 대비해 플랜B를 계획했다. 자신의 집에서 묵어도 좋다는 메시지가 여럿 도착했다. 나는 그 집 근처 저렴한 게스트하우스에 만약을 대비해 같은 날로 예약을 해 두었다. 무슨 일 있으면 그곳으로 피하려는 계획이었다. 도쿄에서 머무는 5일 동안 2명의 일본인 집에서 묵기로 했다. 한 명은 연말이라 가족들이 다 집에 있어서 호스트를 해줄 수 없다고 했다. 그러나 도쿄에 와서 연락하면 만나서 함께 여행할 수 있다고 했다.

그 뒤 호스트를 위해 일본인이 좋아하는 한국 음식을 몇 개 샀다. 숙박비를 받지 않는 호스트를 위해서 자기 나라 음식을 선물하는 일은 통상적인 문화였다. 이것저것 주고 싶은 게 많아 산 선물비가 숙박비와 맞먹었다. 케리어에 다 들어가지 않아 몇 개는 포기해야 할 정도였다.

일본에 도착해 처음 만난 호스트는 Taro Goto라는 일본인이었다. 그는 한국에서도 유명한 미야자키 하야오와 함께 일하며 애니메이션을 영어로 번역하는 일을 하고 있었다. 나카메구로에 사는 타로와 신주쿠역에서 만나기로 했다. 하치코 상이 있는 출구라고 했는데 신주쿠역에 도착해보니 출구가 너무 많았다. 캐리어를 들고 처음부터 헤맨 나는 지나가는 일본인에게 출구를 물었다. 친절하게 출구까지 안내를 받고 올라가 하치코 상을 보았다. 이상하게 설레기 시작했다. 메시지로만 얘기한 외국인과 실제로 만난다는 것, '위험하지는 않을까', '만나면 무슨 대화를 해야 할까' 등 모든 게 걱정이 되었다. 멀리서 사진과 비슷한 남자가 걸어왔다. 어색한 인사를 나누고 매우 복잡한 신주쿠 거리를 지나 그가 사는 집에 도착했다. 막상 만나 대화를 해 보니 괜한 걱정을 했다는 생각이 들었다.

그의 집에 캐리어를 두고 함께 동네에 있는 이자카야에 갔다. 2평 남짓한 이자카야 안엔 현지인들이 두루두루 앉아 있었다. 양복을 입고 있는 걸 보아 회식을 하는 중인 듯했다. 그곳은 타로의 단골집인 것 같았다. 그는 나에게 묻지 않고 직원에게 메뉴를 주문했다. 음식은 쥐꼬리만큼 나왔지만, 맛이 있었다. 그는 음식이 나올 때마다 이건 무슨 음식인지 설명해주었다.

타로의 집은 일본 영화에 나오는 딱 그런 원룸이었다. 벽 한 면 전체가 창문이었고, 커튼 사이로 일본스러운 햇빛이 비치는 그런 집이었다. 애니메이션 번역을 하다 나온 터라 내게 양해를 구하고 다시 일하기 시작했다.

다음 날 여기저기 여행하기 위해 혼자 길을 나섰다. 그날 저녁엔 타로와 에비스에 가기로 되어 있었다. 에비스가 맥주로 유명하다는 정보를 듣고 가보고 싶었던 건데, 타로는 내가 가려고 했던 곳보다 더 좋은 곳으로 안내했다. 어떤 상가 안으로 들어가니 다닥다닥 선술집들이 줄지어 있었다. 동대문에 옷집들이 늘어선 것과 같이 술집과 음식집이 있었다. 거긴 전부 일본사람뿐이었다. 우리는 와인과 돼지고기를 시켰다. 경첩으로 판자를 박아 식탁을 만든 곳에 앉았다. 조금 기다리니 생고기와 와인이 나왔다. 직접 구워서 소스에 찍어 와인과 함께 먹었다. 선술집 주인은 내 소개로 오늘 한국인들에게는 서비스를 주겠다고 약속하며 인증 사진까지 찍어 주었다.

타로와 헤어지고 나는 긴자로 향했다. 그 곳에서 나를 호스트해줄 일본인은 주도(Kyudo)가 취미인 나오유키 이시야마라는 20대 대학생이었다. 주도는 우리나라의 태권도 같은 것이다.

우에노역에 내렸더니 나오유키 상이 보였다. 이때도 플랜B를 세우고 그를 만났지만, 너무 순해보였던 그. 그가 사는 집 근처 음식집에 들어갔다. 날 위해 한식집으로 안내해준 그와 음식을 주문하고 대화를 했다.

나는 나오유키와 대화를 하다 깜짝 놀랐다. 일본 여행을 오기 전부터 영어로 메시지를 주고받았고, 타로 상과도 영어로 대화를 했었다. 타로 상의 영어는 거의 완벽했다. 일본인과 영어로 대화한 적이 없던 나는 처음 타로 상과 대화를 하며 발음에 대한 이질감을 거의 느끼지 못했다. 타로는 미국에서 살다 왔다고 했었다. 그러나 나오유키의 영어는 알아듣기가 힘들었다. 그제야 일본인의 영어 발음을 접하게 된 것이었다.

나오유키 집은 매우 좁았다. 화장실에서 소변이라도 보려고 하면 소리가 다 들릴 것 같았다. 왼쪽 벽 한쪽엔 주도 복이 걸려 있었고, 베란다 창문 위엔 빨래건조대가 매달려 있었다. 침대 없이 이불을 폈다 접었다 하며 사용했다.

다음 날 아침 일찍 학교에 가야 한다며 신경 쓰지 말고 푹 자라고 했다. 나는 우에노에 이틀간 머물기로 돼 있었다. 다음 날 일어났더니 나오유키는 없었다. 방을 둘러보다 나도 모르게 웃음이 나왔다. 히터 리모컨 사용법에 대해 그림과 함께 설명을 써둔 포스트잇을 발견한 것이다. 처음 보는 외국인의 배려와 정성에 새삼 정겨운 마음이 들었다.

그날 저녁엔 나오유키와 독도와 관련된 이야기를 하며 시간을 보냈다. 그는 일본인에게는 독도가 필요하다고 했다. 그러나 현 정부의 태도에 대해서는 그도 문제의식을 느낀다고 했다.

나오유키와 도쿄타워도 가고, 우에노에 가서 마차투어도 했다. 하루를 더 그의 집에서 머물 수 있게 되었다. 집으로 돌아가기 마지막 날, 나오유키 상과 한 이자카야에 갔다. 전철을 타고 그를 따라 무심코 내려 들어갔던 이자카야였는데 외국인은 보이지 않았다. 영어로만 대화하던 나는 이때 구글 번역기를 켜고 나오유키 상과 일본어로 대화를 시도했다. 이자카야 요리사들도 예기치 않은 외국인의 방문에 호기심을 감추지 못했다. 그들은 영어를 못 했고, 그래서 구글 번역기를 통해 나오유키가 그들에게 나의 의사를 표현해주곤 했다. 그는 구글 번역기가 매우 정확하다며 칭찬했다. 가게를 나오기 전, 요리사들과 함께 폴라로이드 사진을 찍었다. 그들은 또 놀러 오라고 했다. 나오유키는 이 경험이 자신에게도 매우 특별한 것이라고 했다. 한 번도 이런 경험을 해보지 못했다고.

이 외에도 호스트는 해주지 못했으나 도쿄에서 만나 인연을 쌓은 준페이 상도 카우치 서핑이 아니었다면 친구가 될 수 없었을 것이다. 함께 하라주쿠, 신주쿠를 여행하며 스티커사진도 찍고 많은 이야기를 나눴다.

사람들은 자신이 하지 않은 것은 위험하다고 판단한다. 위험이 없는 것은 아니지만 해보지도 않고 포기하고 싶지 않았다. 나쁜 소식은 늘 빠르고, 좋은 소식은 널리 퍼지지 않는다.

내가 일본을 여행하며 얻었던 것은 친구였다. 선뜻 자신의 시간을 내어 서로 다른 문화에 대해 알고자 하는 마음을 가진 사람들과 친구가 되었다. 이들은 모두 여행을 좋아했고, 사람을 좋아했다.

물론 안일한 낙관론에 사로잡혀 떠나는 여행은 위험할 수밖에 없다. 사전에 철저히 조사하고 판단한 뒤 떠나자. 목숨과 안전을 담보로 할 상황은 없었으나 위험이 도사리고 있는 것은 확실하니까. 모두 카우치 서핑을 하라는 말이 아니다. 전하고 싶은 말은, 사람이 있는 여행을 기획해보라는 것이다. 당신이 했던 여행 중에 당신다움을 드러낸 매력적인 여행을 한 적이 있는가?

나는 이 친구들과 여행하고 한국에 돌아와 일본어로 카드를 써 보냈다. 덕분에 매우 행복한 크리스마스를 보냈노라고. 언제든 다시 일본에 가면 찾아가겠다고, 또 보자고 말이다. 나는 일본이 아니라 그들을 여행했다.

주재원 딸의 자격으로 인도에 가다

2016년 새해가 열리자마자 아빠는 인도 뉴델리로 떠났다. 인도에 있는 회사의 법인장에 발령 나신 것이다. 그렇게 아빠 없이 네 가족이 지냈다. 동생은 학교 근처에서 자취했고, 언니는 내년 여름 결혼할 예정이었다. 엄마와 나는 아빠가 출국한 후 며칠 뒤 아빠의 정착을 돕기 위해서 인도로 갈 계획이었다. 엄마는 아빠를 돕기 위해 가는 여행이었으나 나는 여행을 하기 위해 가는 인도였다. 이런 기회가 아니면 가기 힘든 나라였다.

인도 여행에 대해 알아보니 대부분 여행자가 거의 한 달 이상의 여행을 계획하고 한국을 떠났다. 아빠가 거주하시는 뉴델리에서부터 기차를 타고 여행해야 하는 지역까지 알아보았다. 그 소식을 들은 아빠는 뉴델리 근처 여행만 하자고 하셨다. 인도는 제법 위험한 나라라 어지간히 불안하셨던 모양이다.

인도 비자 발급을 위해 아빠와 자주 이메일을 주고받았다. 절차가 까다로워서 승인이 안 나는 경우도 있었고, 해외여행이 처음엔 엄마에게 혹 무슨 일이 생기지 않을까 많이 염려하셨다. 아직 결혼 전이었던 언니는 혼자 집을 지키기로 했고, 엄마와 나는 40일간의 짐을 꾸려 인도로 떠났다. 엄마는 비행기 안에서도 잘 때 빼고 성경을 읽으셨다. 그것은 엄마의 오랜 습관이었다.

인도에 도착해 아빠를 만났다. 차를 타고 아빠가 사는 곳으로 이동했다. 도로 위에 다니는 이륜차를 보고 많이 놀란 기억이 있다. 인도에는 '릭샤'라는 게 있는데 한국의 택시와 같은 거였다. 차가 아니라 오토바이를 사람이 탈 수 있게 개조한 식이었다. 차들 사이로 오토바이를 탄 사람들이 쌩쌩 달렸다. 차선은 있었지만 의미는 없어 보였다. 인도의 도로는 무질서했다. 앞, 뒤, 옆 할 것 없이 여기저기서 빵빵거리는 클랙슨 소리가 끊이지 않았다. '성질이 정말 급하구나' 생각했다. 나중에 그게 인도의 법이라는 걸 알게 되었다. 인도에서는 차선에 바꿀 때나 옆 차가 끼어들 때 꼭 상대 운전자를 위해 클랙슨을 울려야 했다. 그러지 않으면 위법이었다. 우리를 아빠집까지 데려다준 건 아빠 회사의 인도인 기사였는데, 그도 위법하지 않기 위해 열심히 클락션을 울렸다. 그의 이름은 요게시였다.

아파트에 도착하자 인도법인 직원분들이 우리를 마중 나와계셨다. 그분들과 집에서 다과를 먹으며 이야기를 나누었다. 인도의 오신지 얼마 안 됐던 아빠는 기사에게 같이 앉아서 과일을 먹자고 했다. 그러자 기사도, 직원분도 극구 반대했다. 나중에 오래 계신 직원분께 들어서 알게 된 얘기인데, 인도는 계급사회이기 때문에 상전과 겸상을 하지 않는다고 했다. 기사의 버릇이 나빠질 수 있으니 같이 뭔가를 먹는 것은 금물이라고 했다. 그뿐 아니었다. 고맙다는 말은 해도 되지만 미안하단 말은 하면 안 된다고 했다. 아빠는 그걸 많이 불편해하셨다.

도착해서 거의 일주일은 아빠와 함께 시간을 보냈다. 집 주변에는 운동장도 있고 정원도 있었다. 아파트 입구에는 지구를 지키는 경비원들이 있었는데 차 번호를 확인한 뒤에야 문을 열어 주었다.

하루는 엄마와 뉴델리 시내로 기사와 함께 차를 타고 나갔다. 아빠에게 필요한 물건과 음식을 사기 위해서였다. 신호를 기다리고 있는데 차선 사이마다 사람들이 주저앉아 있는 걸 보았다. 허벅지가 내 팔뚝만 했고 팔목은 내 손가락만 했다. 사람이 그렇게 여윈 모습은 영상으로도 본 적이 없었다. 창문 밖에 젊은 여자가 갓난아이를 안고 문을 두드렸다. 인도에 오기 전, 가난한 집 아이들을 사서 구걸하는데 이용한다는 이야기를 들었다. 그 여자가 안고 있던 아이가 그녀의 친자식이 아니라는 얘기다. 돈을 주는 게 그들에게 도움이 되지 않는다는 걸 알아서 줄 수가 없었다. 빈부격차가 심한 나라였다.

주말은 아빠 집에서 머물고 주중엔 엄마가 다른 지역으로 자이푸르와 바라나시로 여행을 떠났다. 자이푸르에서 코끼리를 타고 성으로 올라가는 투어를 했다. 코끼리는 엄청나게 컸고, 특히 똥 냄새가 지독했다. 거기서 엄마와 똑같은 챙모자를 썼는데, 성으로 올라가는 도중 우릴 본 인도인들이 "You like a queen."이라며 말을 걸었다. 코끼리를 타고 올라가는데 소요된 금액은 인도 화폐로 2,000루피 정도. 루피는 우리나라 돈으로 170원 정도였다. 숙소는 더러운 곳에 예민한 엄마를 위해 좋은 곳으로 정했다. 거의 호텔급이었는데 그것도 1인당 1,000루피 정도밖에 안 했다. 엄마는 인도가 더럽다고 매번 투덜댔지만 그래도 즐거워하셨다.

자이푸르 여행을 마치고 바라나시에 가기 위해 기차를 예약했다. 뉴델리 시내를 여행할 때 한국인 동행들을 만났었는데, 그들이 기차를 예매하는 걸 도와주었다. 바라나시는 거의 10시간 이상을 기차로 이동해야 하는 거리였다.

인도 기차는 연착되거나 예고 없이 취소되는 일이 많은 것으로 악명이 높았다. 인도에서 기차가 연착되면 길게는 5시간 이상도 지연된다. 그러면 기차역에 자리 깔고 자면서 기다리는 수밖에 없다. 문제는 그렇게 연착이 뜨다가 갑자기 열차가 사라진다는 것이다. 그러면 답이 없다. 다행히 우리 열차는 제시간에 맞춰 플랫폼에 도착했다. 현지인들에게 물어 기차도 제대로 탔다. 잘 수 있는 Sleeping 칸으로 예약했는데 생각보다 자리가 좁았다. 엄마와 나의 신변 보호를 위해 두 번째와 세 번째 칸으로 배정했다. 잘 때 창문을 닫는데도 바람이 안으로 들어와 몹시 추웠다.

예상 시간보다 1~2시간 후 바라나시에 도착했다. 그곳에는 갠지스강에 있다. 여행자들이 북인도를 여행할 때 반드시 들르는 곳이다. 예상대로 한국 사람들이 많았다. 거리는 말로 형용할 수 없을 정도로 더러웠다. 사람이 다니는 거리에 말도 다니고 소도 다녔다. 그 길로 사람도 다녔다. 현지인들은 그 길을 맨발로 다녔다. 엄마는 코를 막고 다녔다. 거기에서 4일 정도 묵었다. 보트를 타고 갠지스강을 직접 건너기도 했고, 가이드 설명을 들으며 바라나시의 문화에 대해서도 들었다.

하루는 갠지스강 구석에서 열리는 장례식을 보러 갔다. 신기해서 사진을 찍으려고 했더니 잡혀갈 수도 있다고 했다. 그래서 사진을 찍지 않고 유심히 보았다. 사람이 죽으면 몇 사람들이 의복을 입고 강 하류까지 시체를 이동한다. 강 하류엔 장작을 준비하는 사람들이 있었다. 장작 위에 올릴 주검들이 주변에 널려 있었는데, 준비된 장작마다 각각 주인이 정해져 있는 듯했다. 불을 지피고 시신을 올리자 시체가 활활 타기 시작했다. 불타는 시체의 손과 발을 유심히 보았다. 장작이 다 타면 시체의 남은 부위는 그대로 갠지스강에 버려진다. 인도의 장례 문화에 따르면 고인을 태우고 강에 버릴 때 뒤돌아보거나 울어서는 안 된다고 했다. 그럼 고인이 편하게 저세상으로 갈 수 없다고.

왜 시신이 다 탈 때까지 태우지 않는지 궁금해 인도인에게 물었다. 그는 장작을 살 수 있는 돈이 많으면 시체를 다 태울 수 있지만, 돈이 없는 사람들은 구할 수 있는 장작이 적다고 했다. 때문에 구입한 장작이 다 타도 시체는 전부 타지 않기 때문에 갠지스강에 버려지고, 시체가 강 위에 뜨면 건너편에 있는 개들이 그 시체를 먹는다고 했다. 가라앉아있던 부위들은 여름이 되고 날씨가 더워지면 수면 위로 떠 오른다. 여름에 갠지스강에 오면 그 장면들도 볼 수 있다고 했다.

사랑하는 사람의 사체를 강에 던진다는 것이 한국인의 머리로는 이해할 수 없는 부분이었지만, 그들에겐 그런 문화가 자리잡힐 수밖에 없는 이유가 존재한다. 그것을 깨닫고 받아들이는 연습을 하는 것이 여행의 참 이유가 아닐까?

국내에도 지역마다 특성이 있다. 작은 나라 한국에서도 지역 문화에 대한 원인과 이유를 알지 못하는 경우가 많다. 그걸 알면 여행의 깊이는 사뭇 깊어진다.

여행은 사람에 대해 이해를 하기 위함이다. 장소와 그 나라의 문화는 당시 살았던 사람들의 생활 방식을 알 수 있게 해준다. 앞으로는 더 여행하는 삶을 살아야겠다. 꼭 해외가 아니더라도 정기적으로 여행을 위한 일정을 짜는 것 역시 자기 계발이고 성장을 추구하는 방법이다. 사람을 이해해야 일도 잘할 수 있고, 사람과 소통해야 자신도 잘 알아갈 수 있다. 의미와 성장이 없는 여행은 돈 낭비다. 당신에게 여행의 가치는 무엇인가?

길에서 만난 사람들

Vivid. 암스테르담을 표현하라면 난 이렇게 말한다.

내가 기억하는 네덜란드 사람들은 옷을 알록달록 참 멋있게 입는다. 거기서 만났던 흑인도 선명한 분홍색 바지를 입고, 그 위에는 새파란 카라 티를 입고 있었다. 상상되는가? 해와 가까운 그 나라에서 그런 색상의 옷을 입고 여유롭게 걸어가는 그들은 평온해 보였다. 여행자의 시선이었겠지만. 내가 본 그들은 시내 테라스에 앉아 햇볕을 가리기 위한 챙 모자를 쓰고 환하게 웃으며 타인과 어울릴 줄 알았다.

그곳에서 현지인 친구 한 명을 사귀었다. 그의 이름은 Michiel. 나는 그를 '미켈'이라 불렀다. 그는 항해가가 꿈인, 나보다 4살 어린 친구였다.

네덜란드에는 보트가 많다. 강가에 세워둔 보트와 그걸 타고 지나가는 사람을 자주 볼 수 있다. 그런 나라에 사는 미켈의 꿈이 항해가인 것은 어쩌면 너무 당연했는지도 모른다. 그는 꿈을 위해 공부하고 있었고, 몇 년 후 계획까지 구체적으로 세워 두고 있었다. 그는 열여섯 살 때부터 부모님과 떨어져 독립 중이라고 했다.

우리는 트램을 타고 '잔세스칸스(Zaanse Schans)'라는 풍차마을에 갔다. 저녁엔 기숙사에 함께 모여 이야기를 나눴고, 재즈 공연이 있는 날엔 함께 공연도 보러 갔다. 암스테르담 대학 근처에는 그런 공연이 자주 있었다.

최근 미켈과 메세지를 주고받았다. 그의 꿈은 바뀌었지만, 자신의 인생이 무척이나 행복하다고 했다. 한국의 청년들이 자신의 인생을 대하는 모습과는 사뭇 달랐다. 한 달 정도 한국에 머무르며 여행을 한다는 그와 곧 만날 예정이다. 나에게 들려주고 싶은 이야기가 많아 벌써 설렌다는 그 친구를 나도 얼른 만나고 싶다.

2015년 연말, 떠났던 일본에서 나는 세 명의 친구를 사귀었다. 나카메구로에 사는 타로 상, 우에노에 사는 나오유키 상, 도쿄에 사는 준페이 상.

타로 상은 내가 혼자 맘껏 여행하고 돌아와 쉴 수 있도록 배려해주었고, 첫 일본여행의 이미지를 긍정적으로 기억할 수 있게 해준 장본인이다. 우에노에 사는 나오유키 상과 도쿄 아사쿠사에 갔었다. 일본 시장 구경도 하고, 절 앞에서 함께 사진도 찍었다. 그러다 마차투어를 해주시는 분을 만났다. 투어는 한 사람당 500엔이었는데 나오유키가 타자고 했다. 아사쿠사 밤거리를 신나게 달리며 행복에 겨워 있는데 아저씨가 갑자기 마차를 멈춰 세웠다. 손가락으로 한쪽을 가리켜 봤더니 '도쿄타워'란다. 아저씨는 도쿄타워 불빛이 빨간 날이 있고 초록색인 날이 있는데, 공기의 상태에 따라 색이 변한다고 했다. 도쿄타워가 공기의 질을 측정하는 기구라는 것을 그때 처음 알았다. 그가 우리 둘의 사진을 찍어주었는데, 내가 셋이 함께 찍고 싶다고 이야기했더니 카메라를 잡고 포즈를 취해 주었다. 나오유키 상에게 '함께 사진 찍고 싶어요'를 일본어로 말하는 법을 배워뒀던 게 도움이 됐다.

아사쿠사에서 집으로 가는 길, 낯선 역에 내려 아무 이자카야에 들어갔다. 음식값은 비쌌지만, 마지막 날이어서 상관하지 않았다. 음식이 쥐꼬리만큼 나왔던 것만 빼면. 사케를 주문했는데 나오유키 상은 술을 마시니 더 어려 보였다.

가게 주인아줌마가 뭐라고 이야기를 하니 그가 나에게 통역을 해줬다. 자기 지인 중에 누가 한국에 있다는 그런 내용이었다. 그곳 직원들도 무슨 이야기를 했다. 한국인은 처음 본단다. 한국인들은 유명한 지역에만 밀집해 있었나 보다.

도쿄에 머무는 동안 다른 일본인, 준페이 상을 만났다. 호스트는 불가하지만 함께 여행하며 가이드를 해 줄 수 있다는 그가 궁금하고 고마웠다. 우리는 신주쿠 신호등 앞에서 만나기로 했다. 영화에도 자주 나오는 그 신호등 사거리였다. 사람이 워낙 많아 같은 시간 같은 장소에 있었는데도 우리는 쉽게 만나지 못했다.

당신 일본은 챙 모자가 유행이었는데, 한국에서는 여자들만 그런 걸 쓰는데 일본은 남자들도 죄다 그런 모자를 쓰고 있었다. 그도 그랬다. 까만 바지에 모자를 쓰고 파란색 목도리를 하고 있다고 했는데 내가 생각한 모자와 준페이 상이 쓰고 있던 모자가 너무 달라서 알아보지 못했다. 만난 다음 속으로 어찌나 웃었는지 모른다.

일본에 오면 꼭 스티커 사진을 찍고 싶었다. 이 주변에 찍을 곳이 있는지 물었더니 오락실로 안내해줬다. 재미난 사진을 여러 장 찍고 서로 나눠 가졌는데, 난 다리가 두 배는 길게 나왔고 그는 엄청나게 멋있게 나왔다. 둘다 사진과 서로를 번갈아 보며 웃어댔다.

저녁이 되고 인적이 드문 운동장에 갔다. 야구를 하는 학생들이 있었다.

나오유키상이 일본인의 영어를 썼다면 그는 내가 듣기에 익숙한 영어를 썼다. 그는 지금이 크리스마스라 가족들 때문에 호스트를 해주지 못한 것을 아쉬워하며, 내년에 오면 꼭 호스트를 해주겠다고 했다. 헤어질 시간이 다가오고 짧은 시간 정이 든 우리는 다음에 꼭 다시 보자며 연락처를 주고받았다. 그는 너무 즐거웠다는 말을 반복했다.

다음 날, 나오유키 상이 지하철역까지 바래다주었다. 공항에 도착해 출국절차를 밟고 비행기를 기다렸다. 문득 나오유키와 했던 약속이 떠올랐다. "30살이 되기 전에 일본에 또 올게." 그랬던 나는 31살이 되도록 일본에 다시 가지 못했다.

인도에서 만난 사람들 이야기는 빼놓을 수 없다. 거기 사는 한국 사람들은 인도사람들에게 혀를 내둘렀다. 인도인들은 정말 게으르고 멍청한 사람들이라고 했다. 그들은 도통 급한 줄을 모른다. WIFI가 끊겨서 빨리 고쳐달라고 불러도 "No problem."이라며 느긋하게 고친다. 하루 만에 고쳐지면 행운이다.

그들은 외국인에게 터무니없이 높은 가격을 부른다. 아그라에 갔을 때 스노우볼이 마음에 들어 사려고 했더니 200루피라고 했다. '그럼 그렇지!', 비싸서 안 산다고 했더니 나에게 얼마를 원하냐고 했다. 10루피면 산다고 했고, 인상을 찌푸리며 곤란하단 표정을 지었다. 어깨를 들썩 하곤 걷는 나를 붙잡더니 "OK, 10"이라며 손바닥을 내밀었다.

인도는 이상한 나라다. 물건 하나를 사려고 해도 높게 부르고, 가격을 흥정하는 이런 상황 때문에 하루를 다 잡아야 한다. 그 신경전이 무척 힘든데 돌아보면 웃음 나게 하는 이상한 사람들이다.

사람은 참 많은데 인권이 제대로 보장받지 못하는 나라, 부와 빈곤의 격차가 심한 나라가 인도다. 여기선 결혼할 때 여자 쪽 집안에서 남자 쪽에게 돈을 주고 시집을 보낸다. 그래서 딸을 낳으면 빚이 생겼다고 말할 정도란다. 돈이 없으면 시집을 보낼 수가 없었고, 돈을 조금 주어 시집을 보내면 평생 남자 집안에서 욕을 먹으며 제대로 된 대우조차 받지 못한 생활을 하게 된다고 했다. 그래서일까, 구걸하는 사람들을 보면 대체로 여자가 많다. 사원이나 성에 출입할 때는 물론이고, 지하철을 탈 때도 여자 줄과 남자 줄이 따로 있다. 처음엔 그걸 몰라 그저 줄을 섰는데 표를 주는 직원이 손가락으로 나를 가리켰다. 옆으로 빠지라는데 무슨 의미인지 몰라 당황하자 현지인들이 여자 줄을 가리켰다. 바로 옆에 줄이 하나 더 있었는데 내가 선 줄이 남자 줄이었던 것이다. 이상하게 기분이 나빴는데 한국과 전혀 다른 문화에 나중엔 피식 웃음이 났다. 어이없는 웃음이긴 했지만.

다른 문화권의 사람들을 만나는 것은 자신에게 큰 도움이 된다. 편협한 나를 만나고, 옳다고만 생각한 내 생각과 조우하게 된다. 서로 다른 생각이 충돌하고 그것이 사람을 발전시킨다. 여행은 그렇게 늘 자극을 동반한다.

우리는 왜 일본에 가는 걸까? 도쿄타워를 보고, 사진을 찍고, 거기에 맛있는 음식을 먹기위해 가는 걸까? 왜 파리에 가는 걸까? 에펠탑을 보기 위해 몇백만 원 하는 표를 끊는 걸까? 나는 그게 잘한 여행이라고 생각하지 않는다. 문화를 이해하지 못하면 건축물을 보고 감동할 수 없다. 웅장함에만 매료된 것은 나중에 아무 의미도 주지 못한다.

여행은 사람이고 문화도 사람이다. 사람과 소통하며 나 자신을 발견하게 되는 것, 그것과 마주하는 것이 여행의 본질이다. 사람인 우리가 사람인 여행을 좋아하는 것은 어쩌면 너무 당연한 것은 아닐까? 사람이 여행을 채우고, 사람이 그곳을 추억하게 한다.

답을 구하고 싶겠지만 답은 없다

인도 공항에서 아빠 집으로 가는 길, 그 산만한 도로 사정에 넋을 잃었다. 차선은 무의미해 보였다. 초마다 울려대는 클랙슨은 다름 아닌 법을 준수하는 행위였다. 한국의 법과는 달랐기에, 아무것도 모른 채 개념 없는 사람들이라고 치부한 내가 부끄러웠다.

그렇게 도착한 인도에서 첫 여행을 시작했을 때 나는 또 한 번 기가 막혔다. 한 가게에 들어가 쇼핑을 하는데 직원이 가방 하나를 내게 보여주었다. 나는 마음에 들지 않아 이야기했다. "Please, Show me other things." 다른 걸 보여달라고 했더니 못 알아듣는다. '문법이 틀렸을까?' 생각한 나는 생각을 고쳐먹었다. 인도에 머무는 동안 여러 번 영어문장을 써봤는데도 그들은 못 알아들었다. 그런데 "Other thing." 이라고 말하면 곧잘 알아듣는 것이었다. 한번은 정수기가 고장 나 수리기사를 부를 때도 "When are you going to come to my house?" 하고 물었더니 못 알아듣길래 "When you come?"으로 바꿔 물었더니 단박에 대답했다.

인도에서 영어에 대한 나의 상식은 모조리 깨졌다. 그들과는 문장 대신 단어로 말해야 소통할 수 있었다. 발음도 내가 접했던 영어 발음들과 전혀 달랐다. 그들이 하는 말을 알아듣기가 힘들었다. "아이 깨임 뚜 싸웃 꼬리아." 라고 이야기하길래 한참을 응시하다 웃곤 했다.

한국에 돌아와 한번은 택시를 탔는데 기사 아저씨가 굉장한 오픈마인드였다. 아들 얘기, 딸 얘기 다 하시다가 여행 얘기를 하게 되었다. 대뜸 인도에 가고 싶다고 하셨다. "영어 좀 배운 다음 가려고요."라고 말하는 아저씨께, 그들도 영어 못하니까 그냥 가셔도 충분히 손해 안 보고 여행할 수 있다고 가르쳐드렸다.

인도의 시장통은 몹시 더럽다. 낮엔 개들이 인도 위에 벌러덩 누워 잠을 자고, 음식물 쓰레기와 누군가 싼 똥도 그대로 버려져 있다. 거리가 다 진흙인 곳도 많다. 특히 내가 봤던 바라나시의 골목은 한 사람만 겨우 지나다닐 수 있을 만한 폭이었는데, 거기 버젓이 소가 다녔다. 한 인도인이 골목을 돌아다니는 소는 주인이 있는 놈이라고 했다. 그런 골목에서 여자들이 맨발로 지나다닌다. 엄마와 나는 어떻게 이런 더러운 곳에서 신발도 안 신고 돌아다닐 수 있냐며 서로 툭툭 치며 수군거렸다. 돌이켜 생각해보니 '더럽다'라는 기준은 내가 접한 환경에서 만들어진 것이었다. 한국은 인도보다 훨씬 깨끗하지만, 일본에 비하면 더러운 수준이다. 그러나 인도 사람들이 한국에 온다면 참 깨끗한 나라라고 할 것이다. 길에서 신발을 벗고 다니면 안 되는 것일까?

내가 중학생일 때, 장마철이 되면 일주일 내내 정말 비만 내렸다. 지금처럼 깨작깨작 내리는 비가 아니라, 온 소음이 빗소리에 먹힐 만큼 우수수 쏟아지는 비였다. 그 빗속에서 친구들과 함께 신발을 벗고 비를 맞았던 기억이 난다. 비록 깨끗한 아스팔트 위에서였지만 어쨌든 더러워진 발은 씻으면 그만이다. 그들은 그걸 알았던 것 같다.

갠지스강을 건너기 위해 보트를 타러 갔을 때였다. 거기서 일하는 '철수'에게 물었다. "신발을 안 신고 다니는 사람들이 있던데 그럼 발이 아프지 않아?" 그랬더니 '철수'가 "No problem." 이란다. '아, 이 소리를 여기까지 와서 듣다니', 인도 전역에서 그 말은 다 통하는 것 같았다.

그들은 우리가 볼 때 정말 심각한 문제에 당면했을 때도 언제나 그렇게 이야기했다. 정수기가 터져 물이 안 나올 때도, 복잡한 도로에 차가 막혀 제시간에 미팅참석이 불가능할 것 같을 때도, 돈이 없다는 인도 기사에게 생계가 걱정되지 않냐고 물었을 때도, 에어컨 수리기사에게 너무 늦은 시간까지 고쳐지지 않으면 안 된다고 이야기했을 때도 그들은 언제나 '노 프라블럼'이었다. 대책 없이 무조건 '노 프라블럼'이다. 듣자면 허탈한 웃음만 나온다. 신기한 건 화가 안 난다는 것이다. 걱정해서 해결될 것은 아무것도 없단 듯이, 그들은 그저 할 수 있는 일을 한다는 듯이 늘 그렇게 말했다.

인도에 가면 인생을 배울 수 있다고 한다. 거기 가서 정신수양을 하고 오겠다는 사람도 적지 않다. 그동안 왜 사람들이 인도에 갈까 궁금했다. 그들의 삶은 들여다보는 것만으로도 수양이 된다.

인도는 빈부격차가 심해서 가난한 사람들은 '짜이티' 한잔으로 하루 배를 다 채우기도 한다. 밀크티와 비슷한 맛을 내는 '짜이티'는 한 잔에 1루피, 비싸 봐야 2루피였다. 한국 돈으로 200~400원 하는 돈이다. 인도 사람들은 하루를 시작할 때 늘 '짜이티'를 마신다고 한다. 그 맛이 워낙 좋아 바라나시로 가는 기차 안에서 몇 잔이고 사 먹었다.

기차 안에서 출발을 기다리고 있을 때, 전통 복을 입은 중년 여자가 요염이 우리에게 걸어왔다. 그리고 다짜고짜 손을 내밀길래 '이건 뭐지?' 하는 표정으로 쳐다봤더니, 손바닥을 우리 앞에 대고 두 번 흔들었다. 멍하니 있으니 곁에 있던 인도인이 그 여자더러 저리 가라며 보내 버렸다. 그 여자가 거지라는 것을 나중에 설명을 듣고 알았다. '뭐 저렇게 돈을 달라는 사람이 당당할 수 있나?' 싶었다. 그 설명도 인도사람이 해줘서 알 수 있었다.

인도에는 윤회 사상이란 게 있다. "어려운 사람을 도우면 그 도운 사람이 나중에 복을 받죠. 그러므로 당신에게 복 받을 기회를 준 나에게 오히려 고마워해야 한다."라고 말했다. 무식하고 게으른 사람들처럼 보이지만, 실제로 그들은 삶의 이치를 잘 알고 있는 사람들 같았다. 바꿀 수 없는 미래를 두고 걱정하는 대신, 할 수 있는 것을 하며 살았다. 그것일까? 늘 부족하지만, 행복은 다른 어느 나라보다 우위에 있는 이유가.

학교를 졸업하고 사회를 살아가다 보면 답이 없는 상황에 곤란할 때가 많다. 이리로 가라, 저리로 가라 누군가 올바른 길을 안내해주면 좋으련만, 인생에는 답이 없다고들 말할 뿐이다. 정답을 찾아 헤맨 세월이 몇 년인데 그 결과로 사회에 나오니 도통 답이란 찾아볼 수가 없다.

서로 다른 생각을 하는 사람과 문화를 많이 경험하는 것이 중요하다. 애초에 없는 답을 찾기 위해 골머리 싸매고 괴로워하지 말고, 타인의 생각을 통해 내 생각을 알아가자. 시각을 달리하면 볼 수 없던 것이 보이고, 어느 위치에 있느냐에 따라 말이 안 되는 것도 말이 될 수 있다.

암스테르담에서 독일 빈으로 가기 위해 들렀던 기차역에서 밤 9시에 해가 중천에 뜬 광경을 목격한 적이 있다. 우리나라 기준에선 말이 안 되는 소리지만 네덜란드에선 말이 된다. 내 말이 바르다고 자부하지도 말고, 남이 딴소리한다고 생각 없이 배척하지도 말아야 한다. 그 사람의 말이 맞을 수도 있다.

내가 기차역에서의 광경을 이야기하지 않은 채 "밤에 해가 뜰 수도 있지 않을까?"라고 물었다면 과연 당신은 어떤 대답을 했을까? 그게 확실하다고 과연 확신할 수 있을까?

제4장
영어강사로서 겪은 우리네 교육에 대하여

경험이 길을 만든다

 인도 여행을 다녀오기 위해서 다니던 일을 그만두어야 했다. 제대로 된 회사 일은 아니어서 큰 타격은 없었다.

 인도에 머물며 한국에 돌아가 무슨 일을 해야 할지 많이 고민했다. 인도의 넓은 땅을 보며 느낀 점이 많았다. 아무것도 채워지지 않은 땅, 분명 누군가의 소유일 토지, 다 지어진 아파트엔 분양이 되지 않아 원 플러스 원으로 슬로건이 붙어있기도 했다.

 부동산 공부가 하고 싶어졌다. 곧장 노트를 펼쳐 공부를 위해 필요한 것을 하나둘 적어 나갔다. 공인중개사 자격증이 눈에 들어왔다. 공법이니 민법이니 하는 과목도 많았고 시험도 1차로 2차로 분류되어 있었지만 재미있을 것 같았다. '부동산 공부엔 뭐니 뭐니 해도 공인중개사 시험이지' 싶었다. 문제집도 인도에서 결제했다. 공인중개사 자격증 시험 일정을 파악하고 지금부터 그때까지 얼마간의 기간이 남았는지 계산했다. 공부해야 하는 시간을 파악하고 하루에 공부할 수 있는 양도 계산했다 계산 결과, 거의 온종일 공부해야 1차에 합격할 수 있을 것 같았다. 부동산 관련 카페 가입하고 여러 가지 정보를 얻었다. 우리 집과 가까운 곳에 사는 사람들과 스터디 그룹을 만들었고, 지금은 인도에 있지만 곧 한국에 돌아가면 시작할 수 있다고 글을 올렸다.

부동산 공부를 한다고 했을 때 부모님의 반응은 황당 그 자체였다. 부모님께 내 생각에 대해 많이 공유하는 편이 아니라서 뜬금없어 보인 모양이다. 이미 교재도 결제했고, 한국에 돌아가면 곧바로 공부할 예정이라고 했더니 열심히 하라고 하셨다. 얼른 한국으로 돌아가고 싶었다. 목표가 정해진 이상 인도에 있는 시간은 무의미해졌고, 그럴수록 시간은 더 느리게 흘러갔다.

한국에 돌아왔다. 함께 공부할 사람들을 만났고, 공부하며 일하기 위해 구인·구직 사이트의 채용공고를 살펴봤다. 이력서를 작성하는 건 너무 귀찮았다. 그냥 내 이력서를 작성하고 공개로 전환했다. 이력서는 사실 그대로 작성했다. 작성하고 보니 '내가 이렇게 한 일이 없었나' 신기할 정도로 허전했다. 대학입학과 졸업, 그 후 다수의 실용음악학원 출강 및 연주 세션, 앨범녹음, 클럽공연, 바리스타 업무 등이 전부였다. 그동안 내가 무엇을 하며 어떤 걸 느꼈고 배웠는지 이력서엔 하나도 표현할 수가 없었다. 일을 하면서 어떤 노하우가 생겼는지, 커피는 언제 어떻게 만들어야 가장 맛있는지 아무것도 묻거나 궁금해하지 않았다. 그 지난했던 시간은 단지 이력서 상의 몇 줄로 끝났다.

한 게 많으면 한 분야의 경력이 미비하다고 싫어한다. 한 게 없으면 한 것이 없어 곤란하다고 한다. 이력서에 내가 여행했던 장소를 쓰기 시작했다.

누가 어떻게 볼지는 상관없었다. 일하지 않았다고 해서 가만히 집에 있었던 것은 아니라고 꼭 표현하고 싶었다.

2007년 미국 뉴욕과 올랜도, 2012년 네덜란드 암스테르담과 독일 빈. 2015년 일본 도쿄, 2016년 인도 뉴델리, 바라나시, 자이푸르 등 북인도 여행……. 이렇게 적고 연락이 올 때까지 마음 편히 있었다. 여러 군데에서 전화가 왔다. 커피숍에서도 연락이 왔지만 앞으로 연관이 없을 바리스타 일을 또 하고 싶지는 않았다. 그러던 중 한 어학원에서 연락이 왔다. 안산의 작은 동네에 있는 어학원이었는데, 일할 수 있겠냐고 물어보길래 할 수 있다고 했다. 그런데 왜 전화했냐고 물어봤더니 다양한 여행 경험이 마음에 들었다고 했다. 면접을 보고 그 학원에서 메인 영어 선생님으로 일을 하게 되었다.

평일엔 일하고 일을 안 할 때는 독서실에서 부동산 공부를 했다. 주말에 있을 스터디모임을 위해 해가야 할 숙제들이 많았다. 공법이 특히 어려웠는데, 교수님은 공법만 잘 배워둬도 살면서 필요한 부동산지식은 다 배워둔 거나 다름이 없다고 했다.

영어학원에서 3개월 정도 일하고 학원 사정으로 권고사직을 했다. 그곳에서 어리게는 초등학생부터 많게는 고등학생에게까지 영어를 가르쳤다. 그동안 한국 교육시스템의 문제를 많이 느꼈다. 나는 추후 교육코치 전문 회사에 입사해 영어와 국어를 가르치는 교사가 된다.

이때의 어학원 구직 경험을 통해서 내가 가진 경험을 어떻게 활용하느냐에 따라 새로운 길을 열 수 있다는 것을 깨달았다. 여행과 직업을 따로 놓고 보면 아무 연관성이 없어 보이지만 여행에서 필요한 언어를 갖췄다면 어학 분야에서 충분히 일할 수 있다. 내가 숨 쉬며 견딘 시간을 무의미하게 만들지 않으려면 그것을 활용하여 기회를 만들어야 한다. 기회는 우리 가까이에 있다.

누군가가 나의 경험을 필요로 하고 있다는 사실을 깨달았다. 각자가 보기에는 특별할 것 없는 경험들이 누군가가 찾는 바로 그것일 수도 있다. 그 우연한 기회가 새 길을 만들어 줄 수도 있다. 게다가 영어 선생님으로 일하면서 내가 어떤 부분이 부족한지, 아이들이 내 어떤 모습을 좋아하는지도 알 수 있게 되었다. 교사로서 내가 업무를 어떻게 처리하는지도 배울 수 있었다. 영어를 전문으로 배운 게 아니다 보니 아이들이 어디에서 헷갈릴지 공감해줄 수 있었다. 내가 가르치는 아이들만큼은 조금이라도 자유로운 환경 속에서 배웠으면 좋겠다는 열망 역시 이때 느낄 수 있었다. 특히 한국교육은 반드시 바뀌어야 한다는 확고한 신념이 생겼다.

우연한 기회를 붙잡기 위해서는 두 가지가 필요하다. 첫째는, 나를 남과 비교하면 안 된다는 것이다. 둘째는, 내 사소해 보이는 일상과 과거에 배운 것을 소중히 여길 줄 알아야 한다는 것이다. 내 경험을 소중히 여길 줄 모르는 사람은 그것을 통해 새로운 기회를 발견할 수 있다는 사실도 알지 못한다. 그들은 단지 다른 사람의 경험과 이력을 부러워하면서 시간을 낭비한다.

요즘은 자신의 취미를 업으로 삼는 것이 가능한 시대다. 인테리어가 좋아서 자신의 집을 꾸미고 블로그에 올려 유명해진 사람, 글 쓰는 것이 좋아 온라인에 글을 써 내려갔더니 출판사에서 연락이 와 작가가 된 사례, 방이 더러워 정리하다 얻게 된 비결로 직업을 바꾼 사람 등 자신이 관심 가진 것들에 집중하고 소통하면 새로운 기회는 우연을 가장해서 우리 곁으로 다

가온다.

우연히 영어 강사 일을 하게 됐지만 내가 영어를 좋아했기 때문에 기회를 붙잡을 수 있었다고 확신한다. 과거에 해왔던 경험과 자신이 좋아하는 것들을 나열해보고, 어떤 분야의 일을 새로이 할 수 있겠는지 생각해보자. 반드시 찾을 수 있다. 경험이 길을 만든다. 자신의 경험으로 만들 수 있는 길은 누구에게나 열려 있다.

여행을 통해 성장한 영어

IELTS라고 들어본 적 있는가? 유럽권에서 통용되는 공인인증시험이다. 네덜란드 유학을 위해 아이엘츠 시험을 봐야 했다. 유럽에 이민을 가거나 유학을 하러 가는 사람들은 이 시험을 봐야 한다. Speaking, Listening, Writing, Reading, 총 4가지 영역으로 이루어진 이 시험에서 특히 Writing 영역은 조금 특별하다. 표와 그래프를 보고 해석하는 과정에서 다양한 어휘를 사용해야 한다. Speaking 파트는 일상에 관해 이야기하는 것이 주를 이룬다. 나의 과거나 생각 등을 물으면 편하게 대답하면 된다. 여기서는 자기 생각을 얼마나 잘 피력할 수 있는지가 관건이다. 어려운 어휘를 사용하지 않아도 일상회화가 충분하다 여겨지면 좋은 점수를 받을 수 있다. 하지만 어떤 질문이 나올지 모르니 최대한 많은 질문을 예상하고 준비해야 한다. 이 시험을 준비하면서 영어의 벽과 처음 마주했다. 그전에는 기본적인 문법도 몰랐다. 그 덕에 전보다 어휘력은 훨씬 늘었다.

시험 준비를 하면서 배운 어휘력은 실제로 쓸 일이 거의 없었다. 그보다 스피킹 질문을 예상하고 준비했던 것에서 더 효과를 봤다. 들은 것을 토대로 말하고, 그들이 다시 대답하는 방식으로 이뤄지는 대화 속에서 저절로 필요한 어휘를 습득할 수 있었다. 영어는 방대했지만 배우기 즐거웠다. 책에 나온 그대로 대화가 이루어진 적은 단 한 번도 없었다. 영어는 소통을 위한 것이었다.

인도 바라나시에 가던 기차 안에서 스웨덴 여행자를 만난 적이 있었다. 그는 카메라로 나에게 자신이 여행했던 곳을 보여 주었다. 다 알아듣긴 하겠는데 말이 빠르게 나오지 않아 답답함을 느낄 때쯤 그가 내게 말했다. "너 영어 되게 잘한다." 내가 대답했다. "내가?" 그랬더니 그 외국인은 내가 자기가 하는 말을 다 알아듣는다며, 나더러 영어를 잘한다고 되풀이했다. 머리를 한 대 맞은 느낌이었다. 바로 말하지 못해도 상대방은 내가 그의 말을 이해했으며, 어떤 말을 하려는지 느끼고 있다는 것을 알게 되었다.

인도인들 역시 마찬가지다. 그들의 억양은 미국 발음과 정반대라고 해야 맞다. 'R' 발음이 없고, 완벽한 콩글리시 영어를 구사하는 그들을 보면서 영어는 언어라는 것을 다시 한번 절감했다.

한국에서 '영어 잘하는 사람의 기준'이라는 게 다른 나라에선 통하지 않았다. 심지어 단어만 말해도 소통이 됐고, 정 모르면 몸짓으로 대화했다. 인도에 사는 한국인들도 시장터에 나가면 다들 한국 발음으로 영어를 했다. 그런데도 그들은 모두 알아들었다.

어떤 말을 하려고 할 때 '이걸 영어로 어떻게 말하지?'라고 생각해본 적이 있지 않은가? 그것은 영어를 한국어로 배워서 그렇다. 한국어는 영어가 아니듯, 영어는 영어로 배워야 한다. 여행을 가기 위해 영어를 '공부'했더라면 즐겁게 사람들과 대화할 수 있었을까 궁금하다.

우리가 다른 나라의 언어를 배워야 하는 이유가 무엇일까? 소통하기 위해서다. 못하고 잘하고는 상관이 없다. 물론 영어를 잘하면 더 많이 말할 수 있겠지만 언어를 잘한다고 해서 소통을 잘하는 것은 아니다. 더 중요한 것은 상대의 말을 잘 들어주는 것이다. 내가 하고 싶은 말을 잘하려고 노력할 필요는 없다. 그것 때문에 스트레스받을 필요도 없다. 언어는 어느 순간 는다. 안되던 것이 어느 순간 된다. 안 들리는 것은 어느 순간 들리고, 들으면 우리는 말할 수 있다.

실제 대화를 하다 보면 다양한 주제를 접하게 된다. 그 주제에 대해 간략하게나마 이야기하고 알아들을 수 있으면 현지인들로부터 영어를 잘한다는 말을 듣게 될 것이다. 그러나 우리가 영어를 배우는 목적은 아쉽게도 커뮤니케이션이 아닌 것 같다. 흥미롭게 대화할 수 있는 영어를 원하지만, 우리가 배우는 영어는 공부 그 이상도 이하도 아닌 경우가 많다.

'백문이 불여일견'이라 했다. 써먹지 못하는 영어, 상대의 말을 들어주지 못하는 영어, 그래서 말할 수 없는 영어는 언어가 아니다. 언어는 텍스트가 아니라 실전이다. 문법책 한 권 독파하는 것보다 현지인 또는 영어모임에서 한번 말해 보는 것이 백번 낫다. 많은 사람은 영어가 부족하다며 영어모임에 나가지 않는다. 아는 것과 할 줄 아는 것은 엄연히 다르다. 우리는 많이 알지만 말할 수 있는 영어는 별로 없다. 머릿속에 있는 언어는 소용이 없다. 이렇듯 활용할 수 없는 지식은 죽은 지식이다.

언어는 지식이 아니다. 언어에 대한 편견은 오히려 대화를 단절하게 만든다. 영어에 대한 모든 준비를 마치고 대화를 하려고 하면 한마디도 할 수 없을 것이다. 내가 영어를 못 해서 대화를 꺼리고, 현지인들 만나는 것을 두려워했다면 이마저 영어 실력도 갖추지 못했을 것이다.

우리가 친구들과 대화할 때도 단어 생각 안 나서 손 움직여가며 표정을 일그릴 때가 있는데, 하물며 외국어는 모르는 게 당연한 것 아닐까? 한글 모른다고 대화 못 하는 게 아니듯, 영어도 단지 그렇게 여기면 쉽다. 소통을 위한 영어라면 말이다.

이제는 영어를 못 한다고 해외여행 미루지 말자. 당신은 영어를 잘한다. 한국에서 못한다는 말을 들어와서 그렇지, 해외사람들은 당신의 영어 실력을 일취월장하다 말할 것이다.

영어 공부하는 아이들

여태 살면서 성적을 잘 받기 위해 사교육을 받은 적이 없다. 부모님께서도 공부를 강요하지 않으셨다. 성적이 나쁘다고 혼난 기억도 없을뿐더러, 성적이 잘 나왔을 때도 "다음엔 더 열심히 해서 몇 등을 하라." 는 말씀도 없으셨다. 그런 환경에서 자란 내가 우연한 기회로 영어를 가르치는 강사가 되었을 때, 우리나라 교육의 현실 온도가 내가 생각했던 것보다 더 차갑다는 것을 알게 되었다.

학원에서 초등학생과 중학생들을 가르쳤다. 상담을 오는 학부모님들과 이야기도 많이 나누었다. 초등학생인 아이에게 왜 벌써 영어교육을 시키는지 궁금했다. 실제로 여기저기 학원을 순회하는 것은 이미 아이를 가진 부모에겐 일상적인 행위 같았다. 미취학 아동을 둔 부모들도 아이들의 영어학습에 대해 많은 걸 알고 싶어 했다.

학부모들이 아이들에게 영어를 고집하는 이유는 단순했다. 그동안 부모들이 아이에게 영어를 시키는 이유를 '영어를 잘하는 아이이길 원해서'일 거라고 생각했다. 그러나 아니었다. 부모들은 내 아이가 다른 아이들에게 열등감을 느끼지 않길 원했다. 그게 조기 영어교육을 시키는 이유였다.

수업하다 보면 목표를 가지고 공부하는 학생들이 있는 반면, 하기 싫은데 억지로 하는 학생도 많다. 처음 수업 의뢰가 들어오고 부모님께 아이 테스트를 위한 일정을 잡기 위해 전화를 하면 대다수 부모님은 아이가 영어에 흥미를 느끼길 원한다고 말씀하셨다. 그러나 그런 학부모님조차 오르지 않는 성적에 분개했다.

학생과 수업을 할 때 항상 묻는 게 있다. "넌 꿈이 뭐니?" 그러면 웬 동딴지같은 소리냐는 표정으로 나를 보다가 그런 거 없다고 말하는 학생들이 많다. 꿈이 없다고 말하는 게 못내 자존심이 상하는지 주절주절 대강 얘기를 하는 학생도 더러 있다.

나는 사교육을 받은 적이 없지만, 사교육계에서 일하고 있다. 수능을 위해 시간을 바쳐 목메어 공부한 적도 없고, 몰려오는 졸음을 참아가며 어려운 단어들을 외운 적도 없다. 그런데도 내 청소년 시절은 너무나 빠르게 지나갔다. 이 아이들은 무엇을 위해서 지금 이 귀중한 시간을 공부에만 할애하고 있는 걸까?

한 번은 5살짜리 여아의 영어 수업을 맡아달라는 어머님이 계셨다. 아직 한국말도 서툰 아이지만 그렇기에 더욱 영어를 노출해서 흥미를 느끼게 해주고 싶어 하셨다. 어머님은 아이가 수업할 때 다른 방에서 다른 아이들을 가르치는 일을 하셨다.

나는 아이와 함께 앉아 챈트 송을 부르기도 하고, 아이가 좋아하는 인형을 가지고 영어단어를 접목해 질문하며 놀기도 했다. 지루한 공부라고 느끼지 않도록 아이가 그만하자고 하면 중단했다. 더러 엄마를 찾기도 하고, 아무 말도 안 하고 앉아있기도 했지만 재미있어하는 듯했다. 그러던 어느 날, 아이 집에 도착해 초인종을 눌렀다. 집에 들어가 아이를 보고 여느 때와 같이 반갑게 인사를 했다. 갑자기 아이가 울음을 터뜨렸다. 어머니와 나는 당황했다. 어르고 달랬지만 아이는 계속 울기만 했다. 어머니가 아이를 방으로 데려가 얘기해보니 영어를 하기 싫다고 했단다. 나는 '그럼 그렇지'라고 생각했다.

1시간의 수업을 원하셨던 어머님이었다. 아직 한국말도 다 떼지 못한 5살짜리 아이가 알아듣지도 못하는 영어로, 1시간 동안 무언가를 한다는 것은 스트레스일 수 있다. 무작정 노출하는 것이 답은 아니다. 그날, 자지러지게 우는 꼬마를 보면서 참 불쌍하고 측은하다는 생각을 했다. 한국의 많은 어린아이의 모습인 것 같아서.

초등학생 5학년 아이를 가르칠 때였다. 그 아이는 수업에 매우 부정적인 태도를 보였다. 나는 책을 덮었다. 의아하게 쳐다보는 아이에게 물었다.

"영어 하기 싫지?" 아이가 대답했다. "왜요?"

"대답해 봐. 혼내려는 거 아니야."

"네, 하기 싫어요."

나는 이유를 알면서도 이렇게 물었다. "그런데 왜 부모님에게 그렇게 이야기하지 않아?"

아이가 대답했다. "해야 하니까요."

다시 꼬리를 잡고 되물었다. "왜 해야 하는데?"

아이는 너무 당연한 듯 이렇게 대답했다. "그래야 좋은 대학 가죠."

초등학생 입에서 대학이란 단어가 나왔다. 아이들이 대학이란 단어에 대해 접할 일이 얼마나 있을까? 이 단어는 어른이 아이들에게 주입한 말이다. 다시 물었다.

"좋은 대학은 왜 가야 하는데?"

"그래야 취직하죠."

이쯤에서 다시 말하자면 이 아이는 초등학생 5학년이다. 나는 아이에게 취직은 왜 해야 하는지 물었고, 돈을 벌어야 하기 때문이란 대답을 듣고 대화를 마쳤다.

현실을 너무 잘 보여주는 대목 아닌가? 이 아이의 어머님은 아이를 무척 아낀다. 누구보다 머리도 똑똑하고, 그렇기 때문에 다른 아이에게 뒤지지 않을 거라고 믿는다. 그러므로 내 자식이 영어를 못 하는 걸 이해할 수 없는 것이다. 나와 상담을 할 때면 다른 아이들마저 다 아는 단어를 모른다며 분통을 터뜨리곤 하셨다. 어머님께 다른 아이와 비교하는 발언은 아무런 도움이 되지 않으니 다만 알고 있는 것에 대해 칭찬해달라고 당부드렸다. 그렇게 하실지는 모르겠다. 이 아이는 컴퓨터와 로봇을 좋아한다. 로봇을 분해할 땐 시간 가는 줄도 모른다. 방과 후 열리는 컴퓨터 수업에 나가고 싶은데 엄마가 시간이 없다며 거절했다고 했다. 지금 컴퓨터 분야를 배워 전문성을 쌓아간다면 미래에 귀한 인재가 될 수 있는데, 여태의 기존 틀에서 벗어나지 못하는 사고방식 때문에 미래의 아이들이 뛰어놀 사회를 그리지 못한다.

또 하나의 사례는 더욱 기가 막힌다. 내가 중학교 3학년 남학생을 가르칠 때의 일이다. 그 아이는 중학교 마지막 시험을 앞두고 있었다. 본문을 암기하고 문제를 푸는 과정에서 난감한 일이 발생했다.

해당 문제는 '죄송합니다만~'이라는 뜻을 가진 것이 무엇인지 찾는 것이었다. 5개 객관식 중 1번 문항이 'I'm sorry about~', 2번 문항이 'I'm afraid~' 였다. 학생은 1번을 골랐다. 나는 그 문제의 답이 올바르지 않다고 말해주었다. 학생이 이게 왜 틀린 거냐고 묻는다. 거기서 내가 해줄 수 있는 말이 무엇이었겠는가? "본문에서 표현한 어휘는 그게 아니기 때문이야."

학생은 과연 내 대답을 듣고 납득할 수 있었을까? 알고 있었고, 뜻도 맞았음에도 불구하고 답이 아닌 현실. 우리의 교육은 어딜 향하고 있는걸까?

왜 남들보다 내 아이가 모든 면에서 다 잘해야 할까? 아이들이 웃지 못하고 꿈을 펼치지도 못하고 있는 건 왜 보지 못할까? 아이들이 좋은 대학에 가는 게 과연 아이를 위함일까, 부모를 위함일까?

닭과 오리는 절대 똑같지 않다. 각자의 강점이 있는 법이다. 닭에게 수영하라고 하면 절대 못 하지만, 닭은 육지에서 강하다. 반면 오리는 육지에선 약하나 물에서는 강하다.

아이들의 머리는 고등학생이 될 때까지 서서히 죽어간다. 똑같은 답을 찾아가는 교육 속에서 다른 생각, 다른 관점, 다른 답은 엄두도 못 낸 채 세상에 나와 그대로 살아가게 된다. 그런 세상에선 다른 관점, 다른 생각을 하는 인재를 찾는다. 교육과 사회가 따로 돌아가는 판국에서 아이들만 식민교육의 제물이 된다. 기존과 다른 틀 속에서 배워보지 못한 어른들이 주도하는 교육인지라 바꾸기는 여간 쉽지 않다. 부모교육이 선행되어야 아이들이 행복한 교육을 꿈꿀 수 있으리라 본다.

강사의 마음

한 번은 중학생 학부모님이 내 교육 경력과 학력을 물어보신 적이 있다. 나를 만나기 전에 좀 더 신뢰를 쌓기 위함이라며 정중히 서류를 부탁하셨다. 관련 서류를 준비해 갈 수는 있으나 그러지 않을 것이라고 답변드렸다. 서류로 신뢰받고 싶은 생각이 없으며, 기간만 명시되어 있는 서류는 내가 일해온 과정을 보여 줄 수 없으므로 양해를 바란다는 말씀과 함께.

학부모님들 중 많은 분이 교사 선택에 있어 학력과 경력을 신뢰의 기반에 두는 것을 많이 봐왔다. 그게 맞다면 교사로 일하는 사람들은 서울대, 연세대 혹은 고대 출신자들이어야 한다.

공부 잘하는 사람이라고 가르치는 일을 잘하는 것은 아니다. 반대로 일반 대학교 출신자가 학생을 제대로 가르치지 못하는 것도 아니다. 교사는 지식을 가르치는 사람이기 전에 자신이 걸어온 길을 통해 학생이 더 올바른 길로 걸어갈 수 있도록 인도하는 사람이어야 한다. 그 길에서 얻은 시행착오들을 학생과 공유하고, 여러 갈래의 길과 방법이 있음을 알려줌으로써 스스로 선택하도록 격려해야 한다. 학생이 공부뿐만 아니라 전반적인 생활에서 자신의 목적과 목표를 가지고 행동할 수 있도록 이끌어주는 사람이어야 한다.

지식은 누구나 쌓을 수 있다. 지식만 많은 사람이 교사가 되는 것은 위험하다. 많이 아는 사람은 조금 아는 사람을 이해하지 못한다.

우리 엄마는 요리를 매우 잘하신다. 나는 엄마가 해주는 쇠고기뭇국을 참 좋아한다. 하루는 그런 내게 뭇국 만드는 방법을 구두로 설명해주셨다. "참 쉽다. 현진아. 그냥 국물 우리고 뭐 넣고 뭐랑 뭐 넣어서 무 넣고 끓이면 돼."

"……."

엄마는 그 말을 이해하지 못하고 어려워하는 나를 도무지 이해하지 못하셨다.

이처럼 잘하는 것과 가르치는 것은 전혀 다르다. 왜 이해하지 못하는지 공감하는 것이 더욱 중요하다. 교사의 재량은 지식이 아니라 학생과 소통하고 공감하는 능력에 의해 좌우되어야 한다.

나는 고등학생 시절의 수업시간이 기억나지 않는다. 어떤 과목을 배웠는지도 기억에 없다. 앉아서 선생님의 말씀을 들었던 기억도 없다. 분명 수업은 받았을 텐데 말이다. 초등학교와 중학교 시절도 마찬가지다.

점심 시간에 매점 가서 간식 먹던 것과 체육 시간에 체육복 입고 놀던 것, 학교를 졸업하던 순간에 내가 서 있던 강당 정도만 기억한다. 공부해야 하는 이유가 없었으니 당연한지도 모르겠다. 아이러니하게도 그런 청소년 시절을 통해 부모님으로부터 지지를 받고 있다는 느낌을 받았다. 모든 선택을 내가 할 수 있었다. 내 선택을 지지해주셨고, 응원해주셨으며, 지원해주셨다.

아이들이 이유를 알도록 해줘야 한다. 그게 우선이다. 아이의 꿈을 찾는 교육은 등한시하고 모두 서 있는 줄에만 서 있으라고 강요하는 것은 부모도 해선 안 될 일이다.

지금 한국의 청년들은 모두 그런 획일화된 교육을 받고 세상에 나온 사람들이다. 우리 대부분은 꿈이 없다. 그래서 그냥 사는 대로 산다. 꿈을 찾기 위해 이제야 정신 차리고 나 자신을 위한 인생을 살겠다고 다짐하고 선포하는 사람들도 바로 우리 세대 사람들이다.

각자가 잘하는 게 있다. '잘한다'라는 뜻은 반대말이 있음을 의미한다. 반대로 말하면, 못하는 게 있으므로 '잘' 하는 것을 이야기할 수 있는 것이다. 모든 학생의 장점이 '공부'가 될 수는 없다. 그럼 아주 기이한 사회가 될 것이다.

모든 교사는 코치가 되어야 한다. 학생들을 의자에 앉혀둔다고 공부하는 것은 아니다. 학생들이 스스로 계획하고 실행하며 평가할 수 있도록 도와주는 사람이어야지, 모든 것을 주입하는 것은 교사가 아니다. 그 때문에 교사는 코치여야 한다. '학생의 장점이 무엇인지 파악하고 그것을 계발해나갈 수 있도록 조력하는 사람이어야 한다는 것'이 바로 내가 교사로서 학생들을 대했던 마음이다.

교육을 바꾸고 싶다

"자투리 시간을 활용해 전교 1등."

최근에 자투리 시간을 모두 아껴 공부에 활용한 고등학생의 일상을 담은 동영상을 본 적이 있다. 그 동영상에 나오는 학생은 아침에 일어나서부터 잠자리에 들기까지 생기는 자투리 시간을 모아 모두 공부하는 시간으로 활용했다. 시간을 아껴 어딘가에 집중하는 모습은 가히 본받을 만하다.

학교에 가기 전 아침을 먹는 식탁 테이블 유리 밑엔 암기해야 하는 것들이 프린트되어 있었고, 학생은 밥을 먹으며 암기를 했다. 그의 앞엔 아버지가 함께 밥을 먹고 있었는데 둘 사이의 대화는 없었다. 학교로 걸어가는 동안엔 암기과목을 공부했고, 점심시간에는 친구들과 식사하는 대신 집에서 싸 온 도시락을 들고 자율학습실로 향했다. 집에 돌아와 방 안에 설치해 둔, 양옆이 막힌 독서 책상에 앉아 배운 내용을 복습하고 자정이 넘어 잠자리에 들었다. 침대 옆 벽엔 외워야 할 것들을 프린트해 붙여두었고, 잠들기 전까지 그것을 암기했다. 그게 그 학생의 일과였다.

이 영상은 자투리 시간의 중요성에 대해 알려주기 위한 목적으로 만들어 졌다. 시간을 아껴 어딘가에 집중하는 모습은 가히 본받을 만하다. 그러나 그 학생의 모습이 대한민국 학생들이 지향해야 하는 모습으로 비치는 것 같아 우려스러웠다. 학생이 밥을 먹을 때 그의 앞엔 아버지가 있었다. 서로 간의 대화는 없었다.

교육은 어디에서나 이루어질 수 있다. 세상 모든 것에서 배울 수 있다. 우리는 고학력자 혹은 많이 배운 사람이 세상에 나와 물의를 일으키는 것을 종종 목격한다. 물론, 모든 사람이 그렇지는 않지만 정말 배우고 익혀야 할 것은 책 속에 없는 경우가 많다. 나는 교육이 사람을 향해야 한다고 생각한다.

한때 기업들이 인문의 중요성을 깨닫고 인문학 도서를 선정하여 취업면접 시 반영한 적이 있다. 그로 인해 인문학 열풍이 불어닥쳤고, 서점에는 온갖 인문 관련 서적이 넘쳐났다. 지금은 보다 사그라들었지만, 아직도 사람들은 인문학을 중요한 과목으로 여기고 있다.

하버드 경영대학원과 시카고대학, 그리고 그 외 많은 선진국은 독서교육을 지향한다. 교육커리큘럼이 모두 책으로만 이루어진 것을 보면 그들의 교육이 원하는 목적이 무엇인지 알 수 있다.

책은 타인의 경험이다. 타인이 경험으로 얻은 지식의 총합이자 시간의 산물이다. 그 안에는 많은 시행착오와 교훈이 담겨 있다. 따라서 내가 경험하지 못한 것을 간접적이나마 체험할 수 있다.

독서는 눈으로 하는 행위가 아니다. 뇌로 한다. 읽음으로써 생각하게 하고, 답을 찾는 것이 아니라 질문하게끔 유도한다. 질문은 내면을 향한다. 답을 찾기 위해 끊임없이 생각하게 한다. 그런 과정을 통해 생각이 넓어지고 세상과 타인을 이해하는 범위가 넓어진다. 다양한 관점으로 생각하는 것이 가능해진다. 책을 통해 질문하는 것이 습관이 되면 모든 배움에 적극적으로 나설 수 있게 된다.

한국 학생들은 질문이 없기로 유명하다. 학계 교수들은 신임교수에게 학생들은 절대 질문하지 않으니 너무 걱정하지 말라고 다독일 정도다. 질문은 내가 무엇을 모르는지 인식하는 것에서부터 출발한다. 무엇을 모르는지 모르기 때문에 질문을 할 수 없다. 그저 칠판에 적는 것을 받아적고 그것만 파면 성적이 잘 나올 것이라는 만연한 생각 때문에 질문을 중요하게 생각하지 않는다.

나는 여러 강연에 참석할 때마다 연사의 말을 듣고 궁금증이 생기면 메모해두거나, 질문해도 되는 상황 같으면 바로 손을 들고 질문한다. 처음부터 그랬던 것은 아니다. 내 인생을 바꾸고 싶다는 열망 때문에 반드시 대답을 들어야 해서 하기 시작한 질문이었다.

예전에는 질문을 하면 이목이 쏠리는 것도 싫었고, '쓸데없는 질문이라고 생각하진 않을까', '흐름을 방해하진 않을까' 염려하다 결국 질문하지 못했다. 그러나 한번 두번 질문을 시작하고 나자 궁금했던 것들이 풀려가기 시작했다. 강연 후에 강사님이 부가적 설명을 해주시기도 했다.

강남에 살 때 매주 열리는 독서 모임에 참여하곤 했는데, 맨 처음 참석했던 날에 새로운 것들을 많이 배웠던 기억이 난다. 그래서 질문을 했다. 꽤 진지한 표정으로 질문을 했다. 그 강사님이 나중에 내게 이런 말씀을 하셨다. "처음엔 엄청 까칠한 사람 같았어요. 그런데 알고 보니 아니었네요." 너무 궁금해서 여쭤본 모양새가 꽤 꺼칠해 보였던 모양이다.

그 강사님과는 그때의 인연으로 지금도 꾸준히 인연을 이어오고 있다. 그 인연으로 알게 된 다른 독서 관련 강연에서 나는 또 궁금한 것을 질문했고, 강사님은 강연 도중 나를 가리키시며 이렇게 말씀하셨다. "현진씨 강점은 질문력이에요." 질문력, 그 말을 듣자마자 기분이 좋았다. 질문력이라.

당연한 것들을 다르게 보는 관점은 질문을 통해서만 가능하다고 생각하기에 그 이후로도 꾸준히 더 좋은 질문을 하기 위한 공부를 지속하고 있다.

나는 내가 알고자 하는 게 무엇인지 분명히 알았다. 모르는 게 무엇인지도 알고 있었다. 질문을 통해 그 답을 찾았고, 내 삶에 여러 가지를 적용할 수 있게 되었다. 질문해서 얻은 지식은 누구도 가져가지 못한다.

교육은 사람을 알기 위한 것이어야 한다. 바로 나 자신을 아는 데서부터 출발해야 하는 것이 이상적인 교육의 모습이다. 학력이 성과를 보장하는 시대는 이미 지났다. 생존을 위한 수단이 되어버린 교육에서 떠나 사람을 향하는 교육을 시작해야 한다.

교육은 왜 공부여야 할까? 학습이란 것은 '습'해서 '득'하는 것이다. 한국 교육은 현재 '습'에만 치중되어 있다. 배워 써먹을 수 있는 교육이 아니다. 무슨 일을 하든 결국은 사람을 알아야 한다. 그 때문에 사람을 아는 사람, 생각의 크기가 넓은 사람, 자신에 대한 이해가 높은 사람으로 만드는 교육을 지향해야 한다.

현재 우리나라는 국가가 발 벗고 나서 국민이 '워라밸(Work And Life Balance)'을 실천할 수 있도록 여러 정책을 마련하고 있다. 그렇다면 학생들의 워라밸은 어디 있는가? 미래의 대한민국 인재들을 위한 '스라밸(Study And Life Balance)'을 위해서도 고민해봐야 하지 않을까? 교육의 양보다 질이 중요하다. 질적인 교육을 고민해야 한다.

지금 저출산 시대로 젊은 사람들이 줄어들고 있는 대한민국에 정말 중요한 것은, 그나마 있는 학생과 청년들이 이 나라를 어떻게 이끌어가야 할지를 배우게끔 하는 것이다. 현시대 정책을 이끄는 사람들의 가장 큰 문제점으로 대두되는 '탁상공론'을 다음 세대에까지 물려줄 수는 없는 노릇이다. 인재 낭비는 국가적 최대 손실이다.

경쟁률에 쫄지 않는 법

강남땅이 비싼 이유가 뭘까? 서울대 경쟁률 높은 이유는 또 뭘까? 공무원 경쟁률 높은 이유는? 바로 사람이 많이 몰리기 때문이다.

부모들은 소위 말하는 '좋은 대학'에 자녀를 보내기 위해 사교육을 마다하지 않는다. 대학을 넘어 대학원, 혹은 취업을 준비하는 동안에 다녀야 하는 학원들 때문에 청년은 고통스럽다. 없는 일자리에 언제나 사람은 붐빈다. 모두 같은 것을 원하기 때문이다.

한 번은 입시조건이 더욱 높아졌음에도 불구하고 사교육 열기가 식지 않는 것을 보고 교육계 선배 교사에게 왜 그런지 물어본 적이 있다. 그랬더니 그분은 내게 "기준이 더 높아졌으니 더 시키는 거지요."라는 대답을 해주셨다.

다른 길은 찾기도 힘들뿐더러 남들이 원하는 것과 내가 바라는 게 같으므로 결국 그곳에는 늘 사람이 넘친다.

나는 서울예술대학에 입학하기 위해 3년간 드럼을 연주하고 음악을 공부했다. 당시 우리 학교 경쟁률은 심히 높았다. 보컬 전공은 몇백 대 1이었고, 요즘은 1000:1을 훌쩍 넘긴다. 내가 지원할 당시에도 평균 200:1 정도였으니 만만히 들어갈 수 있는 곳은 아니다. 드럼파트는 159:1이었다.

그런 곳에 지원할 때 우린 통계를 보고 시작하기 전부터 지레 겁을 먹기 쉽다. 그럴 때 정확히 내 경쟁률을 파악해볼 수 있는 좋은 방법이 하나 있다. 이것은 내가 예대 진학을 앞두고 있을 때도 써먹었던 방법이다. 단, 준비물이 하나 필요하다. 이것이 없으면 이 방법은 써먹을 수 없다. 그것은 바로 자신감이다. 자신감을 가지고 있다면 이 방법은 아주 유용할 것이다.

이번에 한 대기업에서 신규직원 1,000명을 채용하기 위해 시험을 개최했다. NCS를 도입해 직업역량시험을 치렀는데 당시 몰린 인원이 거의 5,000명에 육박했다. 그렇다면 경쟁률은 5:1 정도 된다. 5:1이라는 경쟁률이 높다고 생각하지 않았다. 내 경쟁률은 거의 160명에 달했기 때문이다. 그러나 취업에 있어 이 수치는 낮은 것이 아니었다. 그럼 5명 중 1명이 돼야 한다는 말이 되는데, 솔직히 그중 2명은 경쟁상대가 아니다. 제대로 준비하지도 않고 대충 시험을 치르러 온 사람들이 많다. 또한, 결시생들도 만만찮다.

3:1이라고 해보자. 이 단계에서는 3명 중 내가 상위인지 하위인지 생각해보는 것이 필요하다. 아까 말한 자신감이 그래서 중요하다. 상위라는 자신감이 있다면 경쟁률은 2:1 혹은 1:1이 될 것이다. 고작 그중에서도 합격할 자신이 없다면 당연히 합격 못 한다. 실제 내가 염두에 둬야 할 경쟁상대가 몇 명인지 가늠하고, 이미지 트레이닝을 하는 것은 대단히 중요하다.

5,000명이란 숫자에 주눅 드는 사람도 많고 기에 눌려 안될 거라고 여기는 사람도 많다. 실제로 안 될 수도 있다. 그러나 구체적으로 생각해보면 5명 중 1명이 되면 되는 것이다. 그 사람들의 얼굴을 그려보고 시험준비를 어떻게 했을지 상상해보라. 그리고 나의 모습을 그려보면 어느 정도 되야 합격할 수 있을지 객관적으로 판단할 수 있게 된다.

나는 경쟁률 160에 연연하는 대신 한 줄로 늘어선 20명만을 생각했다. 반절은 나와 상대도 되지 않을 사람들이라 생각해서 처음부터 배제했고, 그 중 제법 하는 사람 중에서도 그들보다 더 잘한다는 자신감이 있었다. 늘 내 경쟁상대는 20명이었다. 그 20명 중 1명이 될 자신이 있었다. 20명에만 집중했다. 그 결과 성공적으로 합격할 수 있었다.

지원한 사람 모두를 내 경쟁상대로 여긴다면 승산이 없다. 무엇보다 자신감이 중요하다. 그래야 느긋한 마음을 가질 수 있고, 평정심을 유지하고 시험을 볼 수 있다. 이런 이미지 트레이닝은 아직 일어나지 않은 일에 대해 뇌가 실제 일어난 일처럼 여기게끔 하기 위한 좋은 방법이다. 구체적으로 상상하고 그 상황에 있는 나의 모습을 그리는 연습을 자주 하다 보면 직접 맞닥뜨렸을 때 보다 유연하게 대처할 수 있다. 이왕 할 거라면 '된다'라는 자신감을 가지고 하자. 그러면 반드시 '된다.'

내 인건비가 3,000원?

코칭 전문기업에서 일했었다. 면접을 보러 갔던 곳에서 부장님과 만나 업무에 대한 기본적인 대화를 주고받았다.

그곳엔 승급제도라는 게 있었는데, 처음에 입사하면 수습 코치가 되고 일정 점수를 채우면 10급에서 9급, 8급 이런 식으로 승급하는 제도였다. 승급할 때마다 나한테 지급되는 퍼센티지(%)가 높아진다고 했다. 초등학생과 중학생 고등학생 회비도 다 달랐기 때문에 고등학생이 많이 받는 것이 급여 면에선 더 좋았다. 수업료도 주 몇 회 수업인지에 따라 다르게 책정되었다.

이런 곳이 처음이라 수업료를 주 기준으로 책정하는 것도 낯설었고, 승급 점수니 수수료니 하는 것들도 도통 뭐가 뭔지 이해할 수가 없었다. 면접을 보며 강조한 말은, 몇 개월 버티고 학생이 좀 많아지게 되면 월 200에서 300만 원 받는 것은 무리가 아니라는 것이었다.

주 2회씩이면 학생 10명은 거뜬할 것이고, 그러면 중고등학생이면 각 회비가 20~30만 원을 넘으니까 정말 200만 원 벌기는 쉬울 듯한 생각이 들었다. 그래서 다니기로 했고, 회사에선 수습 기간 3개월 동안 30만 원에서 50만 원 정도 되는 지원금을 지급해준다고 했다. 처음 시작할 땐 학생이 없기 때문이다. 상사는 주 1회만 소속된 지부로 출근하면 되고 나머지는 집에서 바로 학생 집으로 수업을 하러 가면 된다고 했다. 이동하는 수단은 내 자유지만 회사에서 교통비 지원은 해주지 않았다.

첫 달, 업무팀으로부터 나에게 연락이 왔다. 학생 2명을 맡게 되었다. 회사에는 업무팀이 따로 있었다. 업무팀에서 영업을 통해 회원을 모집하고, 학생이 사는 지역과 나이, 성격, 부모님이 원하는 선생님을 찾아 직접 교사를 선택했다. 내가 승낙하면 수업을 시작하는데, 그전에 학생과 앞으로 어떻게 수업을 할지 테스트 수업을 했다.

한 달 동안 내가 수업을 해도 첫 달 수업료는 영업과 홍보를 담당한 업무팀에게 지급된다. 100% 말이다. 고로 나는 2번째 달부터 수업료를 받을 수 있었다. 만약 1달만 하고 학생이 그만두면 나는 업무팀 돈만 벌어준 셈이 된다. '내가 잘하면 되겠지'란 생각으로 그런 일이 생기지 않도록 열심히 일했다.

실제로 스쿠터 시동이 걸리지 않아 한번 지각한 것을 빼고 3개월간 단 몇 분도 지각하지 않았다. 먼저 수업을 연기한 적도 없었다. 그러나 그런 나의 첫 달 월급은 60만 원 정도였다. 지원금 50만 원에 월급이 10만 원이었다.

2개월이 되자 지급되는 지원금액이 더 줄었다. 추가로 들어온 학생은 고작 1명이었다. 내가 학생을 더 받고 싶다고 해서 받을 수 있는 게 아니었다.

업무팀에서 연결이 되어야 했던 부분이기에 신규학생에 대한 목표를 세울 수가 없었다.

이때는 겨울이 본격화되던 11월이었다. 평일 2시부터 9시까지 총 3명의 학생을 가르치러 다녔다. 7시간 동안 3시간 수업을 위해 나머지 4시간은 이동시간으로 허비했다. 그 시간을 활용하고 싶었지만 그럴 수도 없었다. 언제 신규학생이 들어올지 몰라 연속으로 수업을 배치한 데다, 이동시간을 줄이기 위해 스쿠터를 타고 다녔기 때문이다.

나는 강남구 논현동에 살면서 스쿠터로 출퇴근했다. 강남구는 수업이 많이 들어오지 않는다고 해서 잠실동, 송파동, 서초동 위주로 다녔다. 잠실동까지는 거의 7km 거리였다. 차들 사이를 스쿠터로 비집고 다니면서 수업을 하러 갔고, 한번은 추운 날씨 탓에 스쿠터 시동이 걸리지 않아 택시를 타고 이동했다. 택시를 타는 날은 버는 돈보다 돈을 더 썼다. 그렇게 수업을 했는데도 첫 달 수업료는 나에게 들어오지 않았고, 통장엔 월 30만 원가량 꽂혔다.

그러다 신용불량자가 되었다. 당시 신용카드를 쓰고 있었는데 카드값을 갚지 못해 매일같이 전화가 왔다. 전화를 받지도, 갚지도 못한 채 하루하루 일만 하며 살았다. 그런 와중에도 아직 3개월밖에 되지 않았으니 지금 그만두는 것은 성급하다 생각했다. 조금만 더 지나면 승급점수도 채우니까 10급이 되면 더 벌 수 있을 거라고.

시간을 기록하는 바인더를 펼치고 3개월간의 업무시간을 점검해봤다. 일하는 시간에 비해 받는 돈은 터무니없었다. 시간 대비 월급을 나눠봤더니 내 시간당 인건비는 다름 아닌 3000원이었다. 뭔가 해결책이 필요했기에 상사에게 전화를 걸었다. 3개월 뒤면 학생이 웬만큼 찬다면서 3명이 말이 되는 수치냐고, 내가 할 수 있는 게 없이 던져줘야 받는 시스템 역시 말이 되냐고 말했다. 일하는데 돈이 없는 게 정상적인 상황은 아니었다.

수업이 없을 때도 회사 홈페이지에 들어가 수업보고서를 써야 했고, 회사에서 직접 개발한 앱을 다운받아 업무팀에서 온 메시지가 있는지 수시로 확인해야 했다. 일일평가서, 월평가서, 회비납부상태 등을 직접 확인해야 했다. 내지 않은 부모님께 연락해야 하는 것도 나였다. 회원이 수업을 미루면 보강날짜를 잡아 월 8회를 맞춰야 했고, 그렇지 않으면 기간이 밀려 내 월급이 줄어들었다. 일을 안 하는 주말에 개인적인 약속이나 일을 보고 있을 때도 자주 상사에게 전화가 왔다. 지금 바로 업무팀에서 온 메시지를 확인하라는 전화였다.

빠르게 답장을 해주지 않으면 업무팀에서 다른 교사를 알아보기 때문에 거의 수시로 들어가 새로 온 메시지가 없는지 확인해야 하는 게 또 하나의 일이었다. 어떻게 보면 한 달 24시간 일하면서 20%, 한 명당 월 6만 원을 받은 셈이다. 그럼 내 인건비는 시간당 1285원이 된다. 순수 평일 7시간 일한 걸로 치면.

나는 정말 쓰는 돈이 없었다. 새 옷을 산다거나 외식을 한다거나 심지어 화장품을 사는 일도 없었다. 한번 외식을 할라치면 다음날은 더 굶아야 했다. 고기집 같이 거창한(?) 외식이 아니라 그냥 밖에서 사 먹는 7000원짜리 밥 말이다. 친구 결혼식에 축의금도 내지 못했다.

상사는 내게 수습 기간에는 받는 급여가 총 수업료의 20%라고 했다. 그러니까 첫 달 수업료는 업무팀이 가져가고, 두 번째 달은 내가 수습이라 시간과 노력 다 바쳐 일해도 받을 수 있는 건 20%가 전부라는 것이다. 수업료가 20만 원이면 4만 원이다. 고등학생 수업료가 30만 원이라고 해도 6만

원이다. 학생이 3명이었으니까 전부 고등학생이었다고 해도 18만 원이 지원금을 뺀 내 급여였다는 소리인데 내 학생 중 고등학생은 단 한 명이었다. 그걸로 한 달을 살아야 한다는 거다. 교통비보다도 저렴한 휘발유를 넣어 스쿠터를 타고 다녔으니 망정이지, 대중교통 이용했으면 교통비로 다 써버렸을 금액이다.

수업을 마치면 상사에게 전화로 매일 퇴근 보고를 해야 했다. 그럴 때마다 여러 번 학생이 들어오지 않아 점점 경제적으로 어려워지고 있다고, 개선이 필요하다고 상담을 했었다. 그랬을 때조차 내 수수료가 20%라는 것을 말하지 않았던 상사였다. 대체 왜 말하지 않았냐고 물어보니, 내 성격을 본인이 뻔히 아는데 말했으면 당장 그만두지 않았겠냐고 했다.

날이 유난히 추웠던 그 겨울의 밤 11시, 교대역 앞에서 집으로 가는 버스를 기다리고 있었다. 코끝이 찡해질 정도의 추위였지만 너무 화가 나서 추위를 느낄 수가 없었다. 당장 현재까지 내가 일한 돈 보내주고, 더 이상 일 그만하겠다고 쐐기를 박았다. 내가 가르치던 학생들 인수인계도 내가 해야 맞았지만, 회사를 위한 방침이기 때문에 따르고 싶지 않았다. 그래도 할 건 해야지 않겠냐고 말하는 상사에게 이렇게 말했다.

"회사와 직원 사이엔 서로 오고 가는 게 있어야 하는 거거든요. 명령하시려면 내가 얻는 것도 있어야 한다고요. 부장님이 나에게 말을 하고 내가 선택을 해서 이 상황이 된 거면 할 말 없지만, 이건 노동 착취 아닌가요?"

부장님과는 일하는 당시엔 사이가 좋았다. 편의를 많이 봐주셨고, 계속 일하고 싶어하는 걸 아시곤 여러모로 챙겨주셨다. 그러나 이건 다른 문제였다. 그 이후로 업무를 나가지 않았고, 시스템이란 것에 대해 예민히 생각하게 되었다.

거의 1년이 다 돼가는 지금, 어느 정도 그 여파에서 헤어나올 수는 있었다. 제일 먼저 신용카드를 가위로 잘랐다. 현재 있는 돈으로 사지 못하는 물건이라면 안 사는 게 맞다는 생각을 했다.

멀리 보면 내게 꼭 필요했던 공부였을지 모른다고 생각한다. 지금은 감사하기도 한다. 아무것도 해주지 않는 회사가 80%를 가져갈 수 있는 이유는 바로 '시스템' 때문이라는 것을 깨달았으니까. 시스템을 만들어놓은 자와 그 시스템을 따라야 하는 자의 차이가 바로 나와 회사의 차이였다. 말하고 싶은 것도 바로 이것이다.

남이 만들어둔 시스템에서 괴로워하고 억울해해봤자 결국 바보는 나 자신이다. 자신의 가치를 업그레이드하지 않고, 자신에게 투자하지 않고서는 꾸준히 남이 정해둔 시스템과 인건비 안에서 살아가게 돼 있다. 지난하고 어려운 과정이지만 스스로 성장하지 않으면 그 시스템 안에서 벗어날 수 없다.

이때 이후로 글을 쓰기 시작했다. 그 6평 남짓한 원룸 안에서 유독 길고 추웠던 겨울을 보내며 할 수 있는 거라곤 쓰는 것밖에 없었다. 울면서 글을 썼다. 서른한 살이 다가오는데, 돈을 모으기는커녕 이따위 신세라는 게 도무지 이해되지 않았다. 책을 읽다 힘이 되는 문장을 발견하면 필사하다가 감정이 북받치곤 했다. 그렇게 아려 오는 눈을 감고 있으면 양 눈에서 짠물이 흘렀고, 강아지는 그걸 핥아줬다. 짧지만 길었던 그 시간 동안 나는 그렇게 살았다.

제5장
나답게 살았으면 좋겠습니다

좋아하는 것과 잘하는 것 먼저

사람들은 좋아하는 것과 잘하는 것 중 어떤 걸 선택해야 할지 많이 고민한다. 우리는 인생에서 성공하기 위해 둘 중 어떤 것을 택해야 할까?

나는 드럼이 좋아 3년 동안 드럼만 배웠고 드러머가 되었다. 내가 생각한 드러머의 모습과 현실은 아주 달랐다. 드럼을 좋아했지만 더이상 연주 일을 하고 싶지 않았다. 이처럼 좋아하는 일도 일이 되면 힘들다. 더군다나 좋아하는 것도 여러 가지다.

커피가 좋아 바리스타도 해봤고, 나라가 좋아 군인에 지원하기도 했다. 좋아한다고 업으로 삼을 수는 없다. 좋아하는 것보다 지금 내가 잘하는 것을 더 잘하게끔 해야 한다고 확신한다.

좋아하지만 잘하지 못하는 것 말고, 좋아해서 했더니 잘하게 된 것들이 있는가? 나는 좋아하는 것이면 무엇이든 했었다. 커피숍에서 일할 때도 커피가 좋아서 그 일을 택했다. 저녁에 일하는 것을 원치 않아서 아침에 하는 일을 선택했다. 그 이후에는 책을 읽었다. 그러나 삶에 변화는 좀처럼 찾아들지 않았다. 그 이유는 좋아하기만 했기 때문이다.

목적이 없는 선택은 그게 무엇이든 점점 나를 그 방향으로 이끌어갔다. 일이 되고 나니 그다지 재밌지도 않았고, 그만두자니 다음 할 일이 걱정돼서 그만두지 못했다. 그만둘 때가 될 때쯤에야 또 내가 좋아하는 게 뭘까 생각하며 다음 일을 찾는 식이었다. 일하는 동안엔 일한다는 안도감에 안주했다. 받은 월급은 어떻게든 스쳐 지나갔고, 시간은 흘렀지만 변하는 건 아무것도 없었다. '어떤 사람이 돼야 할까', '어떤 일을 해야 할까' 숱하게 고민했지만, 해답은 빨리 나오지 않았다. 질문을 멈췄다.

한 번 생각해 보자. 지금 하는 일을 왜 하게 되었는가?

나는 드러머, 커피숍, 장교준비, 유학 준비, 여행, 영어교사 등 다양한 일을 하다 여기까지 왔다. 좋아서 시작한 일이었지만 일 자체는 녹록했던 것이 없었다. 그때 깨달았다. 좋아하는 것을 하기 위해서는 싫어하는 일을 더 많이 해야 한다는 사실을, 내가 경험을 통해 배운 것을 반드시 활용해야 한다는 것을. 돌아보면 해왔던 일들을 통해 배웠던 것이 분명 있다. 그것을 어떻게 활용해서 내 길을 열어나갈 것인지 고민하는 것은 내 몫이다. 그게 나만의 길이 될 수도 있다.

자기계발서를 보면 자신이 좋아하는 것과 잘하는 것을 종이에 적어보라고 권한다. 그리고 그것들을 연결해보라고 한다. 그로써 장점과 강점을 활용해 어떤 일을 해야 할지 가늠해보라고. 그래서 그렇게 해봤다. 그랬더니 보이지 않던 것이 보였다.

그동안 했던 일 중 나에게 가장 잘 맞았던 일을 꼽으라고 한다면 바리스타와 교육 일이었다. 커피를 만들어 제공하는 것이 좋았고, 그런 사람들과 인사를 하고 대화를 나누는 것에 자신이 있었다. 영어를 좋아했고 회원 관리를 잘했다. 그래서 교육 일은 나에게 잘 맞았다. 그때는 몰랐지만 즐거운 마음으로 일할 수 있었던 곳은 좋아하는 것과 잘하는 것의 결합인 부분이 많았다.

나는 읽고 쓰는 것을 좋아한다. 서류 정리하는 것을 잘한다. 강연을 들을 때는 늘 메모하고, 그것을 깔끔하게 정리해야만 직성이 풀렸다. 책을 읽고 독서 노트를 쓰지 않으면 밤에 잠도 자지 않았다. 독서 노트도 책 제목을 깔끔하게 베껴 그렸다. 독서와 독서 노트는 가장 대표적으로 내가 잘하는 것이자 오랜 습관이다. 그러나 궁금했던 본질은 그게 아니었다.

그래, 좋아하는 것도 있고 잘하는 것도 누구나 있다. 중요한 것은 그래서 어쩌자는것일 것이다. 그래서 이걸로 뭘 할 수 있냐고 묻고 싶을 것이다. 나도 그랬다. 누구나 할 수 있으니까, 그걸로 대체 무슨 일을 할 수 있냐고 말이다. 조금만 솔직해지자면 이미 그 답은 당신 안에 있다. 찾지 않으니까 길이 안 보이는 것이지 없는 게 아니다. 다른 사람 중 많은 사람이 좋아하는 일을 하며 돈을 벌고 있는 건 단지 그 사람이 다른 사람이기 때문일까?

인테리어를 좋아해서 직접 꾸미고 인터넷에 올리다 보니 유명해져 전업한 사람도 있고, 아이를 위한 옷을 직접 만들기 시작해 판매하게 된 사례 외에도 이미 무궁무진하다. 좋아해서 하다 보니 잘하게 되었고, 그래서 자기 일을 찾게 된 사례들이다. 다만 공통점이 있다면 그들은 이 세상에 내가 이런 걸 좋아하고, 잘한다고 알렸다는 것이다.

내가 처음에 드럼을 배울 때도 양손과 양발이 따로 놀았다. 볼 땐 쉬웠던 게 하려니까 왜 이리 어렵던지……. 그런데 재밌고 좋아서 하다 보니 꽤 잘해져서 목표였던 대학까지 들어갔다.

이렇듯 어디서든 나만의 길을 찾을 수 있다. 세상은 자신이 바라보는 관점으로 돌아간다. 절대 객관적이지 않다. 세상이 어떻다는 것은 전혀 중요하지 않다. 염두에 둘 것은, 내가 이 세상을 택할 수 없었다 한들 미래와 원하는 인생은 내가 만들어갈 수 있다는 것이다.

미래라고 해서 먼 추상적인 곳을 생각하지 말자. 지금 이 글을 읽고 있는 현재도 순간 과거가 되었다. 내 1분 뒤의 미래는 어떤 모습일까? 5분 후는? 1시간 후의 당신의 미래는 어떤 모습이길 원하나? 그걸 생각하고 만들어가는 것이 어렵지는 않을 것이다. 그렇게 차곡차곡 내가 좋아하는 일을 업으로 삼기 위해 시간을 사용한다면 1시간보다는 멀지만, 보다 가까운 미래의 당신은 당연히 현재보다 훨씬 더 멋진 모습일 것이다.

나는 외로울 때 창문을 연다

'나에게 가족은 어떤 의미일까?'

이 질문을 던졌을 때 나는 혼자였다. 30년간 가족 모두와 떨어져 지낸 적은 내 평생에 없었다.

2016년 12월 24일, 서울 강남구 논현동 원룸에 가득 찬 짐들을 무기력하게 바라보던 나는 그제서야 낯선 곳에 혼자 살게 되었다는 사실을 절감했다. 당장 그날 저녁 잘 수 있게끔 짐을 정리하기 시작했다. 바닥과 창틀을 닦고 침대에 누웠다. 날이 너무 추워 문을 열 엄두를 내지 못했다. 꽁꽁 닫힌 창문 때문에 바깥소리는 거의 들리지 않았다.

다음 날 아침, 이상하게 계속 기침이 나왔다. 열이 없는 걸 보아 감기는 아닌데 웬 기침일까 생각하던 나는 순간 어제 집 정리할 때 환기를 시키지 않았던 걸 떠올렸다. 엄마가 환기를 시켜야 하니 창문을 열라고 그토록 말했는지 이유를 알 수 있게 되었다. 겨울에 창문을 열 때마다 제발 오늘은 청소하지 말자고 떼를 쓰기도 했고, 진짜 창문 열지 말아 달라고 애원하기도 했었다. 그러면 엄마는 환기를 안 하면 집안에 먼지가 쌓인다고 매번 말씀하셨다. 먼지 때문에 창문을 열어야 감기에 안 걸린다고 말해줬으면 좋았을 거란 생각을 했다.

내가 신경 쓰지 않아도 됐던 일들이 모두 내 일이 되었다. 관리비를 내는 것부터 음식을 냉장고에 어떻게 보관해야 하는지까지 모두 인도에 계시는 엄마에게 물어보지 않으면 안 되었다.

당시 남자친구가 우리 집과 스쿠터로 10여 분 거리에 살고 있었지만, 집에 혼자 있을 때는 세상과 고립된 느낌이 들었다. 추운 겨울 꽉 닫힌 창문처럼 그 느낌은 현실처럼 느껴졌다. 그래서 겨울에 환기를 핑계로 자주 창문을 열어뒀다. 음식배달 가는 오토바이 소리를 들으면 안위가 되었고 기분은 한결 나아졌다. 외로웠지만 그땐 그걸 몰랐다. 혼자 있기에 이런 기분이 드는 것일 뿐, 가족과 떨어졌기 때문이란 생각은 하지 못했다.

남자친구를 만날 때면 좋아하는 맥주를 자주 마셨다. 원래 술을 잘 마시는 편이었다. 이상하게도 별로 안 먹은 것 같은데 쉽게 취하곤 했다. 취기에 잠들고 일어나면 머리가 아팠다. 그는 내가 일어나는 시간을 거의 정확히 알아맞혔고, 딱 그즈음 내게 전화를 했다. 그리고 물었다. 어제 일 생각나냐고. 순간 내가 뭘 잘못했는지, 말실수해버린 건지 걱정이 되었다. 진심으로 생각이 안 났다. (원랜 술 먹고 기억 끊긴 적도 없던 내게 맥주는 물이었다. 그런데 딱 서른이 되자마자부터 얼마 마시지 않아도 취하고 기억도 끊기더라. 서른이 되자마자) 남자친구는 내가 전날 갑자기 막 울었다고 했다. 깜짝 놀라 유리컵을 내려놓고 나를 다독이며 대체 왜 우는지 말해달라고 했고, 나는 아빠가 보고 싶다 했댔다.

입꼬리를 올라가고 인상을 쓰며 사실이냐고 물었다. 그는 내가 꽤 자주 아빠 보고 싶다고 울었다고 했다.

아빠라……. 무슨 존재였을까. 나는 아빠와 친했다. 말썽을 부리고 화를 내도 찬찬히 다독이시던 아빠의 웃음도 좋았고, 장난치시는 걸 보고 있을 땐 진짜 행복했다. 그러나 혼자 살기 시작했을 때 나는 부모님이 보고 싶다거나 하지 않았다. 그냥 혼자 살게 되어 좋았다. 가족과 떨어져 살게 됐다는 게 신기하면서도 이 순간들을 맘껏 누리고 싶었는데, 그런 내가 사실은 아빠를 많이 그리워하고 있었던 것일까.

같이 살던 엄마도 아니고 그보다 먼저 인도에 가셨던 아빠가 그리웠던 걸까. 나는 그렇게 애 같았다. 실은 우리 집 기둥이셨던 아빠에게 많은 의지를 하고 있었다. 내가 하는 모든 일도 뿌리인 아빠가 없었다면 어려웠을 일이었다는 생각이 들었다. 그즈음부터 내가 모르고 있는 내 모습이 뭔지 조금 궁금해져 갔다.

지독했던 겨울이 가고 봄이 다가올 때쯤, 회사 동료였던 남자친구에게 강아지를 키우고 싶다고 말했다. 태어나서 강아지를 키워본 적이 한 번도 없었다. 어릴 때 늘 키우고 싶었지만, 짐승과 사람은 한곳에서 사는 게 아니라던 부모님 때문에 불가능했다. 몰래 진돗개 새끼를 데려다 베란다에 두고 제발 여기서만이라도 키우게 해달라고 사정했지만 절대 허락하지 않으셨다. 혼자 살게 되면 꼭 강아지를 키우고 말 거라고 다짐했지만 어린 꼬마의 소원일 뿐이었다. 자취 후, 집에 돌아가면 풍기는 정적이 점점 부담스러워지자 강아지 생각이 났다.

그때부터 어떤 강아지를 기를까, 원룸에서 키울 수 있는 게 뭘까 한참을 알아보았다. 똑똑하고 몸집이 작은 강아지여야 했다. 강남의 한 분양 샵에 전화해 강아지가 있냐고 물었고, 예약하면 아이를 데려와 다시 내게 전화를 준다고 했다. 그렇게 하루하루 전화만 기다렸다. 일주일 후 2장의 사진과 함께 강아지가 도착했다는 연락을 받았다. 내가 생각한 만큼 귀여운 것 같진 않았지만, 퇴근 후 스쿠터를 타고 샵으로 갔다. 유리 안은 좁았지만 그 강아지가 있기엔 넓어 보일 만큼 조그맣고 까맸다. 나름 우렁차게 낑낑대던 그 녀석은 갑자기 뱅글뱅글 돌며 유리창 구석으로 가서 배변을 누었다. 똑똑한 강아지는 배변할 때 유리 울타리 중 구석으로 가서 눈다는 글을 읽은 적이 있었다. 나와 마주치자마자 구석에다 똥을 눈 것이다. "얘다." 함께 갔던 남자친구를 바라보며 그렇게 말했다.

직원은 강아지를 꺼내 안아보라고 내게 건네줬지만, 새끼강아지를 안아본 적 없던 나는 무서워서 안지도 못했다. 대신 남자친구가 안고 나는 그 강아지를 쓰다듬었다. 신기할 만큼 작았다. 사랑의 미소가 멈추지 못하고 쏟아져 나왔다.

강아지를 데리고 집으로 와 분주하게 돌볼 준비를 했다. 그날 밤 강아지는 낯선 환경이 무서운지 밤새 울어댔고, 마음이 아팠지만 적응을 위해 데리고 자지 않았다.

다음 날 아침, 일어나자마자 강아지를 살폈다. 오른쪽 눈에 눈곱이 껴 굳어있었다. 다음 날에도, 그 다음날에도……. 분양 샵에 연락했더니 데리고 오면 치료한 뒤 연락해주겠다고 했으나 거길 보내면 강아지가 더 아플 것 같았다. 낫지 않으면 다른 강아지로 교환해준다고 했으나 다른 건 필요가 없었다. 사비로 강아지를 치료하기 시작했다. 병원비는 비쌌다.

강아지를 데려온 초기엔 아픈 강아지 때문에 많이 울었다. 병원에선 강아지가 선천적인 소안증을 가지고 있다고 진단했다. 양쪽 눈에서 눈물이

분비되지 않아 눈을 깜빡인다는 거였다. 인공눈물을 수시로 넣어줘야 하고 안약도 하루 3번 넣어주라고 했다. 자고 일어나면 제발 오늘은 눈곱이 껴 있지 않기를 바랐고, 굳은 눈곱 때문에 눈조차 뜨지 못하는 어린 것을 안아 면봉으로 녹여줄 때마다 마음이 아팠다.

이 강아지가 세상을 떠날 때까지 주인이 되어주기로 다짐했다. 분양을 보내라던 사람도 있었고, 교환하라는 사람도 있었지만 아픈 강아지를 끝까지 키워줄 사람이 없을 거라 생각했다. 나만이 할 수 있다고 믿었다. 그때부터 강아지에게 매일 좋은 말만 들려주기 시작했다. "사랑해", "건강해", "눈 정말 예쁘다"와 같은 말을 해줬고 "안 아플거다", "나을 거다"라는 말은 부정적인 단어라서 말하지 않았다.

지금 내 강아지는 눈이 제일 매력적이다. 여태까지 매번 인공눈물을 수시로 넣어주고 있다. 요즘엔 눈물을 넣어주지 않아도 노란 눈곱을 달고 아침을 맞아주진 않는다. 내 목에 자기 머리를 비비다 배를 뒤집어 까고 발버둥 치며 맞아준다.

혼자 살기 시작하며 알게 된 나의 모습은 이뿐만이 아니지만 이 두 가지 사건을 통해 더욱 더 나를 좋아하게 되었다. 그 이유는, 나도 가족이 중요한, 외로운 한 사람이었다는 사실과 생명을 귀하고 불쌍히 여기는 마음을 가졌다는 것을 알았기 때문이다. 이전에 세상을 자기의 이익을 위해 살아가는 사람들의 집단이라고 여겼다. 그 때문에 나도 그렇게 해야 살아남을 수 있다는 생각을 품었다. 강해야 했고, 무시당하지 말아야 했으며, 내게 필요 없는 사람이라 생각되면 만나지도 않았다. 그런 내 모습이 좋았던 것은 아니지만 그게 맞는 길이라고 여겼다. 그러나 나를 지탱해주던 가족들이 사라지고 오롯한 혼자가 되었을 때의 나는 연약했다. 아이러니하게도 그 모습이 더욱 좋았다. 그동안 몰랐던 나의 모습을 마주하게 된 게 좋았다. 약한 강아지를 보면서 미안한 마음을 가질 수 있는 사람이라는 게 좋았고, 나보다 연약한 것 앞에서 불쌍한 마음을 품는 사람이라는 게 다행스러웠다.

자기도 모르는 모습을 누구나 가지고 있다. 그 모습은 어려움 속에서도 발견할 수 있다. 중요한 것은, 자신의 환경과 현재 상황을 두고 한탄하거나 속수무책으로 놔두지 말고 거기서 자신이 어떤 선택을 하고, 무슨 생각을 하는지 반드시 알아두는 것이다. 생각보다 사람은 자신이 뭘 좋아하고 뭘 싫어하는지, 그리고 어떤 상황에서 어떤 행동을 취해야 할지 모르는 경우가 많다. 그런 나의 모습을 하나하나 발견하는 느낌이 들 때, 사람은 더 강해진다.

내가 어떤 사람인지를 모르니까 타인이 하는 말에 이리 휘둘, 저리 휘둘하는 것이다. 저 사람이 나한테 하는 말이 진짜인 것 같은 거다. 나를 모르니까.

우주 정복자에게 세계가 먹혔다

'이 사람을 만나기 위해 그동안 내가 여러 사람을 만나왔구나.' 이런 느낌을 받았던 적은 살면서 없었다.

부동산 공부를 시작한 이후, 구인·구직 사이트에 하고 싶은 일에 '부동산'단어를 기재해 올렸다. 얼마 지나지 않아 강남에 소재지를 둔 회사에서 연락이 왔다. 면접을 보기 위해 갔던 곳에서 지금의 남자친구를 만났다. 그는 자신이 나를 사이트에서 봤고, 부장님께 면접을 진행하고 싶다고 말했다고 했다. 부장님이 면접 장소에 나오기 전 몇십 분 동안 그와 나는 회사 앞 카페에서 짧은 대화를 나눴다.

내 여행 이력에 관해 물으며 자신도 호주에서 유학하다 왔다고 말했다. 꿈이 뭐냐 묻길래 전 세계를 여행하고 싶단 뜻으로 내 꿈은 세계정복이라고 말했다. 그랬더니 그는 자신의 꿈이 우주정복이라고 말했다.

그리 크지 않은 키에, 깔끔한 머리 스타일, 단정하게 다려입은 양복, 건장

한 몸매, 중저음의 목소리와 자연스러운 쌍까풀을 가진 남자였다. 나이는 나보다 한 살 어렸다. 다양한 내 경험이 자기와 비슷하다고 했다.

얼마 지나지 않아 부장님이 내려왔고 나는 두 가지를 물었다. 야근이 있는지, 원하는 때에 휴가를 쓸 수 있는지. 얼토당토않은 내 질문에 둘 다 가능하다고 했다. 그래서 다니게 된 그 회사에서 면접 때 대화를 나눈 그와 연인이 되었다. 그는 나와 같은 부서였고, 회사 내에서 꽤 인정받는 사람이었다. 똑똑하고 배려가 깊어 여직원들 사이에서도 인기가 많았다. 교제를 시작하기 전까지는 '저 사람만 내 남자친구가 아니면 좋겠다'라는 생각을 했었다. 그 이유는, 여자들에게 너무 친절했기 때문. 그런 그와 대화를 나누고 만남을 지속하면서 취향과 취미, 꿈, 좋아하는 음식의 성향까지 비슷하다는 것을 알게 되어 연인으로 발전했다.

그에게 끌렸던 결정적인 두 가지 중 하나는 식사 전 기도를 하는 그의 모습이었다. 또 하나는 어디서 무슨 일을 하든 잘할 수 있을 만한 사람이라고 생각해서였다. 백수가 되더라도 어떤 일을 해서든 굶을 것 같지는 않았고, 늘 자신만만한 모습이 좋았다. 포부가 남달랐고, 쉽게 화내지도 않았으며, 나에게 늘 든든하게 대해주었다.

우린 좋아하는 게 너무 비슷했다. 내가 관심 가지는 세상에 대해서 그도 관심이 많았고, 카페에 가서 책을 읽을 때면 그도 책을 읽었다. 서로를 위해서가 아니라 서로 원하는 일을 하며 함께 시간을 보냈다. 핸드폰으로 내내 메시지를 보내거나 통화를 하는 걸 별로 좋아하지 않는 것도 비슷했다.

그가 누굴 만나고 있을 때는 나도 나만의 시간을 보냈다. 책을 읽었고, 강아지를 산책시키며 시간을 보냈다. 내가 친구를 만날 때는 그도 내게 연락을 잘 하지 않았다. 함께 시간을 보내고 있는 사람에게 집중하는 것이 배려

이자 예의라고 했다. 나는 그게 좋았다.

많은 연인이 연락이 잘 안 된다는 문제로 싸우고 헤어지는 것을 자주 봐왔다. 도무지 이해할 수 없었다. 만나는 사이라고 해서 언제나 연락이 닿아야 한다는 관념도 그랬고, 자신만의 시간을 가져야 한다는 배려를 해주지 못하는 것도 그랬다. 마치 연락이 안 되면 바람이라도 피우는 마냥 의심하고 따져대는 사람들을 보면서 '저것만큼 쓸데없는 에너지 낭비가 또 있을까' 싶었다.

내가 아는 지인 중 한 명은 자신이 만나는 사람이 친구와 약속이 있었는데 몇 시간이고 자기와 연락이 되지 않아 헤어졌다고 했다. 몇 시간 동안 연락이 안 됐냐고 물어보니 2시간 정도라고 했다. 어떻게 두 시간 동안 메시지 하나 보내지를 않는지, 자기를 생각했으면 그 정도는 해줄 수 있는 게 아닌지 여전히 화가 풀리지 않고 있었다. 완전히 동의할 수 없었다. 자신의 시간을 가지지도 못한 채 그 연락만 기다리고 있다는 게 그랬고, 2시간이란 시간이 누군가와 함께 있을 때는 유독 빠르게 흐른다는 게 그랬다.

늘 연인을 위해 지금 시간이 얼마나 흘렀나 생각해야 하는 것도 하나의 스트레스가 될 수 있다는 것을 왜 모를까? 사랑하지 않기 때문이 아닌데도 불구하고 이런 사람들은 사랑이란 이유로 언제나 연인이 자신을 1순위에 두길 원한다. 그런 사람들은 연인을 믿지 못하는 것이다. 이성 친구를 만난다고 하면 유독 더 그렇다. 자신이 애인이 만나는 이성 친구보다 못하다는 생각을 하고 있지 않다면 그럴 수 없을 텐데 늘 초조해한다.

두 가지 이유에서 초조할 이유가 없다는 것을 말해주고 싶다. 첫째는, 당신이 만나는 사람은 당신을 사랑한다. 세상의 반은 남자고 반은 여자다. 연인 주위에 동성만 있을 수는 없는 일이고, 그렇다면 그 사람은 매력이 없다는 증거다. 둘째는, 그렇게 해서 이성 친구와 바람이 났다면 당신의 연인은 언제 누구와도 바람을 피울 수 있는 딱 그 정도 수준의 사람이다. 먼저 이별을 고하지 않고 다른 사람을 몰래 만나는 사람이었다는 사실을 알게 된 것에 기뻐해야 한다.

많은 사람이 자신의 연인을 믿지 못한다. 여기엔 보다 복잡한 심경도 얽혀있다는 걸 안다. 그래서 나는 믿음을 주는 남자친구에게 고맙다. 그는 내게 세상엔 이렇게나 나와 비슷한 생각을 가진 사람도 있음을 경험하게 해줬고, 보다 성숙한 관계가 어떤 것인지도 알게 해줬다. 생각이 통하지 않는 관계는 누구와도 맺을 수 있다. 그러나 생각이 통하지 않는다면 보다 성숙하고 진지하게 발전할 수 없다.

나는 자신을 관리하지 않고 현실에 안주하며 살아가는 남자에게 매력을 느끼지 못한다. 술을 마시는 건 좋지만 배가 나온 것은 싫고, 좀 늦게 자도 좋지만 늦잠 자는 것은 싫다. 이성 친구를 만나는 건 좋지만 떠밀려 더 늦은 시간까지 노는 것은 싫고, 현실에 충실한 건 좋지만 미래를 막연하게 생각하는 것은 싫다.

그는 많은 데이트시간을 나에게 맞췄지만 그렇다고 자신의 할 일을 취소하거나 미루지 않았다. 운동하는 시간을 바꿔서라도 늘 운동을 했고, 하지 못했을 땐 내게 양해를 구하고 집에서라도 했다. 다니는 회사는 언제까지 다니고 그만둘 것인지 계획을 세웠고, 회사에 다니면서도 앞으로 어디서 무엇을 해야 할지 끝없이 고민했다. 그렇게 자기 잘난 줄 아는 매력적인 사람이었지만, 내가 잔소리를 할 때면 말도 잘 들었다. 한번 말하면 두 번째는 늘 조심하고 바꾸는 사람이었다.

계속 시간에 떠밀려 살아가며 점점 더 다양한 사람들을 만나게 되었다.

정말 많은 사람이 각자 다른 모습을 가지고 살아가고 있었다. 그중 한사람이었던 남자친구와 만나게 된 것도 그래서 신기했다. 그는 자신에 대한 확신과 자신감이 뚜렷했다. 그러지 못했던 나는 그를 만나며 나도 저렇게 자신에 대한 확신이 가득한 사람이 되고 싶다 생각했다.

그는 한가지 교훈을 주었다.

나는 오래도록 내가 원하는 배우자의 모습을 글로 써왔다. 그는 거의 모든 게 비슷했다. 그 때문에 세상엔 반드시 내가 바라는 사람이 존재하며, 심지어는 만나고 사랑에 빠질 수도 있다는 사실을 얻었다.

많은 사람이 원하는 것을 글로 써 이룬 경험을 공유하고 있는 시대에 살고 있었지만, 정작 많은 것을 쓰지 않으며 살아왔다. 글로 써둔 것과 흡사한 사람을 만나게 된 경험은, 바라고 원하면 언제든 꼭 이루어진다는 사실을 깨닫게 해주었다.

물론 꼭 배우자가 돼야 하는 것은 아니다. 핵심은 그걸 통해서 만나고 싶던 '한' 사람을 만날 수 있었다는 사실이다. 그랬기 때문에 그에게 끌렸고, 그 또한 내게 끌렸던 것이라고 확신한다.

하고 싶은 걸 어떻게 찾지?

퇴로가 없는 상황에서 사람은 무슨 생각을 하게 될까? 어떻게 하면 앞으로 나아갈 수 있을까'가 아닐까?

사람이 주로 앞이 꽉 막힌 듯 절망감에 휩싸이는 이유는 여러 요소가 있지만, 경제적 요소가 가장 크다고 생각한다. 나도 그랬다. 앞으로 어떤 일을 해야 이보다 더 나은 상황으로 갈 수 있을지 많이 고민했다. 생각만 해서는 바뀌는 게 없었다.

매주 독서 모임에 참여하면서 사람들과 책을 읽고 본 것과 깨달은 것, 실천할 것을 추려 공유하는 시간을 가졌다. 어느 날, 독서 모임을 운영하시던 강사님이 블로그를 해보라고 하셨다. 내가 하는 일이나 취미, 책 읽고 느낀 점 같은 것을 혼자만 메모하고 간직하지 말고 블로그에 올려보라고 말이다. 그전까지 블로그를 하지 않은 것은 몇 가지 이유가 있었다. 첫째, 꾸준할 자신이 없었다. 둘째, 이유가 없었다. 셋째, 어떤 걸 올려야 할지 막막했다. 강사님 말을 듣고 내가 좋아하는 것을 올려보자고 생각했다.

블로그에 접속하자마자 그날 블로그에 글을 쓸 수 없다는 사실을 깨달았다. 블로그네임과 주소, 카테고리 이름까지 정해야 할 것들이 많았다. 처음에 시작할 때 블로그 이름을 '되고 싶은 모든 것이 될 이현진의 블로그'로 했다. 카테고리는 공부, 강연, 독서 등으로 간단히 나누어 내가 경험한 것들에 대해 글을 쓰기 시작했다. 방문자는 거의 없었다. 그러다 보니 뭘 어떻게 지속해서 써야 할지도 모르겠고 재미도 없었다. 그때마다 강사님은 내게 블로그를 해야 할 동기를 끊임없이 부여해주셨다. 2017년 7월부터 시작한 블로그에 10월부턴 하루 1개 이상 포스팅을 했다. 그러다 보니 2018년을 기점으로 방문자 수가 몇백 명으로 늘었다. 도중에 컨셉을 좀 더 디테일하게 바꾸고 카테고리도 세분화했다. 블로그를 하면서 다양한 일을 하는 사람들을 만났고, 내가 하는 일이 누군가에겐 힘이 되고 공감이 된다는 사실을 깨닫게 되었다.

하고 싶은 걸 찾기 위해 두 번째로 시작했던 것은 실천 독서. 10년 전부터 독서를 하고 노트를 쓰며 실천미션을 정해 행하던 나였지만 목적이 없었기에 지속하지 못했다. 지금은 앞으로 나아가기 위해 취해야 할 자질과 지식이 무엇인지 분명히 알고 있다. 실천 독서를 두 부류로 나누어 책을 읽기 시작했다. 한 가지는 이 책을 읽고 사람들에게 공유해줄 부분을 반드시 찾아 글을 쓰는 것이었고, 나머지는 '일책일독'을 위한 실천미션을 선정하는 것이었다.

책을 읽으면 저자가 던지는 수많은 질문을 접할 수 있다. 대부분 나는 그 질문들을 뒤로 미뤄뒀다. 이때부터는 곧장 질문을 받아적고 나에게 질문하는 시간을 가졌다. 또한, 에버노트에 사람들에게 도움이 될 만한 질문을 수집해두기도 했다.

나는 사람들에게 목표와 시간, 궁극적인 행동 이유에 대한 코칭을 했다. 사람들이 원하지만 행동하지 못하는 이유의 답을 스스로 찾게끔 해줘야 한다는 생각이 들었다. 내가 해보지도 않고 누군가를 가르치거나 조언을 해줄 수는 없는 일이었다. 그래서 하기 시작한 것이 수집이었다. 내 생각부터 인용구, 질문, 사례 등 많은 것을 수집하기 시작했다. 물론 책에서.

나는 한 달에 20권가량의 책을 읽는다. 읽기만 하는 바보가 되기 싫어서, 책을 많이 읽는다고 지혜로운 사람이 되는 게 아닌 걸 지난 10년에 걸쳐 깨달아서 읽었으면 꼭 실천하려고 노력한다. 필사 관련 책을 읽고 나서는 저자가 추천한 대로 책의 목차를 필사하기도 했다. 자존감 관련 책을 읽고 좋아하는 것과 싫어하는 것, 잘하는 것과 못하는 것을 직접 글로 적고 다방면으로 연결 지어보기도 했다. 실제로 나의 단점은 곧 장점이었고, 장점들끼리 묶어보니 나는 꽤 괜찮은 사람이라는 것을 확인할 수 있었다. 거기서 얻은 깨달음을 가지고 같은 고민을 하는 사람들에게 조언을 해주기도 했다. 내가 직접 해본 것이기 때문에 확신을 가지고 이야기해줄 수 있었다. 그 때문에 책을 읽을 때 반드시 실천할 목록을 염두에 두며 읽으라고 말한다.

많은 사람은 완벽을 원한다. 때도 완벽해야 하고, 실행할 때 모든 준비물이 갖춰져 있어야 하며, 내 기분과 컨디션, 적당한 시간까지 갖춰져 있어야 실행하길 원한다. 그러나 잘 알다시피 그런 때는 없다.

많은 사람이 처음 블로그를 시작하지 못하는 이유가 뭘까? 블로그는 글을 쓰는 공간이다. 그럼 글을 쓰면 된다. 그런데 글을 쓰기 전에 사람들은 생각한다. '어떻게 쓰지?'. '이 글을 썼다 치자, 그다음엔 어떤 식으로 쓰지?' 등등 많은 생각을 한다. 그 중 대표적인 생각이 바로 블로그 이름정하기다. 글을 쓰러 들어갔는데 메인 이름을 못 정해서 몇 시간이고 그걸 고민한다. 그다음엔 카테고리 때문에 글을 못 쓴다. 일하기 위해 책상 정리를 하는 것인데, 책상 정리하다 일 못 하는 격이다.

주역에 이런 말이 있다. "궁하면 변해야 하고, 변하면 통하나니, 통하면 오래갈 수 있다."

변하는 것은 행동을 수반한다. 나는 독서를 통해 내가 하고 싶은 일이 무엇인지 깨닫게 되었다. 책을 읽고, 거기서 얻은 것들을 실행해 직접 깨달은 것을 사람들과 공유하고 나누는 것. 그게 뭐든 성장을 추구하는 사람들과 함께 어떤 식으로든 기여하고 싶은 것이 내 꿈이자 하고 싶은 일이다. 나만의 길. 누구나 할 수 있지만 아무나 하지 못하는 그것들을 해보고 사람들을 도울 수 있는 일을 하고 싶다. 그런데 하고 싶다고 바로 뭘 할 수 있는 게 아니라는 걸 알았다. 꿈은 높게 잡아도 행동은 아주 작게 해야 한다는 말처럼, 그 꿈을 정하고 내가 처음 한 것도 역시 블로그와 실천독서였다.

서서히 시간을 쌓아 행한 것은 절대 무너지지 않는다. 누가 무너뜨릴 수도 없으며, 빼앗아갈 수도 없다. 오로지 나만의 것이다. 시간이 흐르면 흐를수록 내가 쌓은 것은 높아질 것이고 그러면 통할 것이라고 믿는다. 당신이 궁한 것은 무엇인가?

내가 꿈꾸는 비슷한 일을 이미 많은 사람이 하고 있다는 사실을 안다. 그러나 상관없다. 그분들께 배우면 그만이고, 타인과의 경쟁은 에너지만 고갈시킨다는 것을 알기 때문이다. 배워서 함께 가고, 더 큰 꿈을 꾸고, 연대하는 삶이면 족하다.

하고 싶은 일을 하기 위해서는 나 자신의 어떤 면 하나라도 바뀌어야 한다. 우리가 하고 싶은 일이 생각해보면 뭐 그리 엄청난 일이라고 그걸 못하고 일상에 뒤덮여 살고 있는 걸까 싶다. 나는 지금 680개 이상의 글을 블로그에 올렸다. 좋아하는 것을 하고 깨달은 생각과 내가 경험한 것들에 대해서 썼다. 일상 모든 부분은 아니지만 중요하게 생각하는 것에 대해서만큼은 기록을 게을리하지 않으려고 노력했다. 그런 내 블로그에 와서 이웃이 된 분들은 나와 공통관심사를 가진 분들이 대부분이다. 내가 좋아하는 것을 하고 그것을 드러냈을 때 더 잘하는 사람들을 만날 수 있었다. 파워블로거일 필요는 없다. 그저 그런 나를 보고 자신과 비슷하다 여겨지면 우린 이웃이 되고 인연이 되는 거다.

어학 공부할 때 MP3파일 모으고, 공부계획 거창하게 짜고 그러지 말자. 체계적으로, 단계적으로 하려고 하지 말자. 집에 갖고 있는 어학책 펴서 거기서부터 소리 내서 읽어라. 어학 공부를 할 거면 공부를 해야 한다. 글을 쓸 거면 써야 한다. 그래야 모르는 게 보이고 그럼 그걸 보완할 행동을 하면 그뿐이다. 그냥 하자. 시작하고 나면 하고 싶어지는 게 분명히 있다. 일기를 썼는데 이건 블로그에 올려도 사람들이 좋아하고 공감할 것 같은 게 있다. 혼자 하는 프로젝트를 다듬어서 사람들과 해도 좋지 않겠는가?

온오프 자기계발 활동이 나를 성장시켰다

변하면 통한다. 적재적소에 사람이 나타난다. 내겐 독서 모임이 그랬다.

그 독서 모임을 운영하는 강사님은 3p 바인더를 교육하시는 분이었다. 시간 관리에 대해서는 나도 일가견이 있다고 생각했다. 어릴 적부터 시간 기록하는 것을 게을리하지 않았던 나였다. 그러나 생활은 그대로였고, 때로는 힘들었다. 그 이유가 무엇일까 궁금했다. 책을 읽어도 그대로였고, 시간을 기록해도 바뀌는 게 없었다. 근본적인 문제는 기록이 아니었다. 기록의 이유였다.

무언가를 기록하는 이유는 활용하기 위함이다. 나는 시간을 기록하고 그것을 다시 보면서 개선할 점을 찾지 않았다. 바인더 설명회에 참석해서 시간을 기록하는 목적과 활용법에 대해 배웠다. 바인더를 사서 시간을 기록하였으나 여전히 빈 곳이 많았고, 내가 왜 이것을 기록하고 있는지 고민하지 않았다. 그때 다시 강사님을 찾았다.

"시간 기록도 하고 책을 읽으며 실천도 하고 있어요. 그런데 왜 제 생활은 더 안 좋아지기만 하는 것 같을까요?" 이 질문에 대한 답은 이미 내 안에 있었다. 바인더 프로과정을 수료하기로 마음먹었다. 8시간의 과정을 통해 방대하고 구체적인 사례를 접했고, 시간을 기록하는 목적이 결국은 내 인생의 목표와 부합해야 한다는 사실을 깨달았다.

강의료는 몇십만 원이었다. 생활이 어려웠던 나로서는 부담인 금액이었지만 그만큼 절박했다. 지금 변하지 않으면 안 되었다.

그 이후 나는 바인더를 쓰며 시간을 기록하고, 통째로 시간을 비워 일주일간의 시간내역서를 계산하고 있다. 한 주간 어떻게 살았는지, 계획한 대로 이루어졌는지, 얼마간의 성과를 냈는지 파악한다. 그러면 다시 시작될 일주일의 시간을 어디에 집중시켜야 하는지 보인다.

2017년부터 쓰기 시작한 자기계발투자비용 내역서를 보면서 프로과정 이수 후 도서구매량이 급증한 것을 알 수 있었다. 체계적인 기록을 위해 에버노트 프리미엄도 구매했다. 에버노트에 관한 강연 및 책을 읽으며 더 잘 기록하고 활용할 수 있는 방법에 관해 공부했다. 이때를 시작으로 내 목표에 대한 탐구를 시작했고, 관심 분야에 대한 강의를 찾아듣기 시작했다. 강좌를 신청할 수 있는 홈페이지가 많았다. 유료강좌는 물론 무료강좌도 많았다. 월간일정표를 꺼내 참석할 수 있는 일정을 살펴 신청했다.

지식을 성과로 바꾸는 법과 보이지 않는 것을 보이는 것으로 만드는 법, 사람 모으는 법과 내가 하고자 하는 일을 구체적인 상품으로 만들어내는 것 등 배워야 할 것들이 많았다. 책을 읽으며 해소되지 않는 점을 강연을 통해 배웠다. 나 외에도 많은 사람이 참석한 것을 보고 이미 이런 방법으로 다른 사람이 배우고 실행하고 있다는 것을 깨달았다.

스피치와 마케팅, 영어공부법 등 정말 다양한 분야의 강연을 들었다. 처음엔 마음을 열지 못해 내성적인 태도로 임했다. 현장은 책과 달랐다. 책을 쓴 저자들의 설명회도 직접 참석했다. 책에서 말한 것보다 훨씬 더 많은 방법과 노하우를 배울 수 있었다. 질문하면 무엇이든 진심으로 대답해주는 강사님들 덕에 나는 하나의 깨달음을 얻을 수 있었다.

꿈과 목표. 누구나 말해서 이제는 진부하기까지 한 그것만이 내가 변할 수 있는 유일한 돌파구라는 것. 그것은 생각보다 거창하지 않았다. 원하는 것이 꿈이다. 그 꿈에 사다리를 놓는 것이 목표이자 계획이다. 그분들은 바로 그것을 정했을 뿐이었다. 누구나 할 수 있지만 아무나 하지 못하는 것, 원하는 게 뭔지 아는 것, 거기 사다리를 놓을 용기.

강연을 들으며 현실보다 내가 원하는 것에 집중할 수 있게 되었다. 미래마저 힘들 거라는 생각은 점점 걷혔다. 블로그를 점점 발전시켜 나갔다. 나만의 공부학교를 만들어 한 해 동안 배울 과목을 선정하고 커리큘럼을 짰다. 총 과목은 3개로, 마케팅, 영어 그리고 역사였다. 주로 SNS 마케팅을 공부했고 책을 보며 하나하나 실행했다. 페이스북 페이지 만드는 법과 SNS를 통해 팔로우 수를 늘리는 법, 블로그를 운영하는 법 등 다양한 것을 배웠다. 누구나 할 수 있는 거였지만 몰라서 막연하게 여겼었는데 막상 해보니 해볼 만 한 것들이었다. 배우면서 내게 필요하지 않은 것들도 구별할 수 있게 되었다. 이 커리큘럼을 만드는 방법도 책에서 보고 배운 것이다. 혼자집에서 읽고 실천하는 것도 좋지만 강연을 다니고 그 현장을 느끼고 나니 지속하는 데 도움이 됐다. 무엇보다 얼굴도 모르는 많은 사람과 테이블에 앉아 간단한 인사를 나누고, 같은 공간에서 배운 점을 공유하는 과정에서 고립된 마음을 열 수 있게 되었다.

오프라인으로만 강연을 들은 것은 아니었다. 유튜브를 통해 관심 있는 키워드를 검색하고 강연을 듣기도 했다. 짧은 시간이었지만 필사적으로 메모를 했고 실천할 것을 찾았다. 강연하는 분들은 대부분 CEO거나 책을 쓴 저자였다. 그 책을 사서 읽었다. 저자가 한 말의 배경을 잘 이해할 수 있었고, 저자의 생각과 내 생각을 연결해 개선해야 할 것이 뭔지 파악할 수 있었다.

원하는 것을 얻고 싶다면 먼저 느껴야 한다는 말이 있다. 배움의 열망은 현장을 향한다. 배움의 선순환을 이루고 그것은 사람을 성장시킨다. 이전의 나는 책을 읽어도 독자에 머물렀고, 세상과 단절된 혼자라고 느꼈다. 현장에서 다양한 사람들을 만나며 같은 것을 배워도 서로 다른 생각을 한다는 사실을 깨달았다. 실제로 그랬다. 강연을 통해 얻고자 하는 바와 느낀 것이 전부 달랐다. 그런 생각의 공유를 통해 내가 하는 생각이 형편없는 게 아니라는 믿음도 생겼다.

결국, 한 끗 차이였다. 어떤 지식을 배우고자 해서 갔던 현장에서 나를 더 잘 알 수 있게 되었다. 나를 믿을 수 있게 되었다. 뭐든 할 수 있겠다는 열의가 차올랐다. 책을 읽으면 저자가 이전보다 나와 가까운 사람인 것처럼 느껴졌다. 다만 이런 활동이 단발성으로 그쳐서는 실제로 아무 변화도 일어나지 않는다. 강의를 듣고 새로운 프로젝트를 여럿 시작했다. 좋아하는 것에서 시작해 내가 하고 싶은 일을 위한 프로젝트까지 하나하나 실천해가며 새로운 성공습관을 쌓아갔다. 그런 나를 보며 모르는 사람들의 응원도 생겨났다.

돈이 없고 시간이 없다는 건 어떤 이유도 되지 않는다. 사람의 행동은 자신이 정해둔 우선순위대로 가기 때문이다. 같은 분야의 강연을 3번만 가봐도 자신감이 생길 것이라고 확신한다. 거기서 얻은 단 한 가지라도 바로 접목한다면 한 걸음 더 성장했다는 느낌을 받을 것이다. 성장이 더디다고 느껴질 때 오프라인 모임에 가볼 것을 추천한다.

나는 지금도 자주 배움의 현장을 찾는다. 그럼 그동안 놓치고 있던 게 무엇인지, 지금 이 시점에서 내가 바로 실행할 수 있는 게 무엇인지 보인다. 해답을 찾아오는 발걸음은 언제나 유익하다.

시작 앞에서 누구나 두려움을 느낀다

사람은 누구나 저마다 하고 싶은 일을 품고 산다. 주변 사람들과 대화를 해보면 그들도 다 하고 싶은 것을 갖고 있다. 그러나 그 다음 하는 말도 누구나 비슷하다.

일을 시작한 지 얼마 안 돼서 연차를 못 쓰기 때문에 휴가를 못 가고, 돈을 모아야 하므로하고 싶은 일은 시작도 못 하고, 어디서부터 어떻게 해야 할지 몰라 막연하게만 남겨둔다. 시간이 너무 없고 심지어 귀찮기까지 한 그 가슴속 일은 그래서 현실로 반영되지 못한다.

내가 일을 마치고 남자친구와 저녁을 먹고 집에 들어오면 밤 10시에서 11시가 되었다. 씻고 누워서 통화다가 잠들면 자정 넘기긴 우습다. 다음 날 일어나면 피곤하고, 아침 먹을 기운도 없이 다시 출근한다. 그런 우리에게 꿈은 뭐란 말인가?

하지 않아도 누가 뭐라 하는 사람 없을뿐더러 당장 이익보다 잃는 게 더 많아 보이는 것이 새로운 시작이고 도전이다. 사람들은 자기와 다른 사람은 싫어하는 경향이 있다. 무리 속에서 튀지 않으려고 애쓴다. 꿈을 가진 사람들의 도전기는 주로 술안주로 쓰인다.

나는 목표 코칭을 하고 싶었다. 목표를 정하고 그것을 실현하기 위해 해야 하는 다양한 방법을 알고 있었다. 강사님은 내게 모집 글을 올리는 것과 코칭 준비하는 법을 알려주셨다. 그러나 얼마 지나지 않아 나는 모집 글을 올릴 수 없다는 사실을 알게 되었다. 사이트에 글을 올리기 위해 멋들어진 이미지가 필요했는데 이목을 끌만한 어떤 것도 갖춰져 있지 않았다. 이미지 제작하는 법을 찾아 직접 만들어봤지만 허접했다. 그래서 못 올렸다. 차일피일 미뤘다. 그러다 읽게 된 한 권의 책에서 전환점을 만났다.

나는 무엇을 원하는가? 목표 코칭을 하길 원한다. 그럼 무엇을 해야 하는가? 목표 코칭을 하면 된다. 그러기 위한 부수적인 노력에 많은 시간을 쏟아붓고 있었던 거다. 완벽을 지향했다. 이미지가 있어야 하고, 그럴듯한 이력이 있어야 하고······.

'에라 모르겠다.' 하는 심정으로 대충 만든 이미지와 함께 글을 올렸다. 무료여서 그랬을까, 총 세 분이 참석 의사를 밝혔고, 당일에는 한 분이 참석했다. 미리 준비한 다과와 소책자를 제공하며 대화식으로 코칭을 진행했고 꽤 만족스러운 피드백을 받았다.

그 이후로 블로그에도 여러 글을 올렸다. 주저되었고 여전히 사람들의 반응이 두려웠다. 그럴 때마다 내게 힘이 된 말이 있었다. '나의 실행실적이 최고의 사업계획서다.' 미래의 나를 위해 실적을 쌓으면 된다는 생각으로 저질렀다. 실제로 걱정했던 일들은 일어나지 않았다.

카우치를 통해 도쿄를 갈 때도, 대출을 받아 무작정 네덜란드행 표를 샀을 때도 나는 두려웠다. 도쿄에서 호스트를 맡겠다던 현지인이 모두 남자였기 때문에 다른 사람들이 혹여 이상하게 여기지는 않을지 걱정되었다. 돌아보니 시작을 두려워하는 이유는 진짜 그 일이 두려워서가 아니라 그런 나를 보는 사람들의 시선이라는 것을 깨달았다.

안전한 생활을 포기하고 자신을 위한 삶으로 나아갈 때 주변 사람들 대부분은 말린다. 당장 성과가 없는 부분에선 더욱 그렇다. 그럴 때마다 흔들린다. 자신을 믿지 못한다. 나를 두렵게 하는 것은 그런 타인의 말과 시선이다. 거기서 흔들리는 나를 바라보는 것이 두렵다.

예전에 들었던 온라인강연에서 한 연사가 이런 말을 한 적이 있다. "두려움과 함께 가세요." 두려움을 이기려고 하지 말고 그 두려운 마음과 함께하고자 하는 마음을 가지고 같이 가라는 것이다. 괴테는 대담함이 천재성의 힘과 마법을 지니고 있다고 말했다. 자기 스스로 한 선택이 곧 자기 삶을 결정짓는다. 당신이 선택한 것이 곧 당신의 인생이다.

나는 막연한 두려움이 생길 때마다 하고자 하는 일에 대해 적었다. 그리고 그걸 하기 위해 무엇을 해야 하는지 찬찬히 기록해나갔다. 해야 할 일들은 생각보다 별 게 아니었다.

안정의 욕구와 자아실현의 욕구 중 최상위 욕구는 자아실현의 욕구다. 자기를 실현하기 위해서는 어느 정도의 안정은 포기해야 한다. 자아실현은 곧 내재된 나를 찾는 길이고, 그 길은 보이지 않으며 어디가 끝인지도 알 수 없다. 내 편은 오로지 나 자신뿐이다. 새로운 시작은 늘 두려움을 안겨주지만, 소소한 리더라도 되기 위해서는 두려움과 함께 걷는 방법을 직접 깨달아야 한다. 그렇게 해서 무언가를 시작했을 때 그 시작을 응원하는 사람들이 있다는 것을 경험해야 한다.

세상의 잣대에서 벗어나라

"내가 회사 안 다니고 나만의 길을 가고 싶어 하듯이 너는 연구원이 돼야 하는 거야. 맞아, 내 길을 대한민국 모든 국민이 걸을 수는 없는 거야. 누군가는 스타트업을 하고, 누군가는 음악을 하고, 누구는 연구해야 나라가 돌아가는 거지. 그런 사람들이 어우러져 국가를 이루는 거고."

임상심리학자가 꿈인 내 동생과 대화를 하던 도중 했던 말이다. 살다 보면 얼마나 많은 순간, 타인에게 내 생각을 강요하고 있었는지 놀랄 때가 있다. 일전에 공부를 지속하는 동생에게 누나랍시고 이런 말을 한 적이 있다. "세상이 변하고 있어. 사람의 감정을 기계도 읽을 수 있고, 인구는 줄고 있어. 이런 변화 속에서 네가 지금 하는 공부가 미래에 어떤 소용이 있을지 늘 생각하고 고민하길 바라."

요즘 신세대들은 사람과 통화하는 것도 불편해한다는 기사를 접한 적이 있다. 그 때문에 음식점에 전화하는 것 대신 배달 앱을 이용한단다. 그런 시대에 기술의 성과는 날로 발전해서 이젠 기계마저도 사람의 생각과 속에 감추인 감정을 읽을 줄 알게 되었다. 보편화되진 않았지만, 미래엔 모르는 일이다. 만약, 미래에 그렇게 된다면 사람들이 과연 사람에게 자신의 고민을 털어놓길 원할지, 혹은 아닐지 그건 모르는 일이다. 더군다나 현재 청년들의 수는 윗세대만 못하다. 그 작은 인구들 속에서 세대 간의 경쟁까지 해야 하는 우리들의 미래가 어디로 어떻게 흘러갈지는 불투명하다.

세상에 대해 질문을 던진 한 청년이 있었다. 그는 문과생이 취업하기에는 이 세상이 그런 부류의 전공자를 대우하지 않는다고 말했다. 세상은 취업을 위해 학생들이 이과로 몰리게 했다. 문과생들은 어떻게 해야 하냐는 그의 물음에 선뜻 답을 해줄 수 없었다.

돈이 될 전공을 택하는 게 이로울까? 미래에도 괜찮을까? 그렇다고 미래는 모르니 이과를 택하지 말란 말이 아니다. 세상은 변하고 사람들의 관점도 시대가 발전함에 따라 늘 변한다. 남과 다른 생각을 통해 성과를 이룬 사람들을 접할 때마다 우린 혁신이라 말한다. 그게 한번 받아들여지고 나면 어느새 보편화 된다.

2015년 후반, 여군장교에 지원하기 위해 1년 반 동안 준비했다. 시험준비를 위해 다녔던 학원에서 다른 지원자들을 많이 만났다. 대화해보니 그들은 장교와 부사관이 공무원이기 때문에 지원한다고 했다. 내 친구 중 일찌감치 여군이 된 친구가 있다. '대충' 쳤다고 말하는 필기시험에서 합격했던 그때는 2010년 전이었다.

1997년, 처음으로 공군사관학교에서 여성입교가 허용되고 다음 해 육군사관학교, 그다음 해엔 해군사관학교에서 여성입교가 허용되었다. 실제로

2010년 이후부터 학사 장교지원을 하는 여성의 수가 급격히 늘었다. 그 이유는 다름 아닌 취업난이다. 그간 생각지도 못했던 군인이란 '직업'을 취업의 대안으로 삼게 된 것이다. 입교를 허용한 때부터 거의 10년간 잠잠하던 여군지원율이 요동치고 이젠 여군이 되는 길마저도 레드오션이 되어버린 한국의 현실이 취업에 몰방하는 청년현실의 단면을 보여준다.

나는 안보에 대한 위기의식과 국가에 있어 군대의 중요성을 느끼고 군대에서 일하고 싶어서 지원했다. 물론, 다른 지원자들도 나와 같은 이유일 거라 생각했다. 취업 때문에 군대라니. 그들 대다수는 의무복무기간을 마친 뒤 전역을 계획하고 있었다. 진급 심사에서 탈락하면 전역해야 하는 장교와 달리 부사관은 더 안정적이어서 많은 여자 지원자들은 장교보단 부사관을 목표로 삼고 있었다.

그 전엔 왜 여군에 지원할 생각을 하지 않았을까? 안보나 사명을 개인에게 의무화시킬 수는 없지만, 생존을 목적으로 군대를 대안 삼는 것은 국가에 위험하다. 다수의 생각이 이전엔 군대에 남자들만 가는 곳이라 여겼고, 취업난으로 인해 그 인식이 변했다.

강남 논현동 집 바로 앞에 작은 커피숍이 하나 있었다. 오전 10시에 문을 열어 자정까지 영업을 했고, 병맥주도 팔던 곳이라 혼자 고립된 느낌이 들 때마다 3천 원을 들고 그곳에 갔었다. 하루는 영어 수업을 마치고 바로 카페로 갔다.

테라스에 앉았는데 내 옆 테이블에 앉은 남자 두 명이 대화를 나누고 있었다. 선배인 듯 보이는 남자가 이야기했다. "네가 여기서 또 다른 사업을 할 수 있겠냐? 나에게 빌리고 못 갚은 돈에 대해서는 이미 소송을 끝냈다. 나뿐 아니라 다른 사람들은 어찌할 거냐." 어린 남자는 말이 없었다. 듣기 싫었지만, 귀가 열려 할 수 없이 들은 말에 대해 이미 갖가지 생각을 하던 참이었다. 어린 남자가 사업을 벌이는 과정에서 돈을 빌렸고, 지금은 사업이 망해 돈을 갚지 못해서 소송당한 상황이었던 것 같다. 거기서 그 남자가 택할 수 있는 2가지 방법에 대해 생각해봤다. 그 선배의 말처럼 앞으로 다시는 사업을 벌이지 않는 것과 혹은 이게 실패의 끝이 아니라며 다른 도전을 하는 것.

사람들은 보통 그런 실패를 하면 다시 도전하기 싫어하고, 옆에서도 모두가 말린다. 그 이유는 그 시점이 바로 '지금'이기 때문이다. 과거에 했던 선택들이 '지금' 어려운 상황을 만들어 냈기 때문에 만류한다. 그러나 실패를 만든 원인은 잘못된 선택이지, 사업을 벌인 것이 아니다. 많은 사람이 실패의 본질을 알지 못한 채 드러난 사실을 두고 그걸 행동의 기준으로 삼는다.

나는 하고 싶은 일을 찾아가는 과정에서 타인의 말에 귀를 닫았다. 이 말을 오해하지 않았으면 좋겠다. 그 사람의 잣대를 나의 행동에 곧이곧대로 적용하지 않으려 노력했다는 뜻이다.

사람들은 돈을 많이 벌어야 행복하다고 생각한다. 얼마나 많으면 좋을까 물어보면 많을수록 좋다고 한다. 행복은 과정이지 결과가 아니다. 하루에서 행복을 느끼지 못하는 사람이 돈이 많다고 그걸 느낄 수 있을까? 회사에 다니지 않아서 돈을 안 벌면 살지 못할 거라고 생각했다. 나는 6개월 동안 30만 원으로 잘 지내고 있다. 미래에도 이만한 돈에 만족하며 살겠다는 뜻은 아니다. 다만 나는 이 경험을 통해 돈이 행복을 좌우하지 않는다는 사실을 체험했다. 뜻 없는 곳에서, 남이 주는 돈을 받으며 시간과 에너지를 쓰고 싶지 않아서 나의 길을 찾기 위해 구직단념자가 되었다. 그 과정에서 더욱 행복해졌다는 아이러니. 내 시간을 통제하면서도, 매일 출근하고 퇴근하며 몇백씩 버는 사람들과 똑같이 이 세상 같은 하늘을 보고 살아가는 중이라는 환희.

선택해서 다니고 있는 회사에서 무엇을 얻고 있는가? 돈을 벌기 위해 회사에 다니는 것은 보편적인 일이다. 자본주의 사회에서 생계수단으로 돈은 없어서는 안 되니까. 그 때문에 회사생활이 행복하기까지 바라는 것은 무리다. 가끔 꿈의 직장에 다니며 수준 높은 복지를 누리는 사람들을 접한다. 자신이 다니는 회사와 처우를 비교하며 자괴감에 빠지다 이직을 결심하기도 한다. 돈을 벌기 위해 회사를 갔으면 돈을 벌면 된다. 관련 분야 업무를 배우러 회사에 갔으면 월급 받으면서 배우면 된다. 모든 환경이 완벽하길 바라는 것은 어폐다.

갖고 싶은 게 있다면 그걸 갖기 위해 현재 가진 어떤 것을 내어줄 줄 알아야 한다. 하루를 온전히 회사에 바치고 싶지 않아서 구직을 단념한 대신, 나는 경제적 풍요를 내어줬다. 시간에서 자유로워진 대신 경제적 자유는 포기했다.

내가 정의하는 회사는 돈을 벌러 가는 곳도 아니고, 경력을 쌓으러 가는 곳도 아니다. 배우고 싶은 곳이다. 그래서 다녔던 회사가 부동산 회사였다. 1년 6개월 다닌 뒤 퇴사한 이유도 더 이상 배울 것이 없다 여겼기 때문이다. 배우고 싶은 것이 생기면 그때 취업을 준비하게 되지 않을까.

나는 생각이 많은 편이다. 남들이 당연하다고 말하는 것에 대해 다시 생각해보는 습관이 있다. 어릴 때부터 생각이 많은 사람이라는 말을 들었다. 좋은 의미는 아니었다. 그러나 생각은 많아야 한다. 짐승과 인간의 차이는 '생각을 할 수 있느냐 없느냐'이다. 생각했기에 지금처럼 발전된 시대에 살 수 있는 것처럼, 내 인생을 끌고 나가기 위해서는 그에 관한 생각을 많이 해야 한다.

'생각하지 않으면 사는 대로 생각하게 된다.'는 말이 있다. 대학 졸업하면 당연히 취업 준비를 해야 하고, 어느 정도 돈을 모으면 가정을 꾸려가야 하는 '당연한' 인생 주기. 그게 내가 원하는 인생인지, 이루고 싶은 게 뭐가 있는지도 모른 채 살아가다 보면 어느새 남들과 같은 인생을 살고 있을 거라 확신한다. 평균의 잣대에서 벗어나자.

남들이 하는 말이 진실일까? 그들도 모르고 하는 말들이 얼마나 많을까? 어디서 들어서 알았고, 누군가의 경험으로 알았을 뿐이다. 같은 경험을 하더라도 우리의 이야기는 전부 다르다. 남이 생각하는 대로 살지 않길 바란다. 사랑과 애정의 이유로 속박당하지 않길 바란다. 그럴 권리는 부모에게도, 누구에게도 없다.

타인과의 관계를 개선하는 법

'그 괴롬 인하여 천국 보이고.'

주일날 교회에 가면 설교가 시작되기 전 성가대가 찬송을 부른다. 어느 주일날, 가라앉은 마음으로 앉아있던 나는 그 찬송을 듣고 부랴부랴 메모하기 시작했다. 그 찬송은 내게 '고난이 먼저고 원하는 것은 나중'이라는 진리를 깨닫게 해주었다. '견뎌야 이룰 수 있다?' 견디기 싫어서, 고통과 괴롬이 싫어서 우회한 시절이 얼마나 많았는지……. 문득 타인에게 받았던 상처들이 생각났다. 내 안에 굳어진 부정적인 생각 중 얼마나 많은 것들이 타인에게서 온 것일지 생각하게 됐다.

누구나 겪었을 법한 것 중 가장 피하고 싶은 하나가 바로 '나 자신과 직면하기'다. 친구들과 술자리를 할 때마다 진심이든 으레 하는 말이든 "힘내, 너답게 굴어."라는 말을 자주 듣는다. 조용히 웃어 보이곤 건배를 권한 뒤 맥주를 들이켜고 집으로 돌아가는 길, 문득 친구의 말이 떠오른다.

'나다운 게 뭘까?'

서점에 가면 수많은 책이 나를 향해 말을 걸어온다. '나'와 관련된 책들을 보며 별 기대 없이 책을 열어 목차를 본다. 다 아는 내용이다. 결국은 남과 '다름'과 그런 나 자신을 '인정'하는 것이 나라는 주체로 사는 방법이란다. '역시 그렇지' 하며 책을 내려놓는다.

나는 화를 잘 냈다. 그러나 이성적이고, 지금 내가 화를 내는 이 상황에 대해 충분히 인식하고 있다. 이것은 나만의 생각이다. 화난 나를 본 사람은 내가 결코 이성적이지 않았다고 말한다. 내 남동생은 내가 화났을 때 사람을 죽일 듯한 표정을 짓는다고까지 말했다. 이성을 가진 사람이 타인이 그런 생각이 들게 할 수 있을까? 나는 내가 생각하는 나와 타인이 생각하는 나의 차이점이 확연하다는 것을 느꼈다.

나는 예민하다. 특히 계획한 일이 틀어졌을 때 그 시간과 하루가 아까워 미치겠다. 아침에 늦게 일어나면 자책을 많이 하는 편이다. 일어났는데 알람을 끄고 다시 자버린 순간을 회상하며 '심지어 눈도 뜬 게 왜 다시 잔 거야?' 하며 한숨을 푹푹 쉰다. 그때 나선 길에서 스친 누군가와 눈이 마주치면 괜히 쳐다보는 것에도 짜증이 난다. 스트레스는 체력의 에너지도 낭비한다. 그럼 악순환이 된다.

누구나 겪는 인간관계에서도 예외가 아니다. 별 쓸데없는 오지랖을 부리는 사람 때문에 열이 왕창 받는 날이면 거울을 보며 그 사람과 싸웠다. 화장하거나 거울을 볼 때 혼잣말을 자주 하는 편이다. 그 사람이 앞에 있다고 생각하고 하고 싶은 말을 다 하고 나면 기분이 좀 후련해졌다. 그런 방식으로 화를 풀었다. 어느 정도 이기적이었고, 그런 내가 좋기도 했다.

나는 감정에 충실한 사람이다. 화가 나면 화를 냈고, 슬프면 울었고, 기분이 좋으면 새삼 천사였다. 듣기 싫은 말을 들었을 땐 예의상이라도 웃어넘기지 않았다. 주장이 강했고, 그래서 유하다는 말을 듣지 않았다.

남에게 당하면서 싫은 소리 못하는 사람들은 답답했지만, 그들 곁엔 늘 사람이 많았다. 그런 사람을 만날 때마다 나를 비춰보곤 했다. 동생들은 내가 무서운 언니일 거라 생각했다고 말하고, 처음 날 본 사람들은 까칠한 줄 알았다고 말한다. 이런 나는 누구일까?

나는 내가 보고 싶은 것만 보고 있었다. 세상은 나를 중심으로 돌아가는 듯 굴었다. 남과 다른 게 좋았지만 그건 위선이었다. 나도 나를 모르는데 누가 나에 대해 아는 듯 말하면 고슴도치처럼 가시를 세웠다. 내가 기분이 좋을 때는 배부를 때, 내가 계획한 대로 하루가 흘러갈 때, 혼자 있는 시간이 확보되었을 때다. 반대로 기분이 안 좋을 때는 배고플 때, 계획이 틀어졌고 심지어 혼자 있을 시간도 없을 때다.

하루는 언니가 내게 이런 말을 했다. "너는 너랑 제일 가까운 가족한테만 막 대한다"고. 내가 살면서 가장 상처를 많이 준 사람이 우리 언니였을 거라서 말은 받았지만, 흘러가야 할 말이 도통 흐르지 않아 몇 번이고 되뇌게 되었다. '나는 누구일까?'

어릴 때부터 친남매와 자주 싸우며 컸지만, 그럴 때마다 나는 승리했고 결코 질 줄을 몰랐다. 커서도 그런 소소한(?) 싸움이 벌어지곤 했다. 내가 화를 냈다 한들 화나게 만든 사람은 너니까 나는 사과하지 않겠다는 주장을 확고히 했다. 그러다 문득 이렇게 커버린 우리가 계속 싸우다 보면 훗날 연락을 끊고 살지도 모른다는 생각이 들었다. 그때부터 내가 언제 화가 나는지, 화가 나는 이유가 무엇인지에 대해 스스로 생각해보기 시작했다.

나는 상대방에게 '내가 이런 이유로 감정이 상했다'고 정리해서 말하는 것에 심한 피로감을 느꼈다. 혹은, 요즘 내가 이런 생각을 하고 있고, 이런 걸 할 계획이라는 것조차 가족들에게 공유하지 않았다. 말해도 이해 못할 거라는 이유 모를 뿌리 깊은 불신 때문이었다. 그렇게 꽤 오랫동안 나에 대해 알 길이 없던 가족들은 나를 시한폭탄으로 여겼고, 나는 왜 내가 화를 내는지 이해 못 하는 가족들에게 같은 상처를 받았다. 고리를 끊어야만 했다.

'보이지 않는 것이 보이는 것들을 지배한다.' 나는 이 말을 좋아한다. 여러 책을 읽다 문득 눈에는 나타나지 않는 것들로 이루어진 것이 세상이란 것을 깨달았다. 마음이 흙탕물이면 자신조차 마음에 무슨 생각을 품고 있는지 알 길이 없다. 그게 흔들리면 자신은 물론, 상대에게도 상처를 주게 된다. 나는 나와 직면을 시도했다.

동생은 가끔 음식물을 곧장 쓰레기봉투에 버리지 않는다. 같이 살게 된 지 6개월이 넘었고, 때마다 시마다 쓰레기 분리수거하는 법에 대해 이야기 했다. 쓰레기가 나오면 바로 갖다 버리라고 말했다. 버리지 않아 한소리 하면 좀 이따 버리려고 했다고 말하지만, 한 소리 안하고 가만있으면 그 자리에 쓰레기가 쌓여 갔다. 그럴 때마다 화를 냈던 나지만, 먼저 전과 같이 화내지 않고 내 감정을 정리했다. 내가 화를 내는 이유는 그 상황 자체가 아니라, 내가 한 말이 무시당한 기분이 들었기 때문이라는 것을 알았다. 동생에게 너의 행동 때문에 내가 이렇게 느낀다고 말하자, 낯설어하면서도 되려 고맙다던 동생을 보며 난 엄청난 것을 하나 바꾼 듯한 기분이 들었다. 어색했지만 화내지 않고 내 감정을 전달하는 법을 배우기까지 30년이란 시간이 걸렸지만 이제 조금, 아주 조금 자란 듯한 기분이었다. 동생은 나에게 왜 그동안 이렇게 이야기하지 않았느냐고, 그렇게까지 생각하고 있을 줄은 몰랐다며 자신도 앞으로는 더 주의하겠다고 했다.

사람은 누구나 자기애적인 존재다. 그러나 이타적인 마음도 가지고 있어서 절대 의도적으로 상대에게 상처를 주기 위한 행동을 하지는 않는다. 그러므로 내 감정을 잘 전달한다면 타인과의 관계도 개선될 뿐 아니라 자기수용능력도 향상된다. 자기 자신과 직면할 때 나에 대해 더 잘 알게 되고 그제야 타인과의 관계도 좋아진다. 인간관계에 회의를 느끼고 있다면 반드시 왜 그런 감정이 들었는지 정리해서 말해보자. 내 감정을 이야기할 때 타인은 자신이 비난받는다는 느낌 대신 그럴 의도가 아니었다고 말해줄 것이다.

나는 이것을 못 해서 오랜 시간 동안 소중한 사람들에게 상처를 주고 살았다. 아직 내 감정에 관해 이야기한다는 게 쉽지 않지만, 애정하는 사람이라면 이런 과정을 통해서라도 개선해야 한다. 상대에게 화가 나는 것은 상대가 나를 화나게 했기 때문이 아니다. 상대가 한 어떤 말이 내게 상처로 다가왔기 때문이다. 그 말이 뭐길래? 왜 그 말에 화가 나는 걸까?

자기 자신을 알아가는 데서부터 타인과의 관계를 개선하는 길이 열린다. 상대방은 일부러 우리 기분을 나쁘게 하려고 작정하지 않는다.

내가 초기 우울증이라고?

"어렸을 때 집에 오면 가장 먼저 모든 불을 켜고 베란다 블라인드를 내렸어요."

강남에 있는 한 심리상담센터에서 상담사와 나누던 대화 중 하나다.

내 상황은 최악이었다. 나 자신이 누구인지, 내가 하는 행동에 어떤 무의식이 작용하는지 몰랐다. 나는 남자친구를 만나며 사소한 거짓말을 했었다.

20대 중반쯤 시간당 더 많은 돈을 벌고 싶어서 모던 바에서 일한 적이 있다. 술 마시러 온 손님에게 잔과 안주 세팅해주고 그들이 하는 말 들어주면서, 술 더 먹고 가게 하면 일 잘한다는 소리 듣는 그런 일이었다. 같이 착석을 해야 하는 것도 아니었고 낮에 하는 일과 시간도 겹치지 않았다. 매니저 언니와도 친해졌고, 일하는 것도 나름 재밌었다. 진상 손님들이 있으면 매니저 언니가 알아서 처리했고, 술 마시고 싶을 때 공짜로 마실 수도 있어서 할 만했다.

부모님은 그래도 그거 술 파는 일이라며 하지 말라고 하셨지만, 돈도 더 벌겠다 할 만하겠다 안 할 이유 없어 반년 정도 했다. 일을 그만둔 지 좀 되었을 즈음 언젠가 이전에 일했던 바에서 연락이 왔었다. 주말에 일할 사람이 없는데 혹시 할 수 있냐 묻길래 알았다고 했다. 연인으로 발전하기 전이었던 그에게는 그만 자겠다고 메시지를 보낸 뒤 일하러 나갔다.

나중에 교제를 시작한 후 지난 이야기들을 하다 그때 얘기가 나왔고, 어쩌다 바에서 일했던 이야기를 하게 되었다. 당시엔 굳이 이야기할 필요가 없다고 생각했다. 흠이 될 것은 없지만 그렇다고 이야기하고 다닐만한 일은 아니라고 생각했기 때문이었다. 이런 식으로 이야기하고 싶지 않은 것들은 다른 이유를 대서 피했고, 그게 점차 문제로 자리 잡을 즈음 찾아갔던 심리센터였다.

도착한 건물 앞에서 키를 돌려 스쿠터 시동을 껐다. 시트에 앉아 간판을 바라보았다. '내가 뭘 그렇게 잘못 살았고, 잘못했길래 심리상담까지 받아야 하는 지경이 되었나' 생각했다. 표정이 일그러졌다. 상담사는 날 보고 웃으며 무슨 일 때문에 오게 됐는지 물었다. 나는 무표정으로 남자친구에게 자꾸 거짓말을 한다고 말했다. 그것을 시작으로 매주 정해진 시간에 상담을 받으러 갔고 대가로 회당 10만 원을 지불했다. 아래는 상담내용 일부다.

상담사 왜 거짓말을 하나요?
나 실망시키고 싶지 않아서요.
상담사 왜 실망시키고 싶지 않나요?

나 …….

상담사 모든 행동엔 이유가 있어요. 괜찮으니 얘기해보세요.

나 내가 다 드러내도 내 곁에 있을지 확신이 없어요. 소중하지 않은 사람이라면 실망을 하든 말든 상관없어요. 그래서 그랬던 건데……. 뭐든 다 이해해줄 수 있다는데. 그걸 알면서도 계속 되풀이하는 제가 대체 왜 이러는지 알고 싶어서 왔어요.

상담사 어린 시절 기억나는 일 아무거나 말해줄래요?

나 기억나는 유년기 시절은 별로 없어요. 어렸을 때 부모님이 맞벌이하셔서 집에 오면 아무도 없었어요. 저는 덜 닫힌 방 안에서 새어 나오는 어둠이 싫었어요. 집에 오자마자 모든 불을 켜고 방문을 홱 열어 아무도 없는 것을 확인한 뒤 문을 닫았어요. 그다음 거실 베란다로 가 블라인드를 내렸어요. 방에 들어와 이불을 뒤집어쓰다 잠이 들곤 했어요.

당시엔 14층 아파트에 살았는데 반대편 아파트 옥상에 커다란 눈이 있었어요. 쌔까맸는데, 넓은 거실 창문으로 언제나 저를 보고 있는 것 같았어요. 조금 크고 나서야 그것을 똑바로 바라볼 수 있었어요.

상담사 그게 뭐였나요?

나 블라인드였어요. 옥상에 제동기를 비치한 곳에 설치된 블라인드였는데 그게 위아래로 휘어져 사람 눈처럼 보였던 거예요.

상담사 부모님께 얘기했었나요?

나 (웃으며) 아니요. 그걸 얘기해서 뭐해요. 어른들이 뭐 그런 거 진지하게 생각이나 하나요.

상담사 현진씨가 말한 그 어른들에 대한 생각이 어린아이가 할 수 있는 자연스러운 생각은 아닙니다.

나는 입을 다문 채 상담사의 다음 말을 기다렸다. 너무 당연하게 믿고 있던 생각이었는데 자연스러운 게 아니라니. '그러고 보니 왜 그렇게 믿고 있었지?' 어떤 경험이 그런 생각을 가지게 했는지 궁금했다.

사실, 부모님께 그 일에 대해 일언반구 하지 않았던 것은 아니었다. 언젠가 한 번 이야기를 꺼냈지만 웃어넘기신 기억이 흐릿하게나마 남아 있다. 어렸던 내게 그 사건은 '부모님은 내 감정을 공감하지 못한다'라는 기억으로 자리 잡았던 모양이다. 나는 부모님께 자주 당신의 시대와 지금의 시대는 다르다는 말을 드렸었다. 자라면서 내 감정과 이야기를 하지 않게 된 것이 그 결과의 양상은 아니었을까.

상담사는 그 이후 내게 어릴 적 가족관계와 환경에 관해 물었다. 자연스레 부모님과 형제들 간의 일상에 관해 이야기했다. 나는 정신적으로 유복한 사랑을 많이 받았다. 그러나 눈에 보이는 사랑이라기보다 부모님의 사랑을 내가 이해하고 있던 것뿐이라는 사실을 알았다.

엄마는 청년 시절부터 투철한 신앙을 가졌던 분이다. 아빠와 결혼을 하신 이후에도, 우리를 가지셨을 때도 뱃속에서부터 우리를 데리고 예배를 드리러 가셨다. 학생 때도, 성인이 되었을 때도 엄마는 다른 건 다 괜찮아도 신앙을 잃어서는 안 된다고 하셨다. 주말에 친구들과 놀고 싶거나, 여행을 가고 싶어도 주일을 지켜야 했던 나는 그러지 못했다. 자정 넘어 들어올 때면 주무시다가도 방문을 열고 나와 호통을 치셨다. 그게 엄마의 사랑이었다.

나도 엄마가 옳다는 것을 알았다. 그러나 엄마가 경험한 신앙을 알지 못했다. 그 체험이 없던 어린 내게 그런 생활은 가혹했던 모양이다. 상담 도중 나는 몇 번 눈물을 보였고, 소리를 치기도 했다. 상담사는 괜찮다고, 화나면 화를 내도 좋다고 했다.

그 이후에도 몇 번 상담을 받았고, 초기 우울증이라는 진단을 받았다. 자기이상이 높아서 상대를 실망하게 하는 것에 대해 자기 박탈감을 느끼고 있다고 했다. 그 진단서류를 받고 집에 돌아와 다시 찬찬히 읽었다. 나였다. 기저에 내가 하고 있는 생각이었다. 불쌍하고 안쓰러웠다. 부모님 잘못은 아니다. 나는 좋든 싫든 내가 자라온 환경 속에서 많은 것을 경험했다. 그 모든 것을 부모가 통제할 수는 없는 법이다. 상담사에게 냈던 화는 부모가 아니라 어린 시절 표출하지 못했던 내 감정을 향해 있었다.

상대가 원하는 모습이 되고 싶은 욕심과 그러지 못했을 때 그저 나대로 받아들여질지 확신이 서지 않았던 나는 과거 모든 경험을 엮어 그런 신념을 가진 사람으로 성장했다.

이 상담을 통해 귀중한 것을 깨달았다. 언제나, 늘 내가 지금 어떤 마음을 가졌는지 바라봐야 한다는 것과 순간 떠오른 감정을 단순히 묵히는 것만이 능사는 아니라는 것. 해소하지 않고 묵히면 가라앉을지는 모르나 흔들리면 지저분해지는 흙탕물처럼 마음도 똑같다는 것을 말이다.

어린 내 눈에 부모는 세상이었다. 모든 어린이에게 부모는 세상과도 같다. 부모에게 느끼는 것이 세상을 향한 감정이 된다. 그걸 모두 부모의 책임과 탓으로 돌리는 데는 무리가 있다. 다만, 그대로 성인이 되어도 어린 시절 그 감정은 속에 남아있다.

지금 내가 세상을 바라보는 시각이 어떠한가는 모두 과거 경험에 의한 것이다. 어린 나를 꺼내 말해주자.

"괜찮아. 현진아 괜찮아."

이후 나는 더 당당해졌고, 누군가를 만족시키기 위해 혹은 실망하게 하지 않기 위해 나를 속이는 일은 하지 않는다. 결코, 말이다.

내 마음이 힘든 것, 나를 잃는 이유는 내 감정은 덮어두고 남을 위해 살고 있기 때문이다. 사실이 아닌 말을 상대에게 하고 있다는 것은 내가 제일 먼저 안다. 그래서 괴로운 건 오로지 나다. 거짓말을 타인에게 한 것 같지만 사실은 자기 자신을 속인 것이 되고 만다. 상대가 진짜 내 모습을 받아들이지 못한다면 어쩔 수 없다. 딱 그뿐이다. 그보다 소중한 건 언제나 나 자신이다.

정직하게 사는 것, 그건 상대에게 해야 할 것이 아니다. 나에게 그래야 한다. 내가 나에게 정직하고 떳떳하면 된다. 그럼 내가 나를 믿어주며, 그보다 더한 힘은 없다. 누구도 나를 상처 줄 수는 없다. 자신에게 정직하기만 하다면 말이다. 진짜 자신의 모습과 자기이상을 혼동하지 마라. 반드시 눈에 안 보이는 자신의 감정과 솔직하게 직면해야 한다. 자기만의 시간을 가지라는 많은 사람의 진부한 말은 그래서 필수적이다. 눈물도 날 거고, 그간 타인의 시선과 기대 속에서 얼마나 자신이 버거웠는지도 알게 되겠지만, 그 모든 것이 과거였음을 받아들이고 자신을 훨씬 더 사랑할 줄 아는 사람이 될 거라고 확신한다.

제6장
스스로를 이끈다는 것, 자기경영

책 10년 읽어도 인생 안 바뀐다

2007년 서울예대에 입학한 후 대학 도서관을 처음 방문했던 날이 기억난다. '빨간 사다리'로 불리는 우리 학교 도서관은 사다리 모양으로 건물과 건물 사이에 놓여 있었다. 도서관은 우리 과가 수업을 듣던 건물과 연결되어 있었다. 강의실에서 나와 2층으로 내려가면 쉼터가 있었고, 미닫이문을 밀고 건물 안으로 들어가면 도서관 입구가 보였다.

도서관은 그리 넓진 않았지만 늘어선 책장엔 책이 꽉 차 있었다. 양옆 투명한 창문에선 햇살이 들어왔고, 긴 테이블에 간간이 앉아있는 학생들은 과제를 하고 있었다. 책장 안에 그렇게 많은 책이 있는 광경은 그동안 본 적이 없었다. 문득 '내가 평생 책만 읽어도 여기 있는 책을 다 못 읽겠다.'는 생각이 들었다. 책을 읽고 싶다는 마음마저 일었다.

서가 쪽으로 가서 책 제목을 훑었다. 무슨 책을 고르려고 그랬다기보다 어떤 책들이 있는지 보고 싶어서였다. 그러다 소설책 한 권을 무심코 집었다. 펼쳤더니 종이 냄새가 났다. 그 냄새가 좋았다. 당시엔 무슨 책을 읽어야 할지도 잘 몰랐고, 어떤 책이 좋은 책인지도 모른 채 그냥 빌려와 읽었다. 읽고 느낀 점을 노트에 기록했다. 그동안 책을 읽고 노트에 기록했던 적은 없었다. 왠지 기록을 해둬야 할 것 같았다.

그때부터 나는 빨간 다리를 자주 건넜다. 그렇게 책을 읽기 시작했다. 책을 손에 쥐면 꼭 두 눈을 감고 책 냄새를 맡았다. 책마다 향이 달랐다. 처음 빌려본 책에서 느낀 점들을 써 내려가던 노트는 점차 발전해서 인상 깊은 구절까지 담아놓는 노트로 변모해갔다.

휴학을 하고 2010년 다시 복학했다. 그리고 찾아간 빨간 다리에서 해외여행과 관련된 서가를 찾았다. 입학하기 전 미국에 다녀왔던 기억 때문이었을까, 해외에 관심이 많았던 나는 호주 워킹홀리데이에 관련된 책을 집어 들었다. 학생증을 보여주고 그 책을 빌려왔다. 워킹홀리데이라는 제도가 있다는 것도 책을 통해 처음 알았다. 같은 세상에서 나와는 다른 경험을 하는 20명의 이야기가 거기 다 쓰여 있었다. 느낀 점과 구절들을 노트에 기록했다.

휴학 중일 때는 집과 가까운 도서관에 가서 책을 빌려 읽었다. 중학생 때 학교 근처 도서관을 가본 적은 있지만 시험 기간에 친구들과 함께 공부하기 위해 간 것 외에 다른 목적은 없었다. 심지어 나는 도서관이 공부하러 가는 곳인 줄만 알았지, 책을 빌려주기도 하는 곳인지는 몰랐다.

2007년 한 해 동안 나는 총 10권의 책을 읽었다. 2008년엔 18권을 읽었다. 독서 노트엔 좋은 문구들이 점차 쌓여갔다. 책을 읽다 문득 시선이 멈추는 곳은 페이지를 기록해 노트에 옮겨 적었다. 거의 5년간 그렇게 두꺼운 노트 한 권을 책의 내용으로 채웠다. 노트를 바꿔야 할 때쯤, 500페이지 정도 되는 드로잉노트를 하나 샀다. 선이 없고 종이 질감은 좀 더 까칠한 노트였다. 2012년부터 이 노트를 썼다. 그림도 그려 넣었고 마인드맵을 그리기도 했다. 이동 중에 읽은 책 중 좋은 글귀가 있으면 다른 곳에 적은 뒤 오려 붙였다.

2012년 한 해 동안 48권의 책을 읽었다. 책과 가까이하는 게 습관이 되었다. 책은 거의 빌려 읽었다. 낙서를 할 수 없어서 새로운 책을 읽을 때마다 포스트잇을 붙였다. 거기에 인상 깊은 구절이 있던 페이지들을 기록했다. 그 책을 다 읽으면 포스트잇을 보며 페이지를 찾아 독서 노트를 썼다. 다시 봤는데 별로 감흥이 없으면 옮겨적지 않았다.

책을 읽다 보니 더 많은 책을 읽고 싶다는 배움의 갈증을 느꼈다. 배워야 할 것, 기억해야 할 것, 실행해야 할 것들이 무궁무진했다. 그때부터 책을 읽고 실행할 것들을 직접 행동해봤다. 벤저민 프랭클린이 13가지 덕목을 정하고 직접 실행에 옮겼다고 해서 나도 일주일간으로 그 덕목들을 실천하기 위해 포스트잇에 쓰고 방에 붙여두었다. 그림을 잘 그리고 싶어서 읽은 일러스트 책을 보며 직접 그림을 그리고, 그것을 오려 노트에 붙이기도 했다. 독서 관련 책을 읽고 추천해준 도서를 기록해서 다음 빌릴 때 찾아 읽었고, 아침 기상 책을 읽고 저자가 말한 방법대로 옮겨 적기도 했다. 모닝페이지를 쓰라고 해서 직접 일어나자마자 3분 동안 의식의 흐름대로 모닝페이지를 쓰기도 했다. 그렇게 책을 읽고 노트를 쓰면서도 나는 책을 누가 썼는지도 몰랐다. 살아있는 사람인지 이미 죽은 사람인지도 몰랐다. 그랬던 이유는 '이걸 누가 썼는지' 보다 책의 내용만 봤기 때문이다. '이 책을 쓴 사람이 누굴까'란 생각 자체를 해본 적이 없었다. 벤저민 책을 읽을 때도 그랬다. 노트에 저자 이름까지 써 내려가면서도 궁금하지도 않았다. 그냥 쓴 사람이겠거니 생각했지, 그 사람이 지금 몇 살인지, 살아있는지, 누군지에 대해 일체 아무 관심조차 없었다. 그러다 문득 어떤 책 내용에서 저자가 운영하고 있다는 카페에 대한 글을 읽었다. 순간, '뭐지?' 하며 글을 다시 읽었다. 그 사람이 적은 주소는 내가 알고 있는 포털사이트의 홈페이지였다. 내가 들락날락하는 그 카페 중 하나를 운영하고 있다는 소리였다. 당장 그 주소를 검색했고, 버젓이 이 책의 저자라는 간판과 함께 다양한 글들이 담겨있었다. 진짜 있었다. 그만큼 그전에는 책의 내용에만 몰두했다. 책을 쓴 사람이 지금 살아있다는 사실이 나를 책과 더 가까이 해주었다.

그렇게 10년이 흐르고 나는 서른 살이 되었다. 서른 살 한 해 동안 읽은 책은 74권이다. 점점 책을 읽는 방법도 달라졌고, 분야도 확대되었다. 그러나 저자들이 말한 것처럼 책을 읽어서 인생이 변한다는 것은 체험하지 못했다.

책을 꾸준히 읽은 게 도움이 된 적은 많았다. 기존에 내가 했던 생각은 오로지 내 경험에서만 나온 것이었다. 그러나 책을 읽으며 다른 이야기를 접한 뒤 자연스럽게 생각이란 걸 하게 되었다. 그래서 변한 점이 있다면 보다 예민하게 생각하게 된 것이랄까. 그러나 사람들이 원하는 '인생의 변화'는 일어나지 않았다.

지금 나는 매일 일독을 하고 그 내용을 공유하는 오픈채팅방을 운영하고 있다. 거기 있는 사람들은 모두 책을 좋아하고, 또는 매일 읽기를 원한다. 덩달아 책에 관련된 질문도 자주 오간다. 그중 하나는 바로 '책을 읽으면 인생이 변하느냐?'이다. 책을 많이 읽는다는 사람 축에 끼는 나도 그런 질문을 많이 받았다. 이건 아주 애매한 질문이다. 내가 해줄 수 있는 대답은 '그럴 수도 있고, 아닐 수도 있다'이다.

프루스트는 "작가의 지혜가 끝나는 곳에서, 우리의 지혜가 시작된다."라고 말했다. 질문하지 않고, 생각하지 않으며 읽는 책은 작가의 견해를 받아들이는 것 그 이상도 이하도 아니다. 인생을 바꾸기 위한 독서는 방법 자체가 달라야 한다.

나는 10년간 책을 많이 읽었다. 많이 읽고 많이 적었다. 그래서 얻은 좋은 습관 두 가지는 '독서'와 '기록'이었다. 그건 지금도 내 인생 전체를 아우르는 대표적인 좋은 습관이다. 그러나 인생을 변화시키기 위한 독서를 위해서라면 읽기만 하는 '인풋 독서'에 매몰돼서는 안된다. 어떻게 변화시키고 싶은지 명확한 목표설정이 먼저다. 또한, 세상에는 정말 수많은 책들이 존재한다. 요즘엔 마치 비가 흩뿌려지듯 매일 많은 양의 신간이 쏟아진다. 그런 수많은 책과 우리에게 주어진 한정된 시간 속에서 나에게 필요한 책을 선정해 읽을 수 있으려면 목표설정은 불가피하다고 할 수 있다. 이것 없이 읽는 독서는 삶을 변화시킬 수 없다. 그러나 나는 그럼에도 말하고 싶다. 그런 독서라도 늘 읽으라고. 독서는 늘 옳다고.

양이 먼저다. 양이 차면 질은 따라온다. 10년이란 시간이 좀 길었다고 할지 모르겠다. 그러나 인생을 변화시키는 독서를 위해 중요한 게 무엇인지 알게 된 지금, 나에게 없어서는 안 될 자산은 바로 10년간 쌓은 독서습관과 독서 노트다. 내 목표에 맞게 읽어야 하는 책을 과거의 노트에서 찾아 읽을 수 있고, 인용할 수 있으며, 실행할 수 있기 때문이다.

책을 읽기만 해서 인생이 변하길 바란다면 다시 생각해보자. 인생이 머릿속 생각으로 변하는지, 아니면 결국 다른 그 무엇으로 변하는지 말이다. 책은 내면을 변화시킬 수밖에 없는 도구이니 계속 끊임없이 읽기를 바란다. 임계점에 다다른 순간, 당신도 진짜 성장을 위한 독서법을 발견할 수 있을 테니 말이다.

책은 사람을 변화시킨다. 먼저 안이 밝아져야 주변을 밝힐 수 있듯이 책을 읽어야 편협한 내 환경을 떠나 다양한 곳으로 여행을 갈 수 있다. 여행 짐을 꾸리고 나갔다 다시 돌아온 사람의 얼굴은 훨씬 밝다. 다른 사람에게 말해줄 것도 많아진다. 나는 10년간 인생을 변화시키는 독서는 하지 못했지만, 내적인 변화는 경험했다고 믿는다. 책이 없었다면 난 세상을 한탄하고, 감사는 없으며, 내 감정만 생각하는 이기적 욕쟁이 30대가 되었을 것이다.

10년을 읽든 20년을 읽든 책만 읽어서는 인생이 바뀌지 않는다. 많이 알아야 더 넓은 세상이 보이는 것은 맞다. 그러다 움직이고 싶어질 때가 있다. 그래서 책을 권한다. 그러나 움직이지 않고 책만 읽어 지식만 안다 한들 그 좋은 인생이 내 인생 되지는 않는다.

실천독서를 시작하다

"당신은 왜 책을 읽습니까?"

통찰력 혹은 지혜를 넓히기 위해 읽기도 하고, 성공한 사람들이 다 책 읽는 습관을 지녔다기에 읽는 사람도 많다. 책을 읽는 여자는 섹시해 보인다는 말 때문에 읽기도 하고, 지식이 얕은 것 같아서 배우기 위해 읽기도 한다. 도통 모순투성이인 이 세상에 대해 이해하고자 하는 마음으로 읽기도 하고, 말을 잘하고 싶어서 읽기도 한다. 우울에서 벗어나고 싶어 찾은 돌파구가 책일 수도 있고, 답을 찾기 위해 읽는 경우도 있다. 나와 같은 경험을 한 사람의 이야기를 통해 위로나 희망, 혹은 용기를 갖기 위해 읽는 경우도 허다하다. 이런 이유 외에도 수많은 이유가 있다. 핵심은 안주보다 성장을 추구해야만 책을 읽을 수 있다는 사실이다.

내가 책을 읽기 시작한 건 첫 만남이 좋아서였다. 좋아서 읽었다. 그렇게 만난 책 향기가 그리웠다. 새 책이든 헌 책이든 책 냄새를 맡을 때면 얼른 읽고 싶어졌다. 그리고 그건 욕심으로 번져갔다. 아주 건전한 욕심이었다고 생각한다. 평생 책만 읽어도 책을 다 못 읽을 테니 많은 책을 최대한 읽자는 욕심이 꾸준하게 책과 가까운 사람으로 만들었다.

그런 시간 10년, 수많은 책을 읽었지만, 과거 어떤 책을 읽었는지 기억이 나질 않았다. 독서 노트를 펴야만 기억할 수 있었다. 이 책을 왜 읽었는지 적어둔 부분도 있었지만 적지 않은 책들도 많았다. 그러나 그런 책들에서도 늘 좋은 구절이 있었다. 힘들거나 책을 읽지 않는 공백기에 그런 문구들은 내게 새로운 용기를 주었다. 그 때문에 나는 무슨 일이 있어도 읽은 책은 반드시 기록으로 남겼다.

저자가 말하는 방법론도 진지하게 실천했다. 다는 아니었어도 웬만한 건 직접 해보려고 노력했다. 메모와 관련된 책을 쓴 저자는 책에서 효율적인 메모 활용법에 대해 알려주었다. 내가 하던 방식에 새로운 방식을 도입해 사용해보기도 했고, 나에게 맞는 것 같으면 취하고 아니면 하다 말았다. 독서 노트에 페이지를 기록하기 시작한 것도 책에서 말한 한 가지 좋은 방법이었다.

책이 좋아 읽는 권수가 많아지다 보니 예상치 못한 부담이 생겼다. 읽어 갈 때마다 늘어나는 실천미션들이 바로 그랬다. 모든 방법이 다 좋았다. 진짜 그랬다. 읽으면 몇 가지로 통일되는 메시지들이 보였다. 실행할 것들이 많아지자 괜히 피로해졌고 실천은 단타성에 그치고 말았다.

서른 살이 되어 강남에 자취를 시작하면서, 교육의 메카인 이곳을 활용할 수 있는 방법이 뭘까 고민했다. '교육의 메카'였던 만큼 많은 사람이 이곳으로 배우러 왔다. 나는 책을 좋아하니까 강남에서 열리는 독서 모임이 있을까 하여 검색을 했다. 있었다. 운영자에게 전화를 걸어 일정을 물어봤다. 다행히 매주 평일 저녁에 가까운 곳에서 독서 모임이 열리고 있었다. 모임에 필요한 것은 그날 읽을 도서 한 권이었다. 그 책을 못 가져오면 다른 책이라도 가지고 오라고 하셨다.

당일 저녁 7시, 정해진 장소로 책 한 권을 가지고 갔다. 맨 앞자리에 앉았다. 독서 모임 운영자는 에버노트 강의를 하시는 강사님이셨다.

독서 모임이라 책을 읽고 내용을 공유하고 서로 이야기하다 올 줄만 알았는데 이 모임은 달랐다. 먼저 책을 어떻게 읽어야 하는지를 알려주셨다. 어떤 책을 읽어야 좋은지도 알려주셨다. 운영자분은 워낙 책을 많이 읽는 분이었고 그쪽에 관해 공부도 스스로 하고 계셨다. 독서법과 관련된 강의를 듣고 오셔서 독서 모임에 온 사람들에게 알려주시기도 했다.

본인은 책을 이렇게 읽었다며 직접 읽은 책을 보여주시기도 했다. 매주 모임이 열릴 때마다 책을 최소 10권은 가지고 오셨던 것 같다. 그러면서 왜 이 책을 읽었는지 이야기해주셨다. 그분이 읽은 책이 아주 더러워 놀랄 수밖에 없었다. 책을 읽는 방법도 몹시 체계적이었다.

한 번은 그분이 이런 말씀을 하셨다. "책을 읽고 나서 제 삶이 완전히 바뀌었습니다." 이 말을 듣자마자 의문이 생겼다. 손을 들고 여쭤봤다. "강사님, 저는 10년 전부터 많은 책을 읽어왔습니다. 그런데 제 삶은 변한 게 없는 것 같아요." 그러자 강사님은 책에서 본 걸 실천해봤는지 물어보셨다. 그 말을 듣고 두 가지가 떠올랐다. 첫째는, '아는 것보다 하는 게 중요하다.'는 것이었고 둘째는, '실천도 한 것 같은데 왜 내 삶은 그대로인 것 같을까.' 였다.

이어서 강사님이 말씀하셨다. "인간관계 책에서 먼저 주라는 글을 읽었으면 먼저 줘봐야 합니다. 대부분 사람은 읽는 데서 그칩니다. 읽고서 다 아는 내용이라고 덮어버립니다. 직접 실천해본 사람들이 몇이나 될까요?" 그 말을 들은 뒤부터 나는 책을 다르게 읽기 시작했다. 이전에 했던 방식은 인풋을 위한 독서였다. 아웃풋이 있어야 했다.

나는 독서를 네 가지로 분류했다. 첫째로 인풋을 위한 독서, 즉 정보를 얻는 독서였다. 내가 해본 경험과 지식 말고 더 폭넓은 정보를 위한 독서다. 둘째, 생각의 폭을 넓혀주는 독서다. 실용도서 외에 독서인데, 철학이나 고전, 과학, 역사에 관한 책을 읽었다. 정보보다는 생각을 위한 독서다. 셋째로는 행하기 위한 독서다. 진짜 변화를 보이게끔 하기 위해서는 결국 실행이 수반되어야 한다는 것을 깨달았다. 자기계발서를 읽을 때 행해야 하는 것들을 추려 독서 노트에 기록했다. 그 중 한가지는 꼭 실천하기 위해 노력하기 시작했다. 마지막으로, 활용과 수집을 위한 독서다. 나는 책에서 인용구와 질문거리를 수집하기 시작했다. 거기서 나온 저자의 이야기나 사례도 수집하고 있다.

이렇게 책을 읽기 시작하며 실제로 많은 것들을 행동에 옮겼다. 행동이 중요한 이유는, 그게 습관이 되기 때문이다. 생각이 먼저고 행동이 그다음이다. 그러므로 행동한다는 것은 그것을 믿는다는 의미와도 같았다.

나는 책을 읽기 전에, 내가 이 책을 왜 읽어야 하는지 생각했다. 이유에 대한 답을 찾기 위해 적극적으로 읽었다. 이전에 내가 독서를 통해 인생을 변화시키지 못했던 이유는 바로 목적 없이 책을 읽었기 때문이었다. 저자가 무슨 말을 하든 다 받아들이기만 했을 뿐, 고깝게 여기는 부분도 없었고, 분별하며 읽을 줄도 몰랐다.

성경에 이런 말이 있다. "행하지 않는 믿음은 죽은 믿음이다." 아는 것과

하는 것은 천지 차이요, 행동하지 않고 아는 것은 아무 소용이 없다는 뜻이다. 행동하지 않는 생각은 죽은 것과 같다. 아무리 좋은 아이디어도 실천하지 않으면 그저 생각에 불과하다. 생각의 상위 버전이 바로 행동인 것이다.

괴테는 "생각하는 것은 쉬운 일이다. 행하는 것은 어려운 일이다. 아는 것을 행하는 것은 더욱 어려운 일이다."고 말했다. 내가 무엇을 알고자 하는지 먼저는 생각해야 하고, 알았다면 그것에 대해 배워야 한다. 배웠으면 행함으로 내 것 삼아야 한다.

나는 앞으로 자기경영에 관한 코칭과 강연을 하고 싶다. 내가 스스로 돈을 버는 체험을 하고 싶다. 지금은 대부분이 꿈이지만, 그걸 이루기 위해 맨 처음 했던 것이 바로 블로그였다. 내가 좋아하고 잘하는 것들을 블로그에 담기 시작했다. 기록이 쌓이자 점차 나를 대변해주는 도구가 되었다. 블로그에 내 꿈과 내가 하는 일, 하고 싶은 일 등을 기록했다. SNS 마케팅 책을 읽고 직접 다 해보기도 했다. 거기서 깨달은 것 하나는 '실천미션'은 세상 모든 것에 적용할 수 있다는 것이었다.

새벽 독서에 관한 책을 읽고 거의 1년 동안 새벽에 일어나 독서를 했다. 그걸 블로그에 기록했다. 사람들의 응원 때문이라도 중단할 수 없었다. 그러다 보니 포스팅 수도 점차 늘어났다. 포스팅을 올리기 위해서라도 나는 새벽에 책을 읽어야 했고, 새벽이 아니더라도 매일 하루 책을 읽어야만 했다. 그렇게 책에서 한 대로 직접 새벽에 일어나 책을 읽으니 저자가 한 말에 공감이 되기 시작했다. 실천하니까 깨달아지고, 깨달으니 누가 하지 말라고 해도 하게 되었다.

글을 쓰기 위해서는 먼저 이해해야 한다. 이해한 것은 직접 표현해봐야 한다. 내 생각을 글로 표현하는 좋은 방법이 바로 블로그에 포스팅하는 것이다. 포스팅을 위한 독서가 뭐 유익하겠냐고 생각하는 분들도 있겠지만 이런 이유에서 나는 블로그에 아웃풋 하기 위한 독서도 추천한다. 내 글로 표현하지 못하면 그 지식은 죽은 지식이고, 남의 지식일 뿐이다.

책뿐 아니라 세상 어디서든 배울 수 있다. 좋은 강연을 들었으면 한가지라도 해봐야 하고, 알게 된 것은 행함으로 내 것으로 만들어야 한다. 그것이 습관이 되면 성과가 되고, 그제야 변화가 보이기 시작한다.

나는 지금 새벽에 일어나는 오픈채팅방과 '일일일독' 채팅방 2개를 운영하고 있다. 사람들의 새벽 기상을 돕는 일도 하고, 고민을 들어주고 서로의 일상을 공유하기도 한다. 여기서 돈을 벌기도 했다. 얼마 되진 않지만 내가 처음부터 모든 것을 기획하고 실천해서 얻은 성과였다.

실천을 위한 독서를 하자. 실행할 미션을 찾으며 책을 읽는 기쁨도 맛볼 수 있고, 실천하면 할수록 그게 습관이 되는 자신을 발견할 수 있다. 세상에 책은 많고 그만큼 좋은 방법들도 많다. 딱 한 권을 읽었어도 좋다. 거기서 실행할 미션을 뽑아보자. 아주 단순한 것도 좋다. 실제로 대부분이 단순한 방법이다. 몇 분 안 걸린다. 원하는 것을 종이에 써보는 것도 몇 분밖에 안 걸리는 일이다. 써보지 않으면 원하는 것을 이루지 못한다. 그걸 했으면 그다음 저자가 말하는 것을 또 해보자. 그렇게 천천히, 찬찬히, 꾸준히 하면 달라지는 무언가를 반드시 느낄 수 있다.

습관의 목적은 무엇인가?

　사람들은 나를 모른다. 그런 내게 돈을 지급할 수 있었던 이유는 내가 직접 실천하고 그것을 기록했던 블로그 때문이었다고 확신한다. 해보지도 않고 말만 번지르르한 사람은 신뢰받지 못한다. 나는 스스로 돈을 버는 사람이 돼야 했고, 그러기 위해선 신뢰를 주는 게 먼저였다.

　강사님이 처음 내게 강의를 해보라고 했을 때, 나는 망설였다. 그전까지 블로그를 통틀어 SNS를 부정적으로 보고 있었다. 불특정다수가 나에 대한 정보를 본다는 것에 대한 거리낌이 있었다. 그러나 강의하기 위해서는 먼저 내가 무엇을 하는 사람인지 알려야 했다.

　블로그 계정을 만들고 내가 좋아하는 것 위주로 카테고리를 나눴다. 시간을 기록하거나, 독서를 하고 노트를 작성했던 것을 차근차근 올리기 시작했다. 강연을 들은 날이면 요약해서 포스팅했다. 내가 꿈꾸는 것들과 만들고 싶은 습관도 블로그에 게시했다. 글이 쌓일 즈음, 강의플랫폼에 목표 코칭 홍보 글을 올렸다. 내가 좋아하고 잘한다고 생각한 코칭이었지만 이 걸 누군가에게 가르쳐본 적은 없었다.

단돈 1만 원이라도 받고 하고 싶었지만 처음에는 무료로 진행했다. 2017년 12월 29일, 한 명이 왔다. 총 3명이 신청했지만, 무료라 그런지 당일에 2명이 취소했다. 나는 코칭에 도움이 되는 소책자를 만들어 제공했다. 나보다 한 살 어린 여자직장인이었던 그분은 목표를 어떻게 세워야 할지 모르겠다고 했다. 목표를 종이에 써보라고 하자 어려워했다. IT 분야에서 일하고 있긴 하지만 곧 이직을 생각하고 있다고 했다. 그것을 위해 준비해야 할 것이 있는지 물었더니 이것저것 준비할 게 있긴 하지만 할 시간이 없어 미루고 있다고 했다. 막연한 이직 준비였다. 평소 시간이 없다길래 일과를 물었다. 퇴근하고 집에 오면 대략 밤 8시. 그리 늦은 시간은 아니었는데 그 시간을 이용하면 되지 않냐고 물었다. 그녀는 집에 돌아와 텔레비전을 보거나 핸드폰을 보는데, 그러다 보면 자정이라고 시간이 없다고 했다. 나는 두 가지에 놀랐다. 텔레비전과 핸드폰은 자정이 될 동안 한다면서 중요한 것을 할 시간이 없다고 당차게 말하는 것에.

나는 먼저 목표를 세우고 기한을 정한 뒤 이루기 위해 해야 할 것들을 모조리 종이에 적어보라고 했다. 그녀는 잠깐 생각하더니 종이 위에 '공부'라고 적었다. 더 없냐는 질문에 머쓱 웃어 보였다. 나는 예를 들어 쓸 수 있는 것들에 대해 말해주었다. 이직 신청은 몇 개월 전부터 해야 하는지, 필요한 공부는 어느 정도의 기간을 들여야 하는지, 그럼 공부는 하루에 얼마나 해야 하는지 등에 관해 설명했다. 이직하고 싶은 때가 있어야 역으로 계산할 수 있다. 그래야 준비해야 할 것을 어느 정도 기간을 두고 해야 하는지 알 수 있으니까. 그녀는 내 말을 듣고 감을 잡았다는 듯 몇 가지를 더 써 내려 갔다. 그러나 난관은 그다음이었다. 이직이란 목표를 이루기 위해 할애해야 할 시간을 정해야 하는데, 그 과정에서 그녀는 힘들어하기 시작했다.

그녀에게 알려줄 많은 것들이 있었는데 2시간 30분 동안 진행된 코칭에서 절반도 다 알려주지 못했다. 코칭을 마치고 그녀는 내가 알려준 대로 해보겠다고 했다. 핸드폰 하는 시간도 조금 줄여봐야겠다고 웃으며 말한 뒤 돌아갔다.

이상했다. 학생 때 우린 시험준비를 위해 과목별로 공부계획을 세우고, 분량과 시간까지 꼼꼼하게 짜놓을 줄 알았다. 그런데 성인이 되고 내 인생에 대한 목표를 설정하는 것을 왜 이토록 어려워하는 걸까? 원하는 걸 정하고, 이룰 기한을 정한 다음, 행동계획을 적으면 되는데 말이다. 공부계획을 세웠던 것처럼 하면 되는데 말이다. 나는 많은 사람이 목표에 대해 생각보다 깊이 고민하거나 꾸준히 세워본 적이 없다는 것을 알게 되었다. 내가 한 대로 사람들도 하고 있을 거라고 생각했다.

그 뒤로 코칭을 멈췄다. 다방면으로 먼저 경험해보고 습관화해야겠다고 생각했다. 자랑이 아니라 목표를 세우고 그걸 이뤄나가는 과정은 내게 언제나 큰 기쁨이자 도전이었다. 나에겐 쉬운 것이 남에게 어려울 수 있다는 생각을 그 분을 통해 알게 되었다. 그걸 어려워하는 사람의 눈높이를 이해하는 것이 먼저 되어야 한다고 생각해 코칭을 지속하지 않았다.

나는 책을 읽고 적어도 반드시 한 가지는 실천했다. 감흥을 주지 않은 책은 한 권도 없었다. 그중 공부에 관련된 책을 읽은 후 나만의 공부학교를 만들었다. 스스로 배울 과목을 정하고, 커리큘럼을 만들었다. 진짜 학교에서 진행하는 것처럼 내가 다 정했다. 최종 졸업 학점을 정하고, 학점을 부여하는 기준을 선정했다. 세 가지 과목은 역사, 마케팅 그리고 영어였다. 성적이란 기준이 없는 공부는 스스로 목표와 기준을 정하는 것이 매우 어려웠다. 참고할 도서를 직접 선정했다. 학점 기준은 '책을 읽은 뒤 요약해 블로그에 포스팅하면 학점 1점'과 같은 식으로 세웠다.

2018년 초반 시작한 마케팅 공부는 10개가 넘는 포스팅과 함께 졸업했다. 역사와 영어는 배우고 있다. 기준이 성적이 아니다 보니 강제로라도 기준을 만들어야 했던 게 가장 힘들었다. 그렇게 공부를 하다 보니 공부는 끝이 없다는 걸 알게 됐다. 특히 역사 공부는 평생 해야 할 것 같다. 한국 역사를 이해하기 위해 세계사 속에서의 한국을 알아야 했다. 6.25 전쟁을 이해하기 위해서는 구한말 시대를 알아야 했다. 현재 정책들이 옳은 것인지 알기 위해서 과거를 알아야 했다. 본받을 사람이 있다면 외국의 영웅이라도 공부해야 했다. 그를 이해하기 위해서 그 나라의 역사를 알아야 했다. 그 때문에 전쟁이 많던 유럽 역사와 그리스 로마 공부는 불가피했다. '해야 한다.'고 표현했지만 누가 시켜서 하는 공부가 아니었기 때문에 모르는 부분을 배우는 과정이 즐거웠다. 성취했을 때 느껴지는 희열이 곧 보상이었다.

나는 자기경영을 위한 프로젝트를 여러 개 시작하면서 블로그에 때마다 포스팅한다. 감사습관, 운동습관, 성경 필사하기, 시간을 기록하고 피드백하는 것 등 좋은 습관을 들이기 위한 루틴을 만들었다. 블로그에 글을 올리는 것은 나 자신과의 약속과도 같았다.

자기계발과 자기경영에는 한 가지 차이점이 있다. 자기계발은 행위 자체가 목적이지만, 자기경영은 자기계발을 하는 상위 목적이 존재한다. 경영은 굴러가는 바퀴와 같다. 한 가지가 넘치거나 부족해도 절름거리는 게 경영이다.

책을 읽는 것은 좋은 습관이자 자기계발이다. 그러나 책을 읽어서 얻고자 하는 근본적인 목적이 없다면 행위 자체의 만족으로 끝난다. 자기경영은 책을 읽고 나를 어떻게 만들어나갈 것인지에 대한 목적이 있는 행위다. 내가 이루고자 하는 것이 행위와 부합해야 한다. 자기경영은 성장을 위해 다른 것을 통제하거나, 혹은 포기하는 것이다. 한정된 시간을 가지고 선택과 집중을 하는 것이 자기경영이다.

나는 미래에 리더가 되고 싶다. 글로벌 인재가 되고 싶다. 스스로 부를 창출할 수 있는 사람이 되고 싶다. 사람의 중요성을 체험하고 싶고, 더 넓은 세상을 경험하고 진짜 중요한 것이 무엇인지에 대해 끊임없이 탐구하고 싶다. 그러기 위해서 사람을 모으고 이해하는 것, 나 스스로 떳떳할 연습과, 안다고 자만하지 않을 겸손까지 모두 배워야 한다고 생각한다. 자기계발은 누구나 할 수 있다. 이제는 자기 자신을 경영할 줄 아는 사람이 되어야 한다. 그것을 위해 다른 것을 포기할 줄도 배워야 한다.

지금 나는 아무것도 아니다. 단지, 서른 한 살 먹은 꿈 크고 배우는 것 좋아하는 한 사람일 뿐이다. 그러나 반드시 나와 끊임없이 경쟁해서 지금보다 훨씬 더 성장한 사람이 될 것이다. 시간을 들여 채운 것은 사라지지 않고 내 안에 남아 있다.

'자독독서'라고 했다. 스스로 나를 감독할 줄 아는 사람이 되어야 한다. 타인과 경쟁하지 말고 어제보다 더 나은 가치를 창출할 만한 사람인지 나를 살펴야 한다. 사람은 누구나 완벽하지 않다. 모든 것을 잘할 필요도 없다. 완벽하지 않으니까 다른 사람과 더불어 살아야 한다. 그러니까 기업들이 인재에 집중하는 것이다. 기업들의 경영전략이 그러하듯 약점을 보완하는 것보다 역량 대부분을 강점에 쏟아부어야 한다. 그러다 보면 나를 싫어

하는 사람도 보인다. 나는 그게 오히려 축복이라고 생각한다. 모든 사람에게 천사가 될 수는 없다.

지금은 한 사람이 여러 직업을 가지는 게 가능한 시대다. 좋은 습관을 지속하면서 자신에게 보상을 주기 위한 목표를 세워보자. 자주 운동을 한다면 운동에 관한 목표를 세우고 그걸 이루면 보상해주는 거다. 애정이 가고, 전문성이 생긴다. 좋은 것에 노하우가 쌓이면 업이 되는 시대다. 단순한 자기계발로 만족해서는 강점이 되지도 않을뿐더러 전문성을 키울 수 없다.

지금 하는 좋은 습관에 상위 목적을 부여하면 된다. 그렇게 체스를 하듯 하나하나 내가 이뤄야 할 목적을 잡기 위해 선택과 집중을 한다면 지금보다 더 큰 꿈은 물론이고, 내게 도움을 주는 사람들까지 만날 수 있다고 확신한다.

실행이 쉽다면 모두 성공자다

가끔 어떤 책을 읽고 동기부여를 받았다고 하는 사람들이 있다. 실제로 책은 읽으면 동기부여가 된다. 그러나 실용서적은 책을 덮는 순간부터 진가를 발휘하는 책이다. 자기계발서는 동기부여를 넘어 행동을 촉구하기 위해 쓰였다.

행동하기 어려운 이유는 우리의 문제가 아니다. 뇌가 싫어한다. 해보지 않은 것에 대해 두려움을 느끼는 것은 당연한 현상이다. 인간이 먹고 자는 생리적 욕구가 채워진 다음 추구하는 것은 바로 안전의 욕구다. 새로운 것에 대한 두려움도 현재 안전한 상황에서 벗어나지 않으려는 본능에 기인한 것이다. 그러나 안전의 욕구에 머물러 있다면 상위 욕구를 충족시킬 수 없다. 아이러니하게도 사람은 최종적으로 자아실현을 추구한다. 성장을 추구하지 않는 사람은 없다. 그래서 행동하지 못하더라도 책을 읽는 등 자기계발을 하는 것이다.

나는 2007년부터 지금까지 563권의 책을 읽었다. 10년간 한 해 평균 42권의 책을 읽었고, 2018년 9월 현재까지는 평균의 세 배 이상 되는 책을 읽었다. 2018년이 되어서야 목적 있는 책 읽기를 하게 되었고, 반드시 1가지 이상을 실행하기 시작했다. 실행해서 얻은 경험은 더는 저자의 것이 아니다.

어느 날, 새벽 독서에 관한 책을 읽게 되었다. 요지는 이랬다. 새벽은 고요한 시간이자, 집중이 가장 잘 되는 시간이라고. 시간을 아끼는 사람만이 새벽에 일어날 수 있다고. 그 새벽에 온갖 부정적인 메시지에서 벗어나기 위해서는 책을 읽어야 한다고. 그 메시지에 동기부여를 받아 다음날부터 직접 새벽에 일어나 책을 읽기 시작했다. 실행하기 전에는 저자가 말하는 것에 온전히 공감할 수 없었다. 직접 해보니 왜 새벽에 일어나 책을 읽는 것이 좋은지 깨닫게 되었다. 이건 아무리 좋다고 외쳐도 직접 해보지 않은 사람에겐 소리 없는 메아리와 같다.

또한, 언젠가 행복은 끝에 있는 게 아니라 과정에 있는 것이라는 글을 읽고, 나의 매 하루, 매시간 속에서 행복을 느끼려고 노력해봤다. 그러자 새가 지저귀는 소리가 들렸다. 당연했던 소리였는데 그걸 들을 수 있다는 게 새삼 행복했다. 내 두 눈으로 사랑스러운 강아지를 볼 수 있다는 것에 행복해졌다. 여자도 맘껏 배울 수 있는 세상에 태어난 것이 행복했고, 돈이 없어도 멀쩡히 행복을 느낄 수 있는 '살아있음'에 행복했다.

감사는 풍요의 마음이니 감사일지를 써보라고 해서 블로그에 감사프로젝트를 만들어 매일 감사하는 글을 썼다. 감사가 나오지 않을 때는 감사하는 척이라도 했다. 그러자 행복은 배가 되었고, 왜 감사를 풍요의 마음이라고 했는지 공감하게 되었다.

상대에게 기분이 나쁠 때 '나 메시지'로 대화하는 게 올바른 대화법이라고 해서 남동생에게 내 감정에 관해 이야기했더니 이런 방식으로 말해줘서 고맙고 좋다고 했다.

가끔 자기계발서를 다 아는 내용만 늘여 쓴 책이라고 말하는 사람들을 보게 된다. 나는 자기계발서를 좋아한다. 같은 메시지여도 저자마다 겪은 상황이 다르고, 각각의 책을 읽으며 '사람'에 대한 공부를 할 수 있기 때문이다. 모든 책은 인문 그 자체다. 자기계발서 같은 실용서적을 다 아는 내용이라 말하는 사람에게 그것을 꾸준히 실천해본 적은 있는지 묻고 싶다. 같은 분야의 책을 읽으면 몇 개의 메시지가 하나로 통합되는 것을 알 수 있다. 그건 진짜 실행해 볼 만한 가치가 있는 것이다. 아는 것과 하는 것은 다르다. 천지 차이다. 실천하면 저자와 공감하는 것을 넘어서 그 지식은 내 것이 된다. 실행해서 얻은 것은 그 누구도 앗아가지 못한다. 타인과의 경쟁도 필요하지 않다. 실행하면 자기 만족감이 올라가고, 그건 인간관계에 영향을 미친다. 결국, 자신의 성장이 먼저 이루어져야 인간관계에서도 선순환을 이루게 되는 것이다.

이전에 나는 사람들에게 벽을 쌓고 넘어오지 못하게 했다. 툭 하면 나를 무시하는 것 같은 느낌이 들었다. 남 앞에서 함부로 웃지도 않았다. 내 이야기나 생각도 그들이 흠 잡을까 봐 하지 않았다. 사람들이 왠지 나와 대화하는 걸 불편해하는 것 같았다. 그러나 그건 내가 세상을 바라보는 시각이었을 뿐이었다. 아무도 나를 욕하지 않았고, 무시하지 않았다. 나는 그것을 '실행'에서 배웠다. 나의 삶을 더 낫게 하려고 한 행동들이 나를 긍정적이고 행복한 사람으로 만들었다. 그러자 사람들이 모두 내 친구같이 느껴졌다.

실행하기 위해서는 몇 가지 조건이 필요하다. 첫째는 '이유'다. 사람은 이유 없이는 절대 움직이지 않는다. 움직일 만한 이유가 있어야 움직인다. 어떤 게 아무리 좋다고 말해도 실천하지 않는 이유는 이유가 없기 때문이다. 살 만하기 때문이다. 내가 새벽에 일어나 독서를 하기 시작한 건 도무지 앞이 안 보이고, 내 인생이 불안하고 막막했기 때문이었다. 내가 바꿀 수 있는 건 고작 내 하루뿐이었다. 이대로는 진짜 안될 것 같다는 간절함과 절박함이 올빼미였던 나를 새벽에 일어나게 했다.

둘째는 고통을 이길만한 즐거움, 즉 '보상'이다. 우리가 하는 모든 행동은 의식하지 못해도 고통을 줄이기 위함이거나 즐거움을 극대화하기 위한 것이다. 일하기 전에 책상 정리를 하다 막상 일을 못 하는 이유도 일해야 한다는 부담감에서 벗어나기 위함이다. 알람을 끄고 다시 자는 이유도 일어나서 할 게 없음을 직면하기 싫어서거나, 잠의 유혹이 더 달콤하기 때문이다. 모든 행동이 그렇다. 모든 습관도 그래서 바꾸기 어렵다. 새로운 행동을 하기 위해서는 그 행동과 연결된 고통의 믿음을 끊어내야 한다. 사람은 즐거움을 얻기보다 고통을 피하고 싶어 하는 욕구가 더 크기 때문이다. 실행하기로 마음먹은 것을 직접 행동에 옮겼다면 후하게 보상해주라. 자신에게도 칭찬과 선물이 필요하다.

셋째는 '믿음'이다. 실행하기 전과 후는 다를 것이라는 믿음, 더 나아질 것이라는 믿음, 인생을 변화시킬 수 있다는 믿음이 있어야 행동할 수 있다. 심력이 단단하지 않은 사람은 자신을 믿지 못한다. 나는 책을 써 본 적 없는, 10년 넘게 독자로 살아온 평범한 30대다. 그런 내가 내 이야기로 책을 쓰게 된 이유는 바로 이후의 내 삶이 더 나아질 거라는 굳은 믿음이 있기 때문이다. 내 책을 두고 비평할 사람들이 있을 거지만, 반대로 내 책이 누군가에겐 꼭 필요한 메시지를 줄 거라고 믿기 때문에 글을 쓸 수 있었다.

마지막으로 '용기'다. 타인에게만 용기내지 말고 스스로에게 용기를 내자. 뇌는 새로운 걸 싫어한다. 그런 뇌가 보내는 신호를 차단하고 해야 하는 이유를 생각할 줄 아는 용기를 내야 한다. 실행이 어려운 이유가 바로 이 네 가지 때문이다.

변화하고자 한다면 처음엔 실체는 별거 아닌, 그 두려움을 한 아름 안고 가야 한다. 나는 과거를 돌아보며 '그때 그랬으면 좋았을 텐데'하며 후회하고 싶지 않다. 인생이란 길을 걸으며 실행을 하나둘 줍게 되면 안고 있던 두려움을 버리지 않을 수 없다. 그렇게 하나둘 실행을 안아야 한다.

실행하는 게 쉬웠으면 모두가 성공했을 것이다. 성공이란 말을 너무 거창하게 생각하지 말자. 당장 내 하루의 습관을 좋은 것으로 채우는 것부터가 성공이다. 작게 성공하기 위해서도 실행해야 한다. 무슨 선택을 하든 그 선택의 영향은 미래에 미친다. 목표를 위한 선택을 하고, 작게라도 실행하자. 목표라는 키 없이 미래의 문은 결코 열 수 없다. 모두가 같은 하루를 가졌지만, 누구는 하루를 살아내고, 누구는 하루를 '보낸다.'

내가 더는 불안하지 않은 이유

영국의 문학평론가 존 러스킨이 이런 말을 했다. "우리가 생각하는 것, 우리가 믿는 것은 별로 중요하지 않다. 중요한 것은 우리가 그것을 행하느냐는 것이다."

좋은 말은 좋은 말대로, 행동은 행동대로였으니 바로 내 취침시간이 그랬다. 나는 회사에 다닐 때든, 안 다닐 때든 할 것도 없으면서 늘 늦게 잤다. 회사를 마치고 집에 오면 저녁 8~9시였다. 지인과의 약속은 당연히 퇴근 후였다. 만나고 귀가하면 자정인 것은 말할 것도 없다. 약속이 없는 날엔 집에 돌아와 한시름 놓고 멍하니 시간을 보내기 일쑤였다. 하루가 아까워 책을 집기도 하고, 다른 사람들은 어찌 살고 있는지 핸드폰을 열어 SNS를 하기도 했다. 그러다 보면 새벽인 것은 당연지사. 몸은 피곤한데 씻지도 않은 상태에서 자정을 넘기다 보니 씻기는 더 귀찮아지고, 겨우 씻고 누우면 새벽 2시가 다 되어갔다. 밍기적 누워 잠든 후 다음날 눈을 떠 시계를 보면 출근을 위해 일어나야만 하는 시간이 되어있었다. 내 하루는 그런 하루였고, 내 몇 개월은 그런 하루의 연속물이었다.

밤은 내게 혼자만의 시간을 선사해주었다. 감성 돋은 밤에 책을 읽으면 당장 막 뭐라도 할 수 있을 정도로 동기가 치솟았다. 매일 내일부터는 다른 하루를 살아야지 다짐했지만, 내 매일매일은 같았다. 밤은 무기력하고 자유가 없는 내 하루 중 유일한 고요였다. 그랬던 나지만 아침에 일어날 생각이 없었던 것은 아니었다.

나는 늘 책을 가까이 두었다. '아침형 인간' 키워드가 붐이었을 때, 관련 책들이 쏟아졌다. 여러 권 읽으며 직접 따라 해봤다. 무엇보다 오랫동안 해온 습관은 시간 기록이었다. 15분 단위로 기록해보기도 했고, 5분 단위로 기록하기도 했다. 대학에 입학하기 전부터 연습시간을 기록하는 것으로 시작된 행동이었다. 그걸 통해 하루 동안 얼마간의 시간을 연습에 할애했는지 파악하고 내일의 다짐을 세웠다. 그러나 생활에 있어 시간 기록은 행위 자체였을 뿐, 변화를 끌어내지는 못했다.

아침에 일찍 일어나 커피 한 잔의 여유도 느끼고 싶었지만 내 생활은 언제나 원점이었다.그렇게 서른 살을 맞았다. 강남에서 자취하던 시절은 내게 크나큰 괴로움의 시간이자, 과거의 나를 직면해야 했던 시기였다.

그러다 찾아간 독서 모임에서 다른 환경을 가진 사람들과 만날 수 있었다. 나보다 윗선인 사람들이 일과 사업을 하면서도 책을 통해 더 성장하려고 독서 모임에 왔다. 그 모습은 내게 큰 유익이었다. 독서 모임을 운영하시는 강사님은 시간 기록의 목적이 기록 자체가 아닌 피드백에 있어야 한다고 하셨다. 나는 점차 시간 관리 시스템을 개선해나갔다. 그러면서 매일 책을 읽었고, 실천할 것들을 추리면서 삶의 변화를 열망했다.

온라인 서점을 통해 한 달에 5만 원 이상 도서를 구매했다. 그 중 새벽 독서에 관한 책 한 권을 읽게 되었다. 당시 통장에 들어오는 돈은 즉시 여타 명목으로 빠져나가기 일쑤였다. 관리비 몇만 원 내는 것도 벌벌 떨어야 했고, 새로운 나만의 일을 하고 싶었지만, 시작은 엄두도 못 내고 있었다. 나는 그 책을 읽으며 내가 바꿀 수 있는 것은 지금 내 하루밖에 없다는 것을 절감했다. 내 하루 시간도 통제하지 못하면서 삶을 바꾸기를 기대하는 것은 어불성설이었다. 그 책을 통해 매일 새벽에 일어나 책을 읽겠다고 다짐했다. 저자가 운영하는 카페에는 이미 새벽을 깨워 책을 읽고 미래를 준비하는 사람들이 많았다. 밤 10시에 잠자리에 들어 새벽 3시 혹은 4시에 일어나 책을 읽고 하루를 계획하는 사람들이었다. 내가 단잠에 빠져 있을 시간에 누군가 몇 시간을 벌어 쓰고 있다는 생각을 하니 '하루'라는 개념이 다르게 다가왔다.

저자는 새벽에 독서를 해야 하는 이유가 긍정과 확언 때문이라고 했다. 부정적인 말과 생각에서 벗어나 고요한 시간에 나와 대화하는 시간을 만들기 위해 매일 새벽 6시에 일어나 책을 읽었다. 그러다 기상 시간을 4시로 앞당겼다. 전혀 힘들지 않았다. 실제로 새벽에 일어나 책을 읽으니 모든 게 가능할 것처럼 느껴졌다. 더 생산적인 새벽을 만들기 위해 루틴을 정했다. 책을 읽고 블로그에 글을 올렸다. 그러자 나의 새벽 일과를 응원해주는 사람들이 생겨났다. 새벽에 독서를 하니 한 달에 20권 넘는 책을 독파할 수 있게 되었다. 저자의 말은 사실이었다. 책에서는 절대 '안 된다.', '너는 할 수 없다.' 라고 말하지 않았다. 무슨 책을 펼치든 '너는 할 수 있다.' 라고 말해주었다. 새벽에 그런 응원을 받고 하루를 열었더니 점차 새벽에 하는 행동이 내 꿈이 되어갔다.

지금은 새벽에 일어나며 다른 사람들이 새벽 기상하는 것을 돕는 일을 하고 있다. 나는 자기경영전문가가 되겠다는 목표를 새벽마다 생각한다. 그러기 위해 내 하루는 나를 경영할 수 있는 최고의 날이다. 나를 경영하며 다른 사람들에게 공헌하는 것이 내 꿈이다.

사람들이 아침에 일어나지 못하는 이유 몇 가지가 있다. 아침계획을 세우고 잤는데 일어나지 못하면 모든 계획이 틀어질까 봐. 또 하나는, 그럭저럭 살 만하기 때문이다. 나는 책에서 말하는 방법론을 실천할 때 새벽 기상을 위해 무엇이 필요한지 깨달았다. 그것은 바로 결핍이었다. 이대로는 안 될 것 같다는 결핍이 동기를 이끈다.

나는 살 만하지 않았다. 뭐라도 당장 바꿔야 했다. 온종일 벌어도 마이너스에, 쓰는 돈이 없는데도 잔액은 10만 원 이상을 채우지 못했다. 돌려막을 곳도 없었고, 손을 벌릴 수도 없었다. 자취방은 고작 6평이었고, 사람 소리 그리워서 겨울에도 창문을 열어두던 시절이었다. '어쩌다 이렇게 됐을까' 생각하는 게 건설적이지 못한 생각인 걸 알면서도 끊임없이 되뇌었다. 내가 내린 사소한 선택의 결과물이 지금의 나라는 사실을 받아들이기까지는 오랜 시간이 걸렸다. 그런 나에게 "괜찮다. 너는 잘할 수 있다. 이렇게 하면 시행착오를 줄일 수 있다"라며 다독여 주는 책은 그야말로 오아시스였다.

새벽에 일어나기 시작하면서 배운 사실 중 하나는 내가 자고 있다고 해서 세상이 잠든 것은 아니라는 것. 누군가는 일어나 내가 써야 할 새벽 시간을 쓰고 있었다. 그들과 나의 10년 후가 어떨지는 오래 생각하지 않아도 뻔히 보였다.

우리가 생각하는 것과 믿는 것을 '행하는 것'이 중요하다고 말한 존 러스

킨의 말을 다시 상기해보자. 다들 새벽인이 되고 싶어한다. 그러나 도전했다가 금세 포기한다. 새벽에 일어나는 것은 쉬운 일이 아니다. 자기를 통제할 수 있어야 가능하다. 꾸준히 일어나는 것은 더욱 쉽지 않다. 매일매일을 통제해야 하기 때문이다. 감성과 향락의 밤을 포기해야 하기 때문이며, 포기에는 고통이 따른다. 기쁨을 맛보기 이전에 고통을 먼저 감내해야 이룰 수 있는 것이 바로 새벽 기상이다. 그러나 누구나 성장을 추구한다는 점에서 누구나 새벽인이 될 수 있다. 새벽을 깨워보면 그 행동이 얼마나 유익한지 알 수 있다. 무슨 일이 있어도 출근 시간을 지켜야 하는 것이 직장인의 본분이듯, 하루의 봄인 새벽을 충실히 여는 것이 우리 인생의 본분이 아닐까?

어느 날, 대학원 준비생인 남동생이 내게 고민을 말했다. 대학을 졸업하고 대학원을 준비하는 과정에서 '무소속'이 주는 상실감을 겪고 있다고 했다. 면접을 볼 때 자기가 이뤄놓은 게 별로 없다는 것을 깨달았다고 했다. 쓸 게 없었단다. 무소속 경험이 많던 나는 동생에게 이렇게 이야기했다. "경험을 한줄 한줄 순서로 풀어놓는 시스템 자체에 문제가 있는 거야. 네가 살면서 한 경험은 네 안에 있어. 시스템 문제를 너의 문제로 바라봐선 안 돼. 어딘가에 소속돼야만 안정감을 느낄 수 있다면 자신을 스스로 대변하지 못한다는 뜻이 아닐까? 무언가를 이룬 '너' 말고 아무것도 이룬 것 없어도 너 자신을 정의할 줄 알아야 해." 내가 해줄 수 있는 최선의 말이었다. 이 말을 듣고 동생이 무엇을 느꼈는지는 모르겠다. 다만, 누나인 나 역시 어딘가에 소속되지 않고도 이렇게 살고 있지 않냐고, 아이러니하게도 지금의 내가 나는 가장 좋으며 가장 나답다고, 그러니 너도 스스로 우뚝 서길 바라고 있다고 말해주고 싶었다.

우린 다 불안하다. 날 인정해주지 않는 사람들, 노력해도 오를 수 없는 많은 것들 속에서 무력감도 느낀다. 새벽에 일어나보자. 그때만큼은 그런 감정, 아무래도 괜찮다. 나와의 경쟁에서 이긴 성취감과 아침 하늘을 바라볼 여유, 새들이 지저귀는 소리를 듣는 것, 아침인데도 아직 달이 떠 있는 광경들이 우리에게 우뚝 설 방법을 알려줄 것이다. 그렇다. 내가 새벽에 일어나면서 바뀐 점은, 이제 나는 불안하지 않다는 것이다.

글은 명상이자 공헌이다

서른 되어 돌아보니
곁엔 사람이 없고
풍족한 시간 보내자니
한 끼 채울 여비도 없구나

자존감은 언제 바닥이 난 것인지
있기는 했었는지
나는 누구인지
서른이란 숫자만 진실이구나

내가 지어본 시다. 나는 딱 저랬다.

쇠창살 쳐진 1층 자취방, 그 우울한 느낌이 싫어 기어코 이것저것 인테리어를 했지만 좁은 집이 넓어지진 않았다. 딱 그만큼이 내 발 디딜 곳이었다.

집 주변에 누가 버리려고 내다 둔 책상이 반가워 우리 집으로 데리고 왔다. 좁은 공간에 투박한 책상을 두니 153cm 단신인 내가 눕기도 버거울 만큼 집이 꽉 찼다. 어두운 고동색 책상 위에 반가운 마음으로 이 책 저 책 올려두었지만 없는 와중에 마음이 심란해 읽히지 않았다. 세상이 잘 돌아가는데 나는 어떤 기능을 하며 살고 있는 건지 회의감이 들었다.

회사 월급이 반영됐는지 국민연금에서 어느 정도 금액이 청구되었다. 자취하면 꼭 전입 확정일자를 받아두라고 한 아빠 말씀을 따라 그리했던 게 문제였나 건강보험료가 청구되었다. 쥐뿔 버는 돈은 없는데 새로 낼 것들은 많아졌다. 여기저기서 청구된 고지서를 올려두기 위해 책상을 들인 건 아니었는데.

할 거 없을 때면 괜히 핸드폰을 열었다. 바탕화면에 깔아둔 성경 위젯이 눈에 들어왔다. 잠언 16장 3절 말씀이었다. '너의 행사를 여호와께 맡기라 그리하면 너의 경영하는 것이 이루리라.' 마치 지금 상황의 나를 들여다보고 계시기라도 한 듯한 말씀이었다. 물 한 방울이 오른쪽 눈가에 맺혔다. '써야겠다'. 이 생각이 들어 포스트잇에 그 구절을 받아적었다. 이쁘게 쓰면 이루어지기라도 할 것처럼 써 내려갔다. 고개를 숙이고 그 종이 위에 눈물을 떨궜다. 강아지가 내게로 와서 얼굴을 핥아주었다. 감정이 겉잡을 수 없어져 마음 놓고 울었다. 계속 성경 구절을 쓰고 싶어졌다. 슬퍼져도 좋으니까 지금 이 무력한 상태를 잊고 싶었다. 아무 공책을 꺼내고 욥기서 1장부터 필사를 시작했다. 이것이 내가 글이라는 걸 쓰게 된 이유다. 그 이후부터 지금까지 계속 성경 필사를 하고 있다. 필사하고 장마다 내가 느낀 점들을 정리해서 블로그에 글을 쓰고 있다.

인생의 조각조각들은 문제 투성이다. 겪어본 문제들도 다른 모양으로 조각나있으면 단번에 막막함을 느끼기 쉽다. 두려움이나 문제 따위는 스트레스를 불러일으킨다. 슬픔이나 분노도 일으킨다. 나는 그럴 때마다 종이 위에 문제를 쏟기 시작했다. 진짜 문제가 뭔지, 이게 나에게 무슨 의미인지 쓸 게 없을 때까지 써 내려갔다. 그 문제를 해결하기 위해 내가 할 수 있는 게 뭔지도 정리하듯 적었다. 종이 위에 적은 것을 읽어보니 해결점들은 생각보다 간단했다. 무엇보다 내가 통제할 수 있는 것이 있다는 게 큰 의의였다. '문제'는 막연해 보이지만 써서 보면 결국 해결할 수 있다는 것을 알게 되었다.

새벽인으로 도전하면서도 내가 새벽에 일어나야 하는 이유와 일어나지 못하는 이유에 관해서 쓰고 무엇을 할 수 있는지 적기 시작했다. 지금 여러 사람과 함께 새벽을 깨우면서 블로그에 새벽 칼럼을 쓰고 있다.

남자친구와 이별했을 때엔 정리되지 않은 감정을 편지형식으로 썼다. 나에게 건네는 위로의 글도 썼다. 그 분량이 100페이지도 넘었다.

지금은 내가 살아오며 했던 경험과 노하우, 시행착오들에 대한 글을 쓰며 이 글을 읽는 사람들이 더욱 나은 선택을 하며 풍요로운 삶을 살 수 있길 바라고 있다. 그렇게 긴 호흡으로 써 내려간 글들이 모여 책이 된다. 맞다. 나는 책을 쓰고 있다. 누구에게나 타인에게 건네줄 '나'만의 메시지가 있다. 나는 A4용지 100장 분량의 글을 쓰며 그것을 깨달았다.

성경 필사, 문제를 위한 글쓰기, 새벽 칼럼, 이별 편지, 나란 이야기 등을 글로 써 내려가며 무엇을 얻었냐 혹은 무엇을 느꼈냐고 묻는다면 나는 이렇게 대답한다. 내가 살아온 모든 날을 껴안을 수 있게 되었다고. 그 삶의 주인공인 '나'를 더 사랑하게 됨을 넘어 오롯이 사랑해주게 되었다고 말이다.

남자친구와의 이별은 다른 부수적인 일들을 의미 없게 만들었고 나는 당연히 그 이별에 순응할 수 없었다. 그러나 이별 편지를 쓰면서 왜 우리가 이렇게 되어야 했는지, 이 상황이 내게 주는 의미가 뭐였는지 하나둘 정리되기 시작했다. 해결점이 보였다. 내가 바꿀 수 있는 것은 나 자신뿐이었다. 나는 그 상황을 받아들였고 다음은 바꿔야 할 내 모습과 직면했다.

우린 두렵다. 나를 보는 '너'들에게 좋은 사람으로 비춰고 싶다. 그래서 문득문득 나의 본 모습과 목소리를 어딘가 흘리거나 잃어버린다. 우리는 외롭다. 그래서 사람을 원한다. 그러면서도 마음 문을 열지 못한다. 진짜 '나'가 누군지도 모르면서 그런 나를 오롯이 받아주는 사람이 있을까 싶어서.

글을 쓰자. 참 이상하다. 글은 누구나 쓸 수 있는데 그 방법에 대한 강의와 책들이 넘쳐난다. 왜일까. 글을 쓰고자 하는 욕구는 많은데 또 우린 방법을 찾는다. 좋고 멋진 방법만 추구한다. 됐다. 글의 본질은 뭘까를 생각해보면 그런 건 다 액세서리다. 읽는 사람이 공감하고, 그 내면에 동기를 불러일으키고, 더 나아가 행동할 수 있게 하는 글은 힘이 세다.

그래서 글은 아웃풋이다. 모든 생각이 내 안에 흘러들어왔다. 나에게 인풋 된 생각들을 꺼내 정리하고 분류해서 바라보는 작업이 아웃풋이다. 쓰면서 머리는 계속 생각이란 걸 한다. 그 생각을 또 글로 쓰는 선순환이 우리 모두를 글쟁이로 만들어준다. 문제가 인풋 됐으면 해결점을 아웃풋 해야 한다.

새벽에 일어나고 싶은데 못 일어나겠다면 글을 써보자. 상사가 괴롭히는데 이상하게 짜증이 나는가? 객관적으로 써보자. 답이 보일 것이다. 문제가 무엇인가? 객관적으로 써보자. 사람들이 하루 한 번이라도 문제라 느끼는 것에 대해 객관적 사실로 글을 쓴다면 아주 쉽게 그 문제를 풀 수 있을 거라고 확신한다.

나는 성경 구절을 썼을 뿐인데 눈에서는 눈물이 나왔다. 이상하지 않은가? 쓴 걸 읽었을 땐 더 쓰고 싶은 생각이 들었다. 이것도 이상하지 않은가? 쓰는 행위란 게 무엇이길래 사람을 울게 하고 계속 쓰고 싶단 욕구를 느끼게 했을까? 운다는 것은 내 속에 있는 아픔이 밖으로 나왔다는 증거다. 울지도 않고 참고 억눌러도 상처는 치유되지 않고 남아있다. 그 상태로 큰 어른을 보고 '어른아이'라고 하며, 심리적 용어로 '내면 아이'라고 부른다. 나는 글을 쓰며 치유됐다. 나를 사랑하게 됐고 타인이 아니라 나 스스로 자신을 아껴주는 방법을 터득했다고 감히 말할 수 있다.

고대 그리스의 실천가이자 역사가였던 크세노폰은 페르시아제국을 건설한 위대한 왕 키루스에 대한 글을 써 책으로 엮었다. 그 책은 후대에 전해져 알렉산드로스 대왕, 마키아벨리, 피터 드러커를 거쳐 지금 우리에게까지 영향을 미치고 있다. 개인이 쓴 글이 세상에 기여한 것이다. 크세노폰이라 가능한 게 아니다. 나도 당신도 가능하다.

글은 세상이다. 글은 사람이자 거울이다. 물이끼가 낀 거울 앞에서 아무리 얼굴을 비춰봐도 선명하지 않다. 생각이 그렇다. 글은 내 생각이 보이게끔 만들어주는 도구다. 사람이 쓴 글이라 하여 글은 사람이다. 그런 사람이 모여 사는 곳이 세상이라 글은 또 세상이다. 내가 아는 존경하는 작가님은 글에 대해 이렇게 말씀하셨다. "글은 사건을 제삼자의 입장에서 바라보게 만듭니다."

쓴 글을 다시 읽어보면 참 잘 썼다 할 때가 있고, 이게 웬 쓰레기인가 싶을 때가 있다. 내가 멋들어지게 썼다고 생각한 글인데 다시 보면 가관이다. 그렇게 글은 제삼자의 눈으로 바라볼 수 있다. 글은 사건과 개입이 없는 사람이다. 보다 냉철하고 이성적으로 해결점을 찾을 수 있다는 소리다.

글의 종류는 다양하다. 그러나 개인에게 가장 도움이 되는 글은 문제해결을 위한 글쓰기다. 나는 그것을 '쏟아붓는 글쓰기'라고 부른다.

딱 거기서부터 시작하자. 그동안 우리가 써온 일기는 답이 없는 글이었다. 오늘 무슨 일이 있었고, 그건 재밌었고, 얘는 저랬다 정도의 이야기. 그래서는 나중에 그 글을 봐도 정확한 상황이 이해되지도 않을뿐더러 미래의 나에게 성장의 영향을 끼치지도 못한다. 상처받은 일이 있으면 집에 돌아와 자신에게 '괜찮다 괜찮다' 하지 말자. 내 안의 나는 괜찮지 않을 수도 있다. 꺼내주자. 해결을 찾는 글을 써보자. 쓰다 보면 더 많고 다양한 글을 쓰고 싶어질 것이다. 그리고 그건 반드시, 분명히 자신을 사랑하는 길로 이어진다. 쓰는 삶을 살자. 청춘은 지나가도 기록은 남는다. 지금 자신이 얼마나 멋진 사랑을 하고 있는지 쓰자. 객관적이고 구체적으로 쓰자. 부모님이 전화로 어떤 말을 했다면 쓰자. 그 말을 듣고 기분이 나빴다면 그것도 쓰자. 그리고 읽어보자. 기분 나쁠 일이 아니었는데 나는 왜 기분이 나빴을까 알 수 있다. 쓰면 뭐가 자신을 행복하게 하는지도 알 수 있고, 나를 슬프게 하는 이유와 화날 때를 알 수 있다. 그게 모이면 어떻게 되겠는가. 그렇다. 바로 남들이 다 몰라서 이제야 고민하는 '나는 누구인가'에 대한 답을 얻을 수 있게 된다. 그러니까 글은 작게는 명상이며 크게는 공헌이다.

20%의 노력, 80%의 시스템

    기록이란 걸 처음 시작한 때가 언제인가? 학생 때 필기를 떠올릴지도 모르겠다. 나는 수업시간에 공책에 뭔가 필기해본 적이 없다. 분명히 그런 적이 있었을 텐데 학창시절에 공부하던 모습은 기억 속에 전혀 남아있지 않다.

    그런 내가 드럼을 치기 시작하면서부터 노트에 뭔가를 적어 내려가기 시작했다. 음악엔 다양한 분야가 있다. 박자가 빠르냐 느리냐에 따라 장르며 분위기 등 모든 게 바뀌었다. 리듬도 달랐다. 대여섯 가지 되는 교재마다 일주일간 해야 하는 숙제들도 차고 넘쳤다. 나는 선생님이 알려주시는 걸 하나도 빠뜨리지 않고 전부 소화하고 싶었다. 뭘 해야 한다고 말씀하실 때마다 잊어버리지 않게 바로 노트에 적었다. 따로 숙제리스트를 만들어 적은 건 물론이다. 연습을 마친 뒤엔 어떤 연습을 완료했는지 기록했다. 그런데 이상하게도 하루만 지나도 어제 쓴 노트의 내용이 뭘 의미하는지 기억이 가물가물했다. 한 줄로 간단하게 기록했던 게 문제였다. 가령 4bit 리듬을 박자 40에 맞춰서 연습했다면, 시간과 박자, 교재 페이지, 느낀 점까지 써야 내가 이걸 얼마큼 연습했고 진전이 있었는지 알 수 있다. 세세하게 기록을 하기 시작한 뒤부터는 각 연습에 할애한 시간까지 기록했다. 한 파트 연습을 하는데 너무 오랜 시간을 할애해버리면 나머지 연습할 시간이 확보되지 않았기 때문이다. 드럼 의자에 앉아있는 동안은 늘 노트를 옆에 두고 적었고, 잠시 물을 마시러 일어나는 몇 분마저도 기록했다. 집에 돌아와 하루 동안 몇 시간 연습했는지 합산했다. 그럼 내일은 어떤 연습에 얼마큼의 시간을 들여야 하는지 보였다. 덕분에 5~7개 정도의 파트 숙제를 매주 모두 완료할 수 있었다.

20살 이후로는 책을 읽으면 반드시 수기로 독서 노트를 썼다. 그때도 스마트폰이 있었고, 컴퓨터로 입력할 수도 있었지만 나는 꼭 수기로 썼다. 점점 불어난 독서 노트는 내게 용기 사전과도 같았다. 읽은 책의 느낌은 기록된 것에 의존할 수밖에 없다. 기록되지 않은 것은 기억에서 소멸했다. 그래서 더욱 부지런하게 열심히 노트를 썼다. 이것이 나중에 얼마큼의 힘을 줄지 알기에 그랬다.

처음엔 인상 깊은 문구만 골라서 썼다. 그러다 실천할 것들도 쓰기 시작했다. 나중에는 모르는 한글단어, 저자의 이야기, 책에서 나온 실험 및 사례, 인용구, 알아두면 좋은 정보들까지도 따로 썼다. 지금은 저자의 말에 내 생각까지 붙여 메모의 메모를 한다. 드럼 입시를 준비하던 순간부터 지금까지 쭉 '기록결벽증'에 걸린 듯 써나갔다.

책을 읽기 위해서는 분량에 따라 읽을 시간을 마련해야 했다. 어떻게 하면 효과적으로 책을 읽을 수 있을지 관련 책을 찾아 읽으며 배웠다. 그걸 적용하며 시간 관리를 해나갔다. 지금은 월평균 21권의 책을 읽고 있다. 외출이 많은 날엔 이동 중에 책을 읽는다. 주간기록표를 보며 시간내역서를 분석하고 낭비의 요인을 제거하기 위해 노력한다. 최근 1년부터는 업무를 하기 전 미리 전체를 조망하며 마인드맵으로 정리를 한다.

양이 많은 분량을 수기로 쓰는 게 쉽지만은 않았다. 내가 계속 지속할 수 있었던 이유는 다름 아닌 '미래' 때문이었다. 미래의 내 아이들에게 꼭 이 노트를 보여주고 싶다는 생각이 들었다. 책을 읽어보니 청춘이 귀하고, 그런 귀한 것은 꽤 빠르게 지나간다는 것을 배웠다. 우리 엄마를 보면서 가끔 조용히 생각해본다. 엄마의 젊은 시절은 어땠을까. 내 나이 즈음의 엄마를 나는 평생 만나볼 수 없다. 가끔 엄마가 젊은 나에게 잔소리를 하시면 나는 "엄마가 몰라서 그래."라는 말을 한다. 엄마의 젊은 날을 모를 뿐이었는데도. 미래에 내가 사랑과 존경으로 키워낸 아이도 그와 같은 말을 한다면 내 기분이 어떨까 생각했다. 그래서 젊은 날의 흔적을 많이 만들어두고 싶었다. 물론 사진도 있지만, 외면이 아니라 그때의 내 생각과 고민까지도 알려주고 싶었다. 엄마가 된 나와 대화를 할 기분이 아니면 서른 즈음의 청춘이었던 엄마와 이야기할 시간을 내 독서 노트에서 찾길 바라는 마음으로.

연습 노트에 시간을 기록하면서도 난 그게 시간 관리인걸 몰랐다. 언젠가 연습실에 물난리가 났는데 그 노트가 물에 젖어 소실하고 말았다. 내 시스템의 초석이었던 물건이라 지금도 가끔 그립다.

존경하는 링컨 대통령은 "내게 나무를 벨 1시간이 주어진다면 나는 도끼를 가는 데에 50분을 쓸 것"이라고 말했다. 실제 일에 투입하는 시간보다 준비하고 정리하는 시간이 더욱 중요하다는 것이다. 전체를 조망하지 않고 무작정 일에 뛰어드는 것은 노력 측면에서 효율적이지 못하다. 노력은 에너지다. 에너지는 시간이 지나면 줄어든다.

　일단 행동하는 게 생각만 하는 것보다 낫지만 전체를 조망하는 시스템이 우선되어야 한다. 나는 책을 쓰기 전, 먼저 마인드맵으로 정리를 한다. 가끔은 정리하는 시간이 더 오래 걸리기도 한다. 정리하지 않고 무작정 쓰다 보면 글이 샛길로 새는 경우도 있고, 한 말을 또 하는 경우도 생긴다. 도끼를 갈지 않고 1시간 동안 무딘 날로 나무를 베어봤자 힘만 들 뿐이다. 링컨은 그 사실을 알았다.

　시간을 관리하고 파악해야 하는 것도 그래서 중요하다. 어디에선가 책을 읽는 사람들은 시간 관리를 잘하는 사람이라는 말을 들은 적이 있다. 책은 급하지는 않지만 중요한 일이다. 하루 중 일정 시간을 정해 놓지 않으면 읽을 수 없다. 그러므로 계획 안 세우면 못 읽는다. 중요한 시간을 위해서는 나머지 시간을 포기해야 한다. 링컨 대통령은 독서광이었다. 그는 "책을 한 권 읽은 사람은 책을 두 권 읽은 사람에게 지배당한다"라고 말했다. 링컨 대통령도 틀림없이 시간이란 시스템에 기초하여 책을 읽고 업무를 봤을 것이다.

　시간을 잘 썼는지 알 방법은 계획을 세우는 것이다. 계획했던 시간과 실제 쓴 시간을 비교하고 수정하면 된다. 시간 계획을 세우지 않는 것은 목적지도 정하지 않은 채 네비게이션에게 어느 길로 가야 할지 묻는 것과 같다.

　내 노력을 투입하기 전에 먼저 전체를 조망하는 시스템을 가지자. 거창할 것은 없다. 친구를 만날 때 목적지를 확인하고 집에서 외출할 시간을 정하는 것처럼, 무슨 일을 할 때도 목적지가 어딘지 바라보고 어떤 일부터 해나가야 하는지, 그러기 위해 얼마간의 시간이 필요한지 파악하자. 우리의 노력과 열정과 동기가 샛길로 새어나가지 않도록.

좋은 습관은 작품을 남긴다

미루는 습관이 있는가? 나는 더러 있다. 이 책을 쓰기 불과 몇 개월 전만 해도 내가 미루는 것이 꽤 많았다. 그 중 대표적인 두 가지는 귀가 후 바로 화장 안 지우고 버티는 것과 설거지를 쌓아두는 것이었다. 창피하지만 나는 부모님과 함께 살던 때 나서서 설거지해본 적이 손에 꼽았다. 그러다 자취를 했고 끼니를 제시간에 챙겨 먹지 못했다. 그러다 보니 매사에 힘이 없었다. 힘이 없으니까 설거지를 할 기운도 나지 않았다. 혼자 사니까 모든 집안일을 내가 해야 했고 그건 곧 내 시간을 그만큼 할애해야 한다는 뜻이었다. 최대한 미루기 시작했다. 밥과 반찬 한번 꺼내서 먹으려고 해도 처리해야 할 설거짓거리들이 많아졌다. 그래서 최소한의 반찬만 꺼내 먹기 시작했다. 하루는 냄비를 쓰려고 찾는데 전에 쓰고 설거지를 해두지 않았다는 게 생각났다. 배가 고팠지만, 설거지하기 싫어서 음식 해 먹는 것을 포기하기도 했다.

집에 돌아오면 대개 체력이 바닥났다. 화장 지우는 게 그렇게 귀찮을 수 없었다. '지워야지' 하면서도 이것저것 하다 보면 더 피곤해졌다. 겨우 지우고 나면 '몇 분밖에 안 걸리는데 이게 뭐라고 그렇게 귀찮담' 하는 생각이 들었다. 가끔은 지우는 걸 포기하고 그냥 자버렸다. 다음날 피부는 칙칙했고, 뱀껍질 같은 흰 것이 피어나기도 했다.

좋지 않은 감정적 습관도 몇 개 있다. 난 감정에 솔직한 편이다. 싫은 건 싫은 거고 좋으면 마냥 좋다. 아첨할 줄은 모르고 아닌 건 아닌 거다. 술 먹고 행패 부리는 아저씨와 싸우기도 한다. (매번 그런 건 아니다.) 주로 배가 고프거나 체력이 바닥나면 기질이 더 예민해지는 편이다.

그런 모든 긴장에서 해방되는 시간은 오롯한 밤이다. 나는 이 시간에 맥주 마시는 걸 즐긴다. 혼자서 1000cc 이상도 마셨다. 밤에 마시는 맥주는 다음 날 아침 기상을 방해한다. 깊은 피로감을 느끼면서 맥주를 꾸역꾸역 마시고 쓰러지듯 잠자리에 들곤 했다.

그러나 좋은 습관이 나쁜 습관보다 더 많다. 나는 스스로 공부하는 걸 참 좋아한다. 물론 지금은 학생도 아니고 누가 내주는 숙제 같은 게 없으니 당연하지만 어릴 때도 누가 시키는 공부는 하지 않았다. 나는 모르는 게 있으면 질문을 한다. 책을 읽다 의아하거나 모르겠는 부분은 기록한 후 스스로 답을 찾는다. 온라인 강의를 들을 때도 알아둬야 할 부분, 의아한 부분은 키워드를 기록하고 해결을 위한 공부로 이어간다. 이런 것들은 선순환 된다. 알기 위해 읽고 모르는 걸 찾기 위해 다시 읽고 배우는 선순환. 강의를 들을 때도 강사님 말씀에 궁금증이 생기면 손을 들고 질문한다. 이대로의 내 모습에서 벗어나고자 했던 간절한 마음이 적극적 질문으로 이어졌고 그게 습관이 돼서 지금은 질문이 편하다.

나는 주로 책에서 배운다. 마인드맵으로 키워드를 기록하고 공부한다. 그게 지금은 세계사 공부로까지 이어졌다. 지적 호기심을 따라가는 나를 느낄 때면 부모님께 늘 감사한다. 공부에 대한 압박이나 부담감을 느껴본 적이 없기 때문이다. 나에게 공부는 즐거운 생활이다. 이 글을 쓸 때도 먼저 마인드맵으로 전할 메시지를 짜두었다.

목표를 정하거나 기록하는 것도 가장 좋아하는 좋은 습관이다. 나는 거의 모든 걸 기록하는 편이다. 예를 들면 일할 때 상사나 사장님이 하는 말 같은 것도 다 기록해둔다. 날짜와 시간까지 꼭 쓰고, 웬만하면 그 자리에 있던 사람과 상황까지도 쓴다. 그들을 위해서라기보단 그들이 한 말을 나중에 번복할 수 없게 하려고 그랬다.

한번은 카페 사장님과 단둘이 업무에 관해 이야기를 나누는데, 사장님이 다음 달부터 시급을 8,000원을 해주겠다고 하셨다. 당시 내가 받아야 할 주휴수당이 20만 원 정도였는데, 그냥 월급에 10만 원만 얹어서 달라고 했던 게 고마우셨던 모양이다. 나는 그날 대화 내용을 모두 기록했다. 날짜, 시간, 사장님이 그렇게 말한 이유, 감정까지도 기록했다. 나중에 예기치 않게 서로 간 불화가 생기고 사장님이 말을 번복하자, 나는 그 기록을 토대로 공공기관에 증거를 제출할 수 있었다. 그리고 결국 받지 못한 급여를 받을 수 있었다.

모든 사람에게 천사가 되고 싶었던 때가 있었다. 그러다 언젠가 카네기가 한 말을 통해 인간관계를 새롭게 바라볼 수 있게 되었다. 카네기는 "당신에게 상처 준 사람을 생각하느라 시간을 낭비하지 말라"고 했다. 그 후부터는 내 곁에 있어 주는 고마운 사람들에게 초점을 맞췄다.

사람들에게 선물하게 될 때면 반드시 직접 포장을 해서 주었다. 한때 포장하는 방법에 관심이 생겨서 직접 해보면서 익혔다. 팬시 사이트에서 페이퍼북을 사고 손수 포장을 해서 주자 매우 좋아했다. 주로 선물과 함께 손편지를 써서 주는 편이다. 축하할 일이 있을 때나, 오랜만에 만나는 사람에게 혹은 뜬금없이 손편지를 쓴다. 편지 봉투나 편지지, 페이퍼북, 노트, 풀, 마이킹테이프 등은 늘 여분을 사서 모아두는 스타일이다. 3단 트롤리에 모든 문구류를 모아 보관한다. 페이퍼북을 오려 직접 편지 봉투를 만들기도 하고, 작은 상자도 직접 만들어서 선물을 넣어주기도 한다. 손편지를 쓸 때 초안은 에버노트에 기록하고 다듬어서 정리 본만 편지지에 옮겨 쓴다. 그래야 말이 옆으로 새지 않고 분량도 딱 맞춰서 쓸 수 있다.

사람일기를 쓰는 것도 내 좋은 습관이다. 만난 사람이 최근 겪었던 일이나 했던 말, 준비 중인 것 등을 간단하게 디지털로 기록한다. 누군가를 만나러 갈 때 사람일기 노트를 펴서 한번 살핀다. 최근 근황을 묻기도 좋고 그 사람의 말을 기억하고 있다는 마음의 표현을 하기에도 적절하다.

나쁜 습관 대부분은 미루는 습관이다. 반대로 좋은 습관은 주체적인 것들이다. 주체적이란, 내가 스스로 결정해서 한다는 뜻이다. 그러려면 좋아해야 한다.

이렇게 글로 기록해보니 내가 가진 좋고 나쁜 습관들이 무엇인지 나도 더 잘 알게 되는 것 같다. 미룬 것들은 나중에 더 큰 부담을 안겨주었다. 그게 육체든 정신이든 간에. 화장을 지우기 귀찮아서 그냥 잔 다음 날, 내 피부는 뱀껍질처럼 하얗게 일어나기 일쑤였다. 내 감정적 습관대로 상대에게 화를 내자 상대도 화를 냈다. 서로가 상처받는 악순환이 이어졌다. 그러나 그걸 좋은 습관으로 덮어버리자 선순환으로 바뀌었다. 가령, 나쁜 것에 '화내는 습관'이 있다면 좋은 것엔 '책에서 배우는 습관'이 있다. 나는 책에서 배운 것들을 적용해보면서 내가 가진 나쁜 습관을 좋은 것으로 대체해나갔다.

책에서 '화날 때 화를 내는 것은 하수'라고 했다. 그다음부터 내가 화날 때 왜 화가 나는지 들여다보기 시작했고, 감정을 정리해서 상대에게 이야기해줄 수 있게 되었다. 그 뒤로 지금까지 아직 화를 내본 일은 없다. 화를 내는 것은 내가 화를 내겠다고 결정한 것뿐이라는 걸 배웠다. 장족의 발전이다. 남동생을 비롯한 내 가족에게 나는 '폭탄'과 같은 존재였으니까. 이제 내가 성장해야 할 것은 상대가 준 상처를 받아들이고 상대를 용서하는일이다. 사람은 누군가를 "걱정하고 사랑하니까 그러는 것"이란 말로 바로그 사람에게 상처를 입힌다. 나도 그래서 받은 상처가 있다. 용서, 그 너머에 날 아프게 한 사람한테 먼저 다가가는 것까지가 내가 넘어서야 할 장벽이다.

"좋은 습관은 작품을 남기고 나쁜 습관은 아픔을 남긴다."라는 말이 있다. 유튜브로 자주 보는 강연에서 가수 출신 연사가 한 말이다. 그녀는 자신의 아픔을 치유하기 위해 미술을 시도했다. 그것들이 작품이 되어 그녀의 아픔을 덮어주었다. 내가 아픔을 치유하기 위해 쓰기 시작했던 성경 구절도 차곡차곡 쌓여 작품으로 남았다. 지금 내가 쓴 성경 필사 노트는 4권이다.

성공의 95% 쯤은 습관이다. 그러므로 성공은 곧 습관에 따라 오는 산물이다. 아프고 슬플 때, 감성적 습관에 의지해서 밤마다 맥주를 마셨다면 그고통은 치유될 수 있었을까? 더불어 내게 남는 게 있었을까? 이해가 안 되고 열 받게만 구는 사람에게 화를 내고 연락을 두절한다 한들 남는 게 있을까? 중요한 것은 내게 있는 좋은 습관들을 이용해서 나쁜 습관을 덮어버리는 것이다. 그러면 모든 것은 선하게 돌아간다.

당신의 좋은 습관은 무엇인가? 그걸 이용해서 나쁜 습관을 덮자. 나쁜 습관이 아예 없는 사람은 매력이 없다. 그러나 바꿔야겠다고 인지한 게 있다면 그 나쁜 게 당신에게 아픔을 남기기 이전에 얼른 바꿔서 작품으로 만들자. 당신의 작품은 무엇인가?

내가 먼저 많이 행복한 것이 성공이다

스물두 살에 음악 연습실을 차렸을 때 사람들은 나에게 성공했다고 말했다. 사업 수완이 좋다고 했지만, 아이디어는 동기 오빠가 주었다. 나는 그걸했을 뿐이었다. 남들이 다 가고 싶어 하는 대학에 입학했을 때도 사람들은 내게 성공했다고 했다. 그러나 나는 그 대학에 들어갈 만한 자격이 있었다. 모든 시간과 에너지를 좋아하는 그 일에 쏟았으니까. 내가 회사도 안 다니면서 해외여행 다니는 걸 보면서도 사람들은 내게 성공했다 말했다. 회사에 안 다니니까 돈을 많이 못 벌 텐데 어떻게 해외여행을 가는지 의문스러워 했다. 그 의문은 당연히 '연습실이 잘 돼서 수익이 많아 그렇겠지'로 귀결되었다. 그러나 둘 다 아니었다. 돈이 있어서 해외여행을 간 게 아니었다. 비행기티켓만 일단 저지르고 나머지는 수습하듯 모아 떠났다. 가끔은 빚을 내서 갔다.

나는 20대 초반에 '돈이 없어서' 하고 싶은 걸 못했다는 변명은 내 삶에서 하지 않겠다고 다짐했다. 하고 싶은 걸 돈이 없으니 못한다고 생각해버리면 나 자신이 할 수 있는 게 아무것도 없다. 그러나 돈은 없지만 하고 싶은 걸 할 방법을 찾으면 이 넓은 세계에서 작은 나 하나쯤을 위한 기회는 반드시 왔다. 이 글을 쓰게 된 계기도 그런 간절함에서 얻은 귀한 기회의 일환이다.

운영하는 연습실에 나보다 9살이 어린 동생이 한 명 있다. 그 친구와의 인연은 벌써 5년이 다 되어간다. 한번은 그 친구가 이런 말을 했다. "언니, 저는 다음에 태어나면 냇가에 머무르는 조그만 조약돌이 되고 싶어요." 지금 스물 두 살인 친구의 입에서 나올 말치고는 지극히 소박했다. 스물 두 살의 내가 온 세계를 여행하며, 세계 최고의 여자드러머가 되겠다고 꿈꿨던 것과는 대조적이었다. 왜 그런 조약돌이 되고 싶은지 물었다. 동생은 조약돌은 극히 작아서 아무도 관심을 두지 않지 않냐고, 그런 존재가 돼서 냇가에 흐르는 시냇물 소리를 들으며 살고 싶다고 했다.

SNS가 창궐하면서 우린 모르는 어떤 이의 삶도 엿볼 수 있는 시대에 살게 되었다. 다들 성공한 듯 보이는 일상은 고립감을 안겨주기도 한다. 이상한 패배감과 무력감을 느끼기도 한다. 이런 시대에 우리가 말하는 행복과 성공은 모두 타인의 시선이 아닐까.

나는 주로 아침에 일어나 책을 읽거나 청소를 한다. 아직 해가 뜨지 않은 시간에 책을 읽다 보면 어느새 참새가 지저귀기 시작한다. 하늘이 밝았다는 뜻이다. 기지개를 켜고 읽은 것들을 정리해본다. 저자가 한 말을 곱씹으며 오전을 보낸다. 오후엔 강아지와 놀거나 공부를 한다. 지금 영어와 힌디어, 한자를 공부하고 있다. 우선순위를 확인하며 처리할 것들을 해나간다. 저녁이 되면 남동생과 하루 한 끼를 함께 먹기도 하고, 어떻게 하면 배운 걸 내 일에 적용할 수 있을지 고민한다. 그중 실행은 얼마나 했는지 점검하기도 한다. 그래서 모든 것을 기록해둔다. 생각과 기록, 독서로 하루를 채운다. 24시간이 오롯이 내 시간이다. 타인이 시켜서 하는 일은 없다. 내가 만든 일, 내가 좋아서 하는 일들이 채워진 하루는 과거가 되어도 배움으로 승화되어 남는다. 내 꿈과 비슷한 사람들과 교류한다. 모든 걸 기록으로 남겨 기억하려 애쓰고 있다.

이런 내 하루의 연속에서 문득 나는 성공한 사람이란 것을 깨달았다. 행복하기 때문이다. 여유롭게 쓸 돈이 없어 낙담할 때가 있지만 지금 내가 행복하다 말할 수 있는 이유는 두 가지다.

첫째, 행복은 선택하는 것이다. 나는 지금 몇십만 원으로 생활하며 쓸데없는 지출은 하지도 못한다. 여름에 신던 샌들은 단 하나였다. 주로 강남 지하상가에 있는 한 신발 매장에서 신발을 산다. 2017년 가을에 다 팔리지 않고 남은 샌들을 3만 원 조금 넘는 돈을 주고 샀다. 그리고 올해 덥고 길었던 여름내 그 신발 하나로 여름을 났다. 청 재질로 된 샌들은 발가락 부분이 다 헤져서 하얗게 변했다. 올가을 다시 찾은 매장에서 가을 신발을 하나 사면서 신고 있던 그 샌들을 버렸다. 더 이쁘고 다른 스타일의 신발을 두루 사고 싶었으나 꼭 없어서는 안 될 것들이 아니라서 사지 않았다. 이렇게 살면서도 나는 행복하다. 행복은 얼마나 가졌느냐에 따라 주어지는 것이 아니라 단지 선택하는 것임을 깨달았다. '내게 어느 정도의 돈이 있다면', '내게 더 이쁜 옷들이 있다면'이란 조건을 달지 않아도 행복은 얻을 수 있다.

둘째, 나답지 못하게 하는 생활을 꾸역꾸역 해내지 않아도 된다는 것이다.

결국 내가 행복하다고 말할 수 있는 이유는 '통제권'을 가졌기 때문이다.

회사에 다니지 않으니 누군가 내게 돈을 주지 않았다. 어떻게 하면 돈을 벌 수 있을지 매일 매시간 생각하지 않으면 안 되었다. 그런 결핍과 압박이 긍정적으로 작용했다. 좋아하는 일을 선택하고 그것을 할 권리, 스스로 기회를 탐색할 권리, 내가 통제할 수 없는 문제 중에서 할 수 있는 일을 찾아낼 권리. 경제적 자립이 완성되기까지는 지난한 시간이 필요하지만, 행복은 조건 없이도 얻을 수 있다는 것을 깨달았다.

회사를 뛰쳐나오라는 말이 아니다. 내 경우에는 자의 반 타의 반으로 회사와 아르바이트를 포기해야만 했다. 지금 여차여차 일을 구한다 한들 중요한 것은 지금이 아니라 미래였다. 미래엔 대체 불가능한 사람이 되어야 했다. 그렇게 나는 현재를 담보로 구직단념자가 되었다. 전문적으로 배우고 싶은 일이 있다면 구직을 하겠지만 지금은 아니다.

성공이란 단어만큼 추상적인 게 있을까? 행복이란 말처럼 불투명한 게 있을까? 한국 사람들은 행복에 관심이 많다. 그것은 지금 우리네 삶이 행복하지 못하다고 느끼기 때문이다. 나는 행복을 좇는 데 관심이 없다. 지금 행복하기 때문이다.

침대에 누워 팔을 쫙 펴보자. 팔 끝에 달린 손을 보자. 거기 손가락 5개가 있고, 손가락 사이엔 마디마디가 있다. 신기하지 않은가? 손가락에 마디가 없었다면 우린 무언가를 쥘 수 없었을 것이다. 그런 경이로움을 매일 몸에 달고 살면서 주어지지 않은 것만 바라보는 것은 과욕이다.

난 대학에 들어갔을 때 성공한 줄 알았다. 돈을 많이 벌 때도 성공한 줄 알았다. 그러나 물질에 의한 성공은 없어지거나, 무너지거나, 지나간다. 시간이 지나도 닳거나 사라지지 않을 성공을 쌓아야 한다. 그것은 바로 내면의 성공이다. 행복이 과정임을 받아들이고, 세상과 타인에게 기여하며 살아가는 것이 성공이자 행복이다. '나'라는 사람은 물질을 담을 만한 그릇이다. 물질이 차고 넘쳐도 그릇이 작으면 담을 수 없다. 억울해도 할 수 없다.

유명인사만 성공한 게 아니다. 돈을 많이 버는 것도 아니다. 모든 것이 물질적 기준이다. 우리는 영, 혼, 육으로 구성되어 있다. 그중 가장 하위가 육이며, 물질세계에 속한 것도 육이다. 물질의 많고 적음은 행복과 성공의 기준이 될 수는 있어도 가장 하위 기준이다. 영과 혼의 성공을 지향해야 한다. 성공은 거창한 게 아니다. 내가 행복하고 내가 지금 성공했다는데 누가 거기에 토를 달 수 있을까?

모든 과정에서 반드시 행복하자. 내가 먼저 많이 행복한 것이 성공이다. 작지만 확실한 성공이다. 거기서부터 행복과 꿈을 쌓아 매일 노력하며 자기 만족감을 누리며 사는 인생이 풍요로운 인생이다.

감사는 풍요의 마음이다. 없는 와중에 감사하면 앞으로 주어질 것들이 차고 넘쳐날 것이다. 없는데도 감사할 줄 아는 마음을 가졌기 때문이다. 그러니까 감사는 성공으로 안내하는 가이드라고 생각하면 좋겠다. 나는 이제 더욱 성장해서 그 과정과 노하우로 수익을 창출하는 사람이 될 것이다. 더 타인에게 기여하는 사람이 될 것이다. 우리 다 '성공'했으면 좋겠다. 성공의 정의는 다 다르지만, 주체적인 성공을 하자. 사람들이 말하는 성공이란 단어에 맹목적으로 달려들거나, 피하거나, 경멸하거나, 지치지 말자. 우리가 모두 돈 많은 CEO가 될 필요는 없다. 그럴 수도 없다. 다 각자의 자리에서, 사회의 구성원으로서 기여감을 가지며 사는 것이 참 바람직하고 보기 좋은 성공자들의 사회다. 지금도 당신이 성공한 사람이란 사실을 잊지 말며, 그 느낌을 하루 동안 최대한 많이 느끼며 살아내길 바란다. 딱 거기서부터, 당신의 성공을 쌓아가자.

콩나물 하나 그리는 것부터 시작하라

드럼을 처음 배울 때 속이 빈 콩나물을 하나씩 그리는 것부터 시작했다. 모자모양으로 생긴 쉼표가 몇 박자를 쉬는 것인지도 배웠다. 한 마디에 콩나물 속을 채워 4개를 그리면 그게 4/4에 맞는 박자라고 했다. 4분음표였다. 그 이후엔 그걸 반 박자씩 쪼갠 8분음표를 배웠다. 한 박자에 음표 하나를 치는 것과 두 개를 치는 것은 느낌이 아주 달랐다. 8분음표를 배운 이후에는 16분음표를 배웠다. 한 마디에 16개 음표를 쳐야 했다. 그렇게 쪼개가면서 연습했고 더 잘 칠 수 있게 되었다.

4분음표를 이해하지 못하고 16분음표를 칠 수는 없는 노릇이다. 음표 중에 6연음이라는 게 있다. 1박자에 6개를 치는 건데 이게 4분음표랑 8분음표를 못 하면 칠 수가 없다. 그러나 처음부터 차근차근히 해나가면 결국은 그 모든 음표를 다 이해하고 칠 수 있다. 그렇게 드럼을 꾸준히 쳤더니 원하는 대학에 들어갔다. 음악 연습실도 운영할 수 있게 되었다. 그 분야에 대한 이해와 섭렵 없이 성과를 낼 수는 없었다.

영어를 공부할 때도 처음엔 '나'로 시작하는 문장부터 배운다. 그다음에 '너', '우리', '그녀', '그' 식으로 응용해나간다. 짧은 문장을 공부하지 않고 긴 문장부터 습득하려고 하면 결국 반대로 다시 공부해야 하는 불상사가 생긴다.

처음 책을 읽기 시작했을 땐 실용도서 위주의 책을 주로 읽었다. 읽다 보니 목표를 이루기 위한 방법론을 알게 되었다. 목표를 세우는 법과 이루는 법에 관한 책들을 읽었다. 왜 목표를 세워야 하는지, 그게 인생에 어떤 의미인지 책에서 알려주었다. 더 읽다 보니 공통된 메시지를 알아챌 수 있었다. 거의 모든 책에서 목표를 이루는 방법으로 꼽은 것들이 보이지 않는 확신에서 기인한다는 것을 알게 되었다. 그때부터 잠재의식에 대해 읽기 시작했고, 내가 모르는 사이에 뇌에서 어떤 일이 벌어지는지 궁금해졌다. 종종 뇌과학에 관한 책도 찾아 읽게 되었다. 실용서적에서 기술과학으로 지식 욕구가 확장한 것이다. 처음부터 뇌과학에 흥미가 생기기란 어렵다.

인문학에 관한 책을 읽으면 주로 그 시작, 즉 역사에서부터 논하곤 한다. 인문학의 뿌리를 세운 사람들의 이야기와 우리의 교육 이야기까지 동반하는 걸 체험한 후, 데카르트 사상이 현시대 교육에까지 영향을 미쳐왔다는 것을 깨달았다. 지금 우리가 받는 교육이 옛날에 있었던 유기적인 사건에 의한 것임을 알고 난 후, 그때 일들에 관심을 가지기 시작했다. 일본의 식민지로 지냈던 기간 동안 우리 교육의 실태를 알려고 했더니 식민시대를 이해해야 했다. 3.1운동을 파악해야 했고, 6·25전쟁을 받아들이기 위해서도 3.1운동을 거쳐야 했다. 그러자 우리나라가 6.25 전쟁을 할 때 다른 나라에선 어떤 일이 벌어지고 있었는지 궁금해졌다. 공부학교를 세워 커리큘럼을 짜기 시작할 때, 역사 과목을 넣은 이유도 그래서였다. 그렇게 세계사를 공부하기 시작하고부터는 책을 읽을 때마다 역사적 사건이나 인물 혹은 키워드가 언급될 때는 반드시 기록했다. 처음부터 연계 없이 세계사에 호기심이 생길 수는 없는 노릇이었다.

최근에 읽은 칭기즈칸에 대한 책에서 뜻하지 않게 유목민들의 삶을 간접적으로 접할 수 있었다. 흥미로운 경험이었다. 칭기즈칸이 드넓은 제곱의 땅들을 정복할 수 있었던 이유는 그가 유목민이었기 때문이었다. 그때 칭기즈칸이 할 수 있었던 일은 주어진 그 하루를 살아내는 것 뿐이었다.

나는 나를 잘 안다고 생각했다. 공부해가면서 나란 사람이 도대체 어떤 사람인지 의문이 들기 시작했다. 믿었던 신념과 대치되는 공부를 접할 때도 내가 가지게 된 이 믿음들이 어디서 기인한 것인지 궁금해졌다. 결국, 모든 변화는 나로부터 시작하는 거였다. 이미 정해진 역사도 바꿀 수 없고, 다른 사람은 더더욱 바꿀 수 없다. 그보다 더 바꾸기 어려운 것은 나 자신이었다. 점점 넓어지는 공부는 그런 나를 이해하는 데 도움을 주었다.

잠언 6장 8절에 이런 말씀이 나온다. "먹을 것을 여름 동안에 예비하며 추수 때에 양식을 모으느니라." 봄에 벼를 심고 여름에 추수할 수는 없다. 그것은 자연의 이치이고, 사람은 자연이다. 자연을 닮아 살아가는 법을 배우는 것이 만고의 진리였다. 꾸준함은 자연을 닮았다.

'어른 팔로 안아도 한 아름이 되는 나무도 작은 새싹에서 자라나며, 9층이나 되는 높은 집도 땅 위에서 박은 목재 하나에서부터 시작되며, 수천 마일이나 되는 먼 여행도 사람의 발아래에서 출발한다.' 라오 추의 말이다.

우리가 어떤 변화를 꿈꾸든 그것은 꿈으로부터 출발한다. 아무리 위대한 꿈을 꿔도 현실은 그대로일 수밖에 없다. 그 현실 너머의 꿈으로 가는 사다리는 내 발아래에서부터 출발한다.

꿈은 크게 꾸되 행동은 작게 하라는 말이 있다. 나는 소원 노트에 여러 가지 소원들을 쓰고 있다. 그 소원들은 100일 안에 이룰 수 있을만한 현실적인 것들을 써야 하는 것이 규칙이다. 거기에 쓴 것 중 하나가 '월 500만 원을 버는 것'이다. 그러나 지금 나의 수익은 그 절반도 되지 않는다. 11월 26일이 만기인 그 소원은 기한 안에 이룰 수 없을 것 같다. 조금씩 높은 소원을 추구해야 하는데 나는 일확천금과도 같은 소원을 썼다. 그만한 행동과 계획은 지금 없는 상태이기 때문에 그렇다. 그러나 내가 매주 쓰는 시간계획표에 소원을 쓴 것들은 빠르면 그 주, 늦으면 그 달 안에 많은 것들이 성취되었다. 한 주 동안 바랄 수 있는 소원과 할 수 있는 걸음이 작았기 때문이다.

모든 변화는 징검다리다. 하나를 놓고 한 걸음 뗀 후, 다시 돌다리 하나를 두는 것. 그래서 성공의 다른 이름은 '꾸준'이다. 변화는 결국 깊이다. 깊이가 없는 것은 무너진다. 그래서 10년 무명이면 10년 가고, 20년 무명이면 20년 간다는 말이 있나 보다. 꾸준하게 하는 것들을 찾아 작은 목표를 세워 이뤄나가면 성과가 남는다. 그런 작은 성공 조각들이 모여 하나의 성공 퍼즐을 완성할 수 있다. 이어붙이는 것이 중요하다.

나는 처음 영어를 배울 때 수많은 표현 앞에서 주저앉지 않았다. 처음부터 긴 문장을 말하려고 욕심내지도 않았다. 영어를 좋아하는 호기심 하나로 여태껏 영어를 공부할 수 있는 '학생'으로 남아있을 수 있었다.

내가 4분음표를 공부하지 않았다면, 서울예술대학에 입학할 수 없었을 것이다. 내가 영어를 공부하지 않았다면, 당연한 말이지만 자격증 없이 영어 강사가 될 수도 없었을 것이다. 내가 시간을 기록하지 않았다면 지금 이 토록 시간의 중요성에 대해 절감할 수도 없었을 것이다. 새벽에 일어나지 않는 사람이 새벽을 갈구할 수는 없다. 그래서 먼 성공보다 내 발아래 돌다리 하나가 더욱 중요하다.

잊지 말아야 할 것은 그냥 바보처럼 서 있으면서 시간을 낭비하지는 말아 달라는 것이다. 이 책은 내 발아래 하나 놓아둔 '돌다리'다. 나는 글로벌 인재가 되고 싶고, 리더가 되고 싶고, 베스트셀러 작가가 되고 싶다. 베스트셀러는 그만큼 독자들의 생각과 맞닿아 있다는 증거기 때문이다. 그런 꿈들을 꾸면서도 내가 지금 할 수 있는 건 한 줄, 그리고 또 한 줄을 써 내려가는 것뿐이다. 매일 5분이라도 할애해 새로운 언어를 배우는 것뿐이다. 꿈을 이룰 시간을 미리 할당해두는 것 뿐이다. 어떤 날, 어느 때에 돌다리 하나를 두는 일은 시간이 이미 과거가 되었다 한들 신기루처럼 없어지지 않는다. 그 시간은 내 안에 남아 있다. 성과로 남긴 것들은 과거도 아니고 남의 것도 아니다. 누가 빼앗아갈 수 있는 것도 아니다.

누구는 치열하게 사는 것은 행복과 맞닿은 생활이 아니라고 말한다. 그러나 나는 그것이 행복한 생활이라고 믿는다. 치열하다는 것은 매번 절망을 마주한다는 의미고, 절망은 희망과 동의어이기 때문이다. 사람은 누구나 성장을 추구한다. 외적으로 성장하지 못한 사람은 배우고 깨지기보다 가진 것이 불변의 진리인 듯 누군가를 가르치려 한다. 가르쳐야 하는 사람은 바로 자기 자신이다. 상대에게 하고자 하는 말을 스스로 던지고 있는지, 스스로는 그렇게 하고 있는지 자신을 돌아봐야 한다. 사람은 다 자기만의 징검다리만 놓을 수 있다. 튼튼하게 하루하루 징검다리를 두자. 나중엔 그 다리를 통해 다른 많은 사람까지 건널 수 있게끔 성장의 돌다리를 두는 거다.

　매번, 모두가 혁신을 이룰 수는 없다. 누구는 일선에서, 누구는 보이지 않는 곳에서 그렇게 혁신을 돕는다. 그게 사회다. 그러니 치열해야 할 대상 역시 자신뿐이다. 잣대를 자신 외에 다른 사람에게 두는 순간 경쟁이 되고, 끝나지 않는 피로 속으로 들어가고 만다. 기한이 있는 일은 모두 그렇게 시간을 먹고 자란다. 시간 속에서 살아가는 피조물인 이상, 우리가 할 수 있는 것은 시간을 보내지 않고 내 속에 채우는 것뿐이다. 하루하루, 하나하나씩.

　영어를 배워도 목표를 세우고 하루하루씩, 책을 쓰고 싶다면 목표를 세우고 매일 한 장씩, 자격증 공부를 해도 이력서 한 줄보다 더 고귀한 목표를 두고 하나하나씩 그렇게. 가르치려 말고 보여주자. 당신이 하는 일을, 당신이 할 수 있는 일들을.

마치는 글
인생은 어차피 '마이웨이'

회사에 가보면 누구는 입사 5년 차, 누구는 막 들어온 신입이다. 학원에서 친해진 사람, 강연이나 세미나에 가서 알게 된 사람 등 당신이 마주하는 타인은 지금 현 시점의 그 사람이다. 당신이 과거에 했던 경험과 성과, 이루고 실패하며 느낀 것들을 상대가 알아주길 바라겠지만 타인은 전혀 알 수 없다. 당신도 마찬가지다. 당신이 보고 있는 사람의 과거나 그 사람의 행적을 알 수 없다. 그런데도 우린 사람을 보며 "그 사람은 이런 사람이야." 라고 말한다. 뭘 보고 그렇게 말하는가? 우리가 축적한 경험데이터를 통해 거의 추측으로 이뤄진 확신이었을 것이다. 당신은 어떤 사람으로 불리고 싶은가? 나는 나다운 사람으로 불리고 싶다. 그게 제멋대로라고 생각하든, 고집스럽다고 느끼든 그건 그 사람의 판단이니까 괜찮다.

나는 사회 통념적으로 생소한 생각을 몇 개 가지고 산다. 그러나 신기한 것은 이 생각이 어디서는 꽤 괜찮은 생각이란 사실이다. 몇 가지 예를 들면, 나는 나중에 내 아이를 낳으면 초등학교까지만 보낼 계획이다. 그때까지 가르치고 나면 스스로 생각할 수 있는 능력과 호기심이 충분히 길러진다고 생각하기 때문이며, 그 이후에 입학한 중학교 때부터 아이들이 질문을 잃어간다고 생각하기 때문이다.

또 하나는, '사회생활'에 대한 정의다. 조직에서 윗사람이 하는 말에 논리가 안맞아도, 무조건 묵묵할 것. 나는 이걸 못하는데, 나는 사회생활을 못 하는 걸까? 그럴 수도 있다. 그러나 구성원의 목소리를 들을 줄 알고, 납득시킬 수 있어야 하는 게 윗사람이다. 아랫사람이니까 무조건 따라야 한다, 내가 맞다는 방식이 고착화된 조직의 윗사람이야말로 자기를 다시 한번 생각해봐야 하는 것은 아닐까? '남들이 다 그렇게 생각하니까' 늘 묵묵한 것은 결코 사회생활을 잘하는 것이 아니다. 사회생활은 인간관계다. 일은 사람이 한다. 무조건 좋은 사람이 되려고 노력하는 게 사회생활을 잘하는 것일까? 모두 살아온 환경이 다른 만큼 사회생활에 대한 정의도 다른 게 맞다. 규격화된 행동이 사회생활을 잘하는 것은 아니다.

사회통념이란 것은 주로 사회를 이루는 주 구성원에 의해 만들어진다. 당신 주변엔 사업가가 많은가 직장인이 많은가, 아니면 학생이 많은가? 대부분 주변 사람들이 쓰는 언어와 하는 생각에 따라 그들이 내 생각을 바라보는 판단도 바뀐다.

내 아버지는 젊어서부터 직장인이셨다. 잠깐 자신의 사업에 도전하신 적이 있다고는 하는데, 내 기억에 없는 거로 보아 일찌감치 당신께 맞는 일로 회귀하셨던 것 같다. 어머니는 가정을 위해 체면 서지 않는 일도 마다하지 않으셨다. 나보다 오래, 내가 해보지 않은 일을 하며 크신 부모님 밑에서 나는 절대 내 생각을 굽히지 않는 청소년으로, 성인으로 자라났다. 이유 없이 혼나는 기분이 들면 왜 혼나야 하는지 모르겠다고 눈 똑바로 뜨고 이야기하곤 했다.

그 후 커서 사회에 나왔다. 이해할 수 없는 상황에 대해 질문을 던졌다. 돌아온 건 납득할 만한 대답이 아니라 그게 당연하며, 그걸 당연하게 받아들이지 않는 나에게 문제가 있는 듯한 반응뿐이었다. 과연 그럴까?

질문하지 못하는 사람은 뭘 물어야 하는지 모르는 사람이다. 질문하지 못하는 사람은 질문할 용기가 없는 사람이다. 자신에게든 타인에게든 말이다. 그냥 묻어간다. 그게 그냥 묻힌 거로 생각하겠지만 당신이란 사람까지 묻어버린 것과 같다. 질문할 용기가 없는 사람들이 모여 있으니 질문하는 사람은 당연히 튄다. 그럼 매도만이 살길이다.

예전에 한 방송에서 수업 시간에 질문하는 사람에 대한 반응을 몰래카메라로 취재한 적이 있었다. 반응은 좋지 않았다. 튀고 싶어 하는 것 같다고 생각하는 사람도 있었다. 그러나 유대인들의 수업 현장에 가보면 아주 다르다. 그들은 배움의 목적을 스스로 알아가고 깨우치는 데 둔다. 그러기 위해서는 질문밖에 없다. 그게 한국으로 오면 튀는 사람이 되는 것이다. 그러면서도 유대인의 하브루타를 접목해야 한다고 한다. 그러니까 괜찮다. 용기를 가져라.

사람은 다 매일 성장한다. 당신이 본 사람도 내일은 다른 모습일 수 있으며, 실제로도 드러나지 않은 좋은 모습이 많다. 당신이 몰랐을 뿐이다. 누가 당신더러 좋지 않은 말을 한다면 당신은 억울할 것이다. 그보다 자신이 훨씬 더 괜찮은 사람이라고 생각할 것이다.

사람은 생각보다 말이 먼저 나갈 수밖에 없다. 타인은 내 생각을 알 수 없기에 말과 행동을 보고 그 사람을 짐작한다. 나는 내 생각을 잘 말하지 않는다. 친하지 않은 대부분 사람은 나를 모른다. 이건 우리 모두의 이야기다. 그렇다고 내 생각을 열거할 것도 아니고, 남이 나에 대해 알아야 할 의무도 없다. 나는 남에게 인정받기 위해 말하거나 생각하지 않는다. 인정해주면 참 기분이 좋다. 그런데 과연, 내 말로 사람의 마음을 바꿀 수 있을까? 결코 아니다. 그래서 차라리 나는 말로 인해 얻어질 인정을 포기하고 산다.

나는 황금률을 이렇게 따르며 산다. 먼저 배려하고 친구라는 마음을 품을 것. 그러나 타인이 내게 주는 데이터가 자꾸 반대로 쌓일 때는 똑같이 대할 것. 이게 나란 사람이 가진 한계이자 천사 말고 이현진으로 살아가는 방법이다. 타인이 준 상처까지 한 아름 안고 있긴 싫으니까. 나는 너만큼이나 소중하니까 말이다. 그게 상처받지 않을 권리가 있는 나 자신을 지키는 황금률이다.

자기가 자신을 생각하는 방식이 다 이렇게 자기애적일진대 그걸 숨기며 나답지 않은 모습으로 살기엔 우리 인생이 너무 짧지 않은가?

자기답게 사는 것은 막 사는 것도 아니고, 화나면 화나는 대로, 짜증 나면 욕하며 사는 그런 게 아니다. 나답게 사는 건 집중의 대상이 자신인 것이다. 당신이 바꿀 수 있고 행복하게 해줄 수 있는 사람이 이 세상에 자기 자신뿐이니까, 먼저 당신이 풍성해지고 행복해지는 것을 추구하란 뜻이다. 절대 타인에게 폐를 끼치라는 것이 아니며, 잘못하고도 미안할 줄 모르는 사람이 되란 것도 아니다. 이기적인 삶을 살라는 것은 더더욱 아니다. 자신을 위하라는 게 남을 배려하지 말란 말은 아니다. 정신적으로 약하다면 그걸 인정하고 바꾸려고 노력하며 본인에게 집중하는 것이 나다운 삶이다. 인정하고, 품고, 한계를 지닌 사람이란 사실을 받아들이며 세상으로 나아가란 뜻이다. 누가 필요 이상으로 당신에게 상처를 입힌다고 주먹질이나 욕질을 하란 게 아니다. 당신이 자신을 누구보다 아끼듯이, 모든 개인이 자기 자신을 그렇게 소중히 아낀다는 것을 이해하란 뜻이다. 그러니까 한마디로 자기감정에 대해 귀를 기울이는 삶을 살라는 것이다. 슬프면 그 감정을 의심하지 말자. 화가 나면 의심하지 말자. 문득 피어오르는 그 감정이 진실이다. 그 감정을 파악하고 눈에 보이게끔 만드는 연습을 하자. 자기를 아는 사람은 남을 함부로 대하지 않는다. 다른 사람도 당신을 함부로 대할 수 없다. 누가 당신을 몰라주는가? 괜찮다. 말 그대로 당신을 모르기 때문이니까.

나답게 사는 것은, 내가 말하는 '마이웨이'의 삶은 이런 것이다. 남과 비교하는 배움과 성공이 아닌, 나 스스로가 너무 사랑스러운 그런 것을 추구하는 것, 모났지만 이런 자신 옆에 있어 주는 사람을 생각할 수 있는 마음, 돈은 없지만, 돈으로도 바꿀 수 없는 것이 주변에 많다는 것을 인지할 수 있는 능력, 누가 당신에게 뭐라고 해도 스스로를 믿을 수 있는 확신, 스스로 목표를 정할 용기가 있고, 통제하며 삶을 꾸리는 것, 자기 그릇을 넓히는 데 주력하는 삶이다.

내가 서른을 막 넘기며 살아온 인생은 길고도 짧았다. 누구나 자기 생 속에서 발버둥 치고 있듯이 나도 그랬다. 앞으로는 더 열심히 발버둥 치는 인생을 살고 싶다. 반드시 나를 지키고, 더 큰 그릇으로 만들어 세상에 보답할 수 있을 때까지.

제법 벅차게 글을 써오며 느낀 점은 이거다. 보이지 않는 것을 통제할 줄 아는 사람이 진짜 강한 사람이라는 것. 두려움이 눈에 보이는가? 기쁨은? 화는 어떤가? 모든 감정과 지금이 과거가 되는 시간의 연속도 눈에 보이지 않는 것들이다. 그러나 그것들이 인생을 지배하고 이끈다. 보이는 것들은 기한이 있다. 젊음도 기한이 있다. 그러니 보이지는 않지만, 분명히 존재함으로써 당신을 이끄는 그 자연스러운 모습을 찾아가길 권한다.